SIGRID
HUNOLD-REIME

Zu mir ans Meer

ROMAN

EINMAL HIMMEL UND ZURÜCK Stellen Sie sich vor, Sie hatten einen Verkehrsunfall mit tödlichem Ausgang. Doch Sie haben Glück, Sie dürfen zurück auf die Erde. Es gibt nur ein Problem: Mit Ihrem Körper ist nichts mehr anzufangen. Genau das passiert der 40-jährigen Birthe. So landet die zuverlässige, zum Helfersyndrom neigende Birthe im Körper der chaotischen, depressiven Mia.

Birthe sucht die Nähe zu den vertrauten Menschen aus ihrem alten Leben. Sie trifft ihren Mann, ihre Tochter, ihre Eltern. Sie erzählen ihr, welche Erinnerungen sie an die Verstorbene haben. Doch deren Erinnerungen an Birthe decken sich nicht mit ihren eigenen. Zögernd beginnt sie sich mit den vergangenen 20 Jahren auseinanderzusetzen – mit einer tiefen Verletzung und einem folgenschweren Missverständnis. Zur Seite stehen Birthe ihr humorvoller Schutzengel Günther und ihre Nachbarin Tomke Heinrich. Wird sie einen Weg, zurück in ihr altes Leben, finden?

© privat

Sigrid Hunold-Reime, geboren 1954 in Hameln, lebt seit vielen Jahren in Hannover. 2000 schrieb sie ihren ersten Ostfriesland-Kurzkrimi – ihre kriminelle Energie war geweckt. Es folgten Beiträge in diversen Anthologien. 2008 erschien ihr erster Kriminalroman im Gmeiner-Verlag »Frühstückspension«. Die patente Protagonistin Tomke wuchs der Autorin so ans Herz, dass sie in den folgenden Kriminalromanen stets präsent blieb und im Roman »Die Pension am Deich« schließlich wieder eine Hauptrolle bekam. Sigrid Hunold-Reime blieb »ihrem« Wangerland treu. Es folgten »Liebesinsel am Deich«, »Zweite Chance am Deich« und »Rache am Siel«.

SIGRID
HUNOLD-REIME

Zu mir ans Meer

ROMAN

GMEINER

Immer informiert

NEWSLETTER

Spannung pur – mit unserem Newsletter informieren wir Sie regelmäßig über Wissenswertes aus unserer Bücherwelt.

Gefällt mir!

Facebook: @Gmeiner.Verlag
Instagram: @gmeinerverlag
Twitter: @GmeinerVerlag

FSC
www.fsc.org
MIX
Papier aus verantwortungsvollen Quellen
FSC® C083411

Besuchen Sie uns im Internet:
www.gmeiner-verlag.de

Im Ehnried 5, 88605 Meßkirch
Telefon 07575/2095-0
info@gmeiner-verlag.de

1. Auflage 2020

Lektorat: Claudia Senghaas, Kirchardt
Herstellung: Julia Franze
Umschlaggestaltung: U.O.R.G. Lutz Eberle, Stuttgart
unter Verwendung eines Fotos von: © haiderose / stock.adobe.com
und © refresh(PIX) / stock.adobe.com
Druck: CPI books GmbH, Leck
Printed in Germany
ISBN 978-3-8392-2775-6

Personen und Handlung sind frei erfunden.
Ähnlichkeiten mit lebenden oder toten Personen
sind rein zufällig und nicht beabsichtigt.

KAPITEL 1

»Warum hast du mich nicht geweckt? Es ist gleich sieben!«

Ich bemühe mich, nicht zu schreien. Dabei möchte ich. Aber ich schreie nicht. Habe ich noch nie.

Jonathan lässt die Zeitung sinken, sieht mich an und zieht konsterniert die Augenbrauen hoch. Ich mag das nicht.

»Sorry, ich brauchte dich noch nie zu wecken.«

Ich starre ihn fassungslos an. Er hält meinem Blick ruhig stand. Er hat ein Jungengesicht, denke ich. Mit zweiundfünfzig Jahren. Man erkennt erst auf dem zweiten Blick ein paar filigrane Alterslinien. Sie irritieren. Ein Junge hat keine Falten.

»Noch nie«, wiederhole ich und meine Stimme zittert vor Empörung. »Heute wäre es gut und richtig gewesen.«

»Das konnte ich nicht ahnen. Du bist die Zuverlässigkeit in Person.«

Das klingt nicht nach einem Kompliment. Ich kann ihm nicht mehr in die Augen sehen. In ihnen blitzen winzige Fünkchen. Triumph, weil er Risse in meiner Zuverlässigkeit entdeckt hat. Mein Blick irrt über den Tisch. Mariettas Frühstücksgeschirr ist benutzt. Sie ist schon unterwegs. Anscheinend hat sie es auch völlig normal gefunden, dass ich am Montagmorgen noch im Bett liege. Niemand hat sich Gedanken gemacht. Das würde ich niemals …

Ich drehe mich abrupt um. Es hat keinen Sinn, eine Diskussion vom Zaun zu brechen. Ich muss Hella eine Nachricht schreiben. Ich komme etwas später.

Es regnet Bindfäden. Auf der Küstenstraße herrscht ungewöhnlich viel Verkehr. Nicht ungewöhnlich, denke ich. Ich bin eine Stunde später unterwegs. Der Verkehr wird zu dieser Uhrzeit immer so dicht sein. Ausgerechnet heute bin ich mit Brötchen mitbringen an der Reihe. Vor der Bäckerei ist keiner der Parkplätze frei. Ich kann den Wagen erst einen gefühlten Kilometer entfernt parken. Beim Aussteigen schlägt mir eine Windböe die Kapuze vom Kopf. Ich ziehe sie wieder hoch und renne mit gesenktem Kopf los.

Vor der Verkaufstheke wartet nicht die übliche Schlange Kunden. Ich atme durch. Man muss auch mal Glück haben. Da tritt die unfreundlichste Bäckereifachverkäuferin von Wilhelmshaven hinter dem Kaffeeautomaten hervor. Sie schüchtert mich regelmäßig ein. Das liegt nicht an ihrer imposanten Körpergröße. Es ist ihr emotionsloser, düsterer Gesichtsausdruck. Meine freundlichen Bemühungen sie aufzuheitern verhallen jedes Mal ohne Echo. Ich konzentriere mich. Wie viele Brötchen brauche ich, und wie ist deren korrekte Bezeichnung. Darauf legt sie Wert. Nur draufzeigen und sagen: »Von den Brötchen bitte zwei und von denen da eins«, lässt sie nicht durchgehen. »Sie meinen Kürbis-Dinkel-Schiffchen und den Friesenmohn?« Dann schrumpfe ich unter ihrem strengen Blick zum Schulmädchen und kann nur nicken. Sie hat mich dazu gebracht, alle Brötchennamen zu kennen. Ein Lob habe ich dafür trotzdem nie eingeheimst.

Und dann geschieht das Ungeheuerliche. Sie lächelt mich zum ersten Mal an. Warm und offen. Mit ihrem Lächeln scheint die Sonne aufzugehen. Wärmt den ganzen Raum. Und es verwandelt die gesichtslose in eine wunderhübsche Frau. Ich erwidere es glücklich berührt. Noch immer völlig beschwingt gehe ich mit der Brötchentüte unter dem Arm nach draußen. Es hat aufgehört zu regnen. Die dichte Wolkendecke ist aufgebrochen und erste Sonnenstrahlen fallen über die breite, noch regennasse Straße. Sie glänzt wie frisch lackiert. Ich befinde mich auf ihrer Mitte, als dicht neben mir Bremsen quietschen. Erschrocken wende ich mich dem Geräusch zu. Da ist es bereits zu spät für einen rettenden Sprung zur Seite. Ich starre wie gebannt auf die Motorhaube. Und ich habe keine Angst.

Es ist still. Nein, Musik im Hintergrund. Jemand spielt auf einem Klavier. Eine einschmeichelnde, sanfte Melodie. Ich widerstehe der Versuchung, in den nächsten Schlaf zu gleiten, und öffne die Augen. Ich befinde mich in einem mir fremden Zimmer. Zimmer? Ich befinde mich inmitten eines Pflanzenmeers. Viele der Pflanzen stehen in Blüte. Sie wirken exotisch. Solche habe ich noch nie gesehen. Dabei kenne ich mich mit Blumen gut aus. Bin ich in einer Gärtnerei? Unsinn. Ich liege in einem Bett, wenn auch zwischen einem Meer aus Blumen. Das Zimmer ist ungewöhnlich groß. Der Eindruck wird durch eine breite Fensterfront verstärkt. Keine Gardinen. Freie Sicht auf einen blauen Himmel. Vereinzelte Schäfchenwolken. Wie getupft. Naive Malerei.

Endlich weiß ich es. Natürlich. Ich träume. Und zwar einen meiner Lieblingsträume. Allein sein. Weit weg. Ohne Verantwortung für irgendwas oder irgendwen. Nur ich, viele Pflanzen und dieses Zimmer. Die Welt muss draußen bleiben.

Die Erinnerung trifft mich wie ein Blitz. Die quietschenden Bremsen. Die Motorhaube. Sie ist – ich bin – ich war mir für den Bruchteil einer Sekunde sicher: Gleich würde ich sterben. Ich habe überlebt. Aber ich hatte einen Unfall. Oder nicht? Traum oder Wirklichkeit? Ich wende meinen alten Trick an, wenn ich einen Traum beenden will. Ich schließe die Augen und sage laut: »Ich will aufwachen!« Das funktioniert immer. Ich öffne die Augen und befinde mich weiterhin in diesem mysteriösen Zimmer. Sollte das ein Krankenzimmer sein? Niemals. Solche gibt es nicht. Höchstens in einer amerikanischen Fernsehserie. Und selbst dort nicht mit so vielen Pflanzen. Außerdem bin ich nicht privat versichert. Sollte Jonathan? Er kennt meine Abneigung gegen Mehrbettzimmer. Meinen Horror, Geräuschen und Gerüchen anderer ausgeliefert zu sein. Und Jonathan weiß, wie sehr ich Pflanzen liebe. Er muss sich für mich eingesetzt haben. Ich lächle gerührt. Nur kurz. Denn die nächsten Fragen elektrisieren mich: Warum dieser Luxus? Bin ich so schwer verletzt?

Ich sehe an mir herunter. Ich trage ein Hemd. Keines der üblichen Krankenhaushemden. Die mit den winzigen blauen Sternchen bedruckt sind. Die wie Kittel aussehen. Ich habe ein schlichtes Weißes an. Mit langen Ärmeln. Es sieht mehr wie ein Kleid aus. Der Stoff fühlt sich fein und angenehm auf der Haut an. Ich überprüfe meine Hände. Meine Arme. Kein Gipsverband. Sie sind beweglich. Ich hänge noch nicht mal am Tropf oder so was. Ich bewege meine Beine. Sie gehorchen mir. Das beruhigt mich. Vielleicht bin ich aus Platzgründen in dieser Nobelsuite gelandet. Auf jeden Fall gehört das Zimmer nicht zu einer Intensivstation. Keine piependen Apparaturen. Und dort gäbe es auch keine Pflanzen. Vielleicht eine Gehirnerschütterung? Deshalb kann ich mich nicht erinnern. Es wird mir gleich jemand erklären, wo ich bin und was passiert ist. Ich sehe mich vergeblich nach einer Klingel um, da wird an die Tür geklopft.

»Herein!«

Ein Mann öffnet die Tür. Er ist geschätzt Mitte fünfzig und trägt Jeans und ein weißes Polohemd. Eine ungewöhnlich lässige Kleidung für einen Arzt. Sein grau meliertes Haar ist kurz geschoren. Sein Gesicht wird von ausdrucksstarken Augen bestimmt. Sie schauen mich freundlich an.

»Guten Tag, Birthe«, sagt er und setzt sich in einen der beiden Sessel, die im Zimmer stehen.

Wieso nennt er mich beim Vornamen und warum duzt er mich? Bin ich etwa schon länger hier?

»Guten Tag«, grüße ich steif zurück. »Welchen Tag haben wir heute?«

Für die Frage könnte ich mich im nächsten Augenblick ohrfeigen. Womöglich hält er mich für verwirrt.

»Das ist unwichtig«, antwortet er ruhig.

Nicht wichtig? Und in welchem Ton er das sagt. Als würde er mit einem Kind sprechen.

»Mein Mann«, fällt mir ein, »weiß mein Mann, wo ich bin?«

Der Arzt nickt.

»Und mein Arbeitgeber? Ist er informiert? Ich war auf dem Weg zur Arbeit.«

Er nickt wieder. »Ja, mach dir keine unnötigen Sorgen. Alle wissen, wo du bist.«

Ich muss trocken schlucken, bevor ich die nächste Frage formuliere. »Dann bin ich schon länger hier?«

Er antwortet nicht.

»Wie lange bin ich schon hier?«, frage ich fordernder, als es meine Art ist.

»Über drei Wochen.«

»Drei Wochen! Was ist – habe ich im Koma gelegen?«

»Nein, so würde ich das nicht bezeichnen.«

Drei Wochen! Jonathan ist seit drei Wochen mit Marietta allein. Was haben die beiden die ganze Zeit gegessen? Fertigpizza. Fastfood. Drei Wochen lang. Und die Wäsche? Sie wissen nicht einmal, wie man die Waschmaschine bedient. Das Haus wird ein einziges Chaos sein. Ob sie meine Pflanzen gegossen haben? Drei Wochen. Ich habe sie nie alleingelassen. Ich schwinge entschlossen die Beine aus dem Bett und stehe auf.

»Anscheinend geht es mir wieder gut. Ich möchte nach Hause.«

Der Arzt zögert einen winzigen Augenblick, bevor er antwortet.

»Du kannst nicht nach Hause.«

»Was bedeutet das? Nicht nach Hause können? Ich kann mich bewegen. Mir geht es gut. Was habe ich mir überhaupt getan?«

»Du hast dir bei dem Aufprall das Genick gebrochen«, erklärt er so beiläufig, als würde es sich bei der Diagnose um einen verstauchten Finger handeln.

»Ich habe bitte was?«, frage ich und fasse mir instinktiv an den Nacken. Da ist nichts Auffälliges zu ertasten. Ich wackele übertrieben mit dem Kopf hin und her und muss lachen. Es klingt ein wenig hysterisch.

»Könnte es sein, dass Sie das Zimmer verwechselt haben?«

Ich sehe ihn hoffnungsvoll an.

»Nein, das habe ich ganz sicher nicht«, antwortet er. »Setz dich doch wieder hin. Beruhige dich und lass dir Zeit. Ich werde dir helfen, alles zu verstehen. Ich bin dein Begleiter.«

Ich bin dein Begleiter! Was sollte das wieder bedeuten? Ich erspare mir weitere Nachfragen und durchquere den

Raum. Wo ist der Schrank? Ich suche vergeblich. Hinter den Pflanzen befinden sich nur stoffbespannte Wände. Was ist das für ein eigenartiges Zimmer? Ich beginne, mich zu verspannen. Irgendetwas stimmt hier nicht. Es macht mir Angst. Ich taste weiter die Wand ab. Wo ist die Tür? Ich finde sie nicht. Überall nur der gleiche feine Stoff. Nirgendwo ist der Ansatz eines Türrahmens zu entdecken. Aber er ist doch gerade hereingekommen. Vor meinen Augen. Schließlich kann er nicht durch Wände gehen.

Ich drehe mich herum. Der Arzt, oder was er auch immer ist, sitzt weiterhin in aller Gemütsruhe im Sessel. Seine Gelassenheit wirkt auf mich nicht beruhigend. Sie hat etwas Unheimliches. Er scheint sich sehr sicher zu sein, dass ich nicht weglaufen kann.

Ist das eine psychiatrische Einrichtung? Habe ich mir den Unfall nur eingebildet? Hatte ich einen Nervenzusammenbruch? Ganz abwegig ist das nicht. Ich habe mich in der letzten Zeit oft erschöpft gefühlt und mehr durch die Tage geschleppt. Er wäre mein Begleiter, hat er gesagt. Nennt man das so in der Psychiatrie? Aber er hat gesagt, ich hätte mir das Genick gebrochen? Damit macht man keine Späße.

»Bitte sagen Sie mir, wo ich bin und was mir passiert ist.«

»Liebe Birthe, die Fragen sind in umgekehrter Reihenfolge zu beantworten«, antwortet er aufreizend sanft. »Du bist von einem Auto gerammt und durch die Luft geschleudert worden. Beim Aufprall hast du dir das Genick gebrochen und – du bist nach irdischen Regeln gestorben. Du befindest dich hier im Eingangsbe…«

»Stopp! Aus!«, schreie ich so laut, dass es mich selbst erschreckt. Ich habe nicht gewusst, dass ich über solch ein Stimmvolumen verfüge.

»Sie wollen mir nicht wirklich einreden, dass ich gestorben bin und das hier – das hier ist der Himmel oder so was Ähnliches?«

Während ich das ausspreche, wird mir der Irrsinn meiner Worte bewusst. Ich träume. Sicher. Ich muss noch einmal einen anderen Trick anwenden. Hinlegen und Augen schließen und den Befehl zum Aufwachen geben.

»Du träumst nicht«, sagt er seelenruhig. »Ich will dir auch nichts einreden. Ich möchte dir helfen, dass du deine Situation verstehst, annimmst und weitergehen kannst. Und du darfst mich duzen. Wir kennen uns schon sehr lange. Ich bin Günther.«

Zögernd öffne ich wieder die Augen. Das darf alles nicht wahr sein. Kann er Gedanken lesen?

»Ich kann unmöglich gestorben sein«, flüstere ich. Ich muss an die vielen Bücher mit Nahtodberichten denken, die meine Eltern herumliegen hatten. Sie haben sie verschlungen, weil sie Lars' Tod nicht verkraftet haben. Meine Mutter hat mich genötigt, wenigstens eins davon zu lesen. Ich habe es getan und ihr zuliebe keine Zweifel geäußert. Es wäre auch sinnlos gewesen. Obwohl ich der Überzeugung bin, dass diese Nahtoderlebnisse lediglich Halluzinationen sind. Ausgelöst durch Endorphine und Sauerstoffmangel.

»Warum kannst du unmöglich gestorben sein?«, höre ich seine freundliche Stimme. Ich zwinge mich, ihm in die Augen zu sehen.

»Weil ich keine Ruhe und keinen inneren Frieden spüre. Ganz im Gegenteil.«

»Aber du spürst keine körperlichen Schmerzen, nicht wahr?«

»Ja, das stimmt«, gebe ich zu. »Aber Schmerzen hatte ich vorher auch nicht.«

»Da hattest du dir auch noch nicht das Genick gebrochen.«

Ich komme kurz ins Schleudern und durchkrame meine Erinnerungen an das Gelesene. »Warum fühle ich nicht diese himmlische Leichtigkeit und eine angenehme Distanz zu meinem Leben? Warum mache ich mir Sorgen, wie es meinem Mann und meiner Tochter geht?« Und meinen Pflanzen, füge ich in Gedanken hinzu.

Günther ohne Nachnamen fährt sich bedächtig über sein Stoppelhaar. Anscheinend habe ich einen wunden Punkt getroffen. Das gibt mir Mut weiterzureden.

»Und ich hatte keine Lebensrückschau. Ich bin nicht von meinem Bruder begrüßt worden.«

Die Vorstellung, Lars hätte hier auf mich gewartet, mich angelächelt und sogar in die Arme genommen, treibt mir augenblicklich Tränen in die Augen. Ich dränge sie entschieden zurück.

»Eine Begegnung mit Lars hätte dir nur wehgetan. Für euer Wiedersehen ist es zu früh«, sagt der eigenartige Mann namens Günther.

Kann er wirklich Gedanken lesen? Ein Zittern geht durch meinen Körper. Und was meint er mit »zu früh«? Woher kennt er überhaupt den Namen meines Bruders? Habe ich fantasiert?

Ich schlucke. Anderes Thema, denke ich. »Und ich bin auch keinem Engel begegnet, der mich ins Licht begleitet.«

Nun lächelt er wieder.

»Dieser Engel sitzt dir gerade gegenüber. Ich bin dein Begleiter.«

KAPITEL 2

Vor mir sitzt mein Schutzengel. In Jeans und Poloshirt, sonnengebräunt, sportlich, und er heißt Günther. Ich spüre ein verräterisches Zucken um den Mund. Es breitet sich aus, und ich kann es nicht verhindern. Ich muss laut loslachen. Die Vorstellung ist einfach zu grotesk. Mein sogenannter Engel zeigt keine Reaktion auf meinen Lachanfall. Mitten im Lachen beginnt meine alberne Stimmung zu kippen. Ich bekomme wieder Angst. Am Ende bin ich wirklich in einer Psychiatrie gelandet und dieser Mann ist ebenfalls Patient. Er ist wahrscheinlich felsenfest davon überzeugt, ein Engel zu sein. Ich sollte ihn nicht verärgern, sondern Hilfe rufen. Ich suche mit den Augen möglichst unauffällig das Zimmer nach einer Klingel ab. Es muss hier doch eine geben. Ich kann keine entdecken. Da trifft mich der nächste Gedanke. Ein völlig absurder, aber was ist hier gerade nicht absurd? Ich hatte einen Unfall. Wahrscheinlich habe ich das Bewusstsein verloren. Obwohl ich keine schweren Verletzungen hatte. Aber der Schock. Und dieser Mann hat die Situation ausgenutzt und mich entführt. Um mich mit irrsinnigen Geschichten in den Wahnsinn zu treiben. Ich zwinge mich, ihn erneut anzusehen, und suche mein Gehirn nach einer sachlichen Frage ab. Eine, die ihn nicht kränkt oder wütend machen könnte.

»Frag mich alles, was dir durch den Kopf geht«, muntert er mich in dem Augenblick freundlich auf.

Ich erstarre. Auf jeden Fall scheint der Mann intuitiv begabt zu sein. Er spürt genau, was in mir vor sich geht. Ich muss vorsichtig sein.

»Na ja«, beginne ich herumzudrucksen. »Ich kann mir schwer vorstellen, dass ein Engel Günther heißt. Eher Gabriel, Michael oder Raphael.«

»Liebe Birthe, es gibt eine Heerschar von Engeln. Und deshalb auch ebenso viele Namen.«

»Das klingt logisch«, gebe ich ihm recht. »Darüber habe ich noch nie nachgedacht. Ich bin eben noch nie einem Engel begegnet.«

Ich versuche ein verschwörerisches Lächeln. Es misslingt.

»Das bist du ganz sicher schon«, widerspricht er mir ruhig. »Du hast ihn nur nicht als Engel erkannt.«

Zumindest hat er sich gut auf seine Rolle vorbereitet. So schnell ist er um keine Antwort verlegen.

»Wenn ich hier sozusagen im – Himmel bin, dieses Zimmer …«, ich breche hilflos ab.

»Was ist mit dem Zimmer?«

»Es sieht aus wie aus einem Film, also von einem Regisseur mit einer etwas kitschigen Fantasie. Wie man sich den Himmel eben so vorstellt.«

»Der Regisseur bist du selbst, Birthe. Das Zimmer ist genau nach deinen Vorstellungen eingerichtet.«

Meine Vorstellungen. Das Verrückte ist, er hat recht. Genau so ist mein Traum-Rückzugszimmer eingerichtet. Jedenfalls so ähnlich. Aber das kann nicht angehen. Er hat einen Trick angewandt. Sicher. Ich muss ihm viel von mir erzählt haben. Kann er hypnotisieren? Wie lange bin ich schon hier? Über drei Wochen hat er gesagt. Ich habe keine Erinnerung. Kein angenehmes Gefühl. Wenn ich wirklich schon so lange in seiner Gewalt bin, muss er mich betäubt haben. Und ich muss längst gesucht werden. Meine Gedanken kreisen immer schneller, ohne dass ich zu einem schlüssigen Ergebnis komme.

»Ich lasse dich einen Augenblick allein. Das wird dir helfen, zur Ruhe zu kommen«, höre ich ihn sagen. Er ist aufgestanden.

Ich kann nur nicken. Das ist gut, denke ich. Bitte geh! In deiner Gegenwart kann ich nicht denken. Du bist mir unheimlich. Geh und zeig mir, wo der Ausgang ist. Dann kann ich auch endlich hier raus. Er öffnet eine Tür und ist verschwunden. Da ist sie! Natürlich. Ich habe sie in meiner Verwirrung übersehen. Ich warte und zähle leise bis zwanzig. Dann renne ich los. Genau an die Stelle, wo er verschwunden ist. Aber ich finde nicht den Ansatz einer Tür. Das ist unmöglich. Ich taste mit wachsender Verzweiflung die Stofftapete ab. Nichts. Keine Tür. Dabei habe ich gesehen, wie er rausgegangen ist.

Ich stürze zum Fenster. Mittlerweile bin ich bereit, über eine Feuerleiter das Weite zu suchen. Egal aus welchem Stockwerk. Ich will nur raus hier. Als ich nach draußen sehe, glaube ich meinen Augen nicht zu trauen. Der blaue Himmel mit den netten Schäfchenwolken ist überall zu sehen. Wenn ich sage überall, meine ich es genauso. Oben und unten. Rechts und links. So weit das Auge reicht. Vielleicht habe ich Medikamente bekommen und halluziniere? Resigniert drehe ich mich um. Da sehe ich das Notizbuch auf dem Sessel liegen. Es muss ihm aus der Hosentasche gerutscht sein. Ich zögere, aber es ist die Gelegenheit, mehr über ihn zu erfahren. Und wenn er wiederkommt und mich beim Schnüffeln ertappt? Wer weiß, wie er dann reagiert? Egal. Die Chance bekomme ich so schnell nicht wieder. Ich greife nach dem Buch. Der Einband ist mit Kastanienblättern bedruckt. Mein Lieblingsbaum. Keine Beschriftung. Zögernd schlage ich die erste Seite auf. Dort steht in großen Buchstaben nur ein Wort: Birthe.

Er hat Informationen über mich zusammengetragen. Ich hatte recht mit meiner Vermutung. Er ist ein Psychopath. Ich blättere weiter und beginne hastig zu lesen.

1. Mai 1978 – Birthe ist geboren. Ihre Eltern sind überglücklich. Sie haben sich nach ihrem Sohn ein Mädchen gewünscht. Es ist …

Ich halte unwillkürlich den Atem an. Meine Geburt! Der Typ hat Aufzeichnungen über meine Geburt. Wie lange beobachtet er mich schon? Das geht doch gar nicht an. Er ist höchstens zehn oder fünfzehn Jahre älter als ich. Wie soll er meine Geburt beobachtet haben? Er hat wohl kaum am Fenster des Kreißsaals gestanden. Ich blättere weiter.

Birthe hat sich im Maisfeldlabyrinth verlaufen. Sie hat Angst. So viel Angst, dass ich nicht mehr zu ihr vordringen kann. Ein Gewitter zieht auf. Birthe rennt und rennt. Sie weint. Ihre Eltern und ihr Bruder suchen sie. Aber sie laufen kopflos im Kreis. Ständig an ihr vorbei. Ich berate mich mit ihren Engeln. Lars können wir erreichen. Er folgt unserer Eingebung und bleibt bei der Strohpuppe sitzen. Es dauert nicht lange, und Birthe findet ihn. Geschafft.

Ich habe beim Lesen eine Gänsehaut bekommen. Das Maisfeldlabyrinth. Ich kann mich gut erinnern. Erst hat es so viel Spaß gemacht. Die hohen Pflanzen gaben mir das Gefühl, durch einen Dschungel zu streifen. Über mir nur der blaue Himmel. Ich war eine Prinzessin im Urwald. Alle Tiere liebten mich. Es war ein Abenteuer. Bis ich begriffen habe: Ich habe die anderen verloren. Ich bin allein. Da verwandelten sich die Maispflanzen in einen bedrohlichen Zaun, der mich von den anderen trennt. Ich habe nach meinen Eltern und Lars gerufen. Keiner hat geantwortet. Nur der Himmel hat dumpf gegrollt, als bewegte sich ein schreckliches Ungeheuer auf mich zu. Von Oma Hertha wusste ich, wenn es donnert, schimpft der liebe Gott, und man muss im Haus bleiben. Es wurde rasend schnell dunkler. Wind fegte durch die Pflanzenreihen. Ich bin gelaufen und gelaufen. Aber jeder Weg endete in einer Sackgasse. Ich habe nur noch aus Angst bestanden und dachte, ich müsste sterben. Da muss ich knapp sieben Jahre alt gewesen sein. Und dann hat Lars neben der Strohpuppe gesessen und auf mich gewartet. Nie habe ich ihn mehr geliebt. Er hat mich aus dem Labyrinth geführt. Wir fanden unsere Eltern. Alle waren so glücklich. Dieses Glück wäre ohne die durchlebte Angst nicht so intensiv gewesen.

Wieso wusste der Mann von dem Maisfeld? In einer Genauigkeit, als hätte er uns von oben beobachten können. Das ist unmöglich. Ich kann den Gedanken nicht lange aushalten und blättere weiter nach hinten.

Birthe hat ihr Abitur bestanden, und sie hat die Zusage für ein Praktikum auf einer Apfelplantage in Neuseeland. Birthe ist glücklich. Aber gleich wird sie traurig sein. Sehr traurig. Zu Hause gibt es nur Tränen. Lars ist über Neuseeland mit einem Flugzeug abgestürzt. Tödlich. Lars' Freundin Marion ist zu Birthes Eltern gekommen. Sie halten sich in den Armen. Birthe steht hilflos und traurig daneben. Sie erzählt nichts von dem Praktikum. Sie wird nicht ins Ausland gehen. Schon gar nicht in das Land, in dem ihr Bruder den Tod gefunden hat. Sie wird bei ihren Eltern bleiben. Das ist nicht richtig. Aber Birthe ist zu traurig. Ich kann sie nicht erreichen.

Nicht erreichen. Was schreibt der da? Ja, das war nicht richtig. Das weiß ich jetzt auch. Ich bin bei meinen Eltern geblieben, weil ich glaubte, sie brauchen mich. Das war ein Irrtum. Sie brauchten nur Marion. Mit ihr haben sie sich in ihrer Trauer verbunden gefühlt. Von ihr haben sie sich verstanden gefühlt. Nur von ihr. Dabei habe ich von Herzen getrauert. Ich habe Lars auch sehr geliebt. Aber ich war für meine Eltern wie unsichtbar. Obwohl ich mir viel Mühe gegeben habe. Immer wieder. Ich habe nicht studiert. Ich habe sogar eine Ausbildung beim Finanzamt angefangen. Nur um meinen Vater eine Freude zu bereiten. Er hat dort gearbeitet. Richtig gern bis dahin. Aber sie haben mein Opfer überhaupt nicht wahrgenommen. Sie waren nur auf dem Friedhof oder bei Marion. Sie haben sich unter eine Glocke zurückgezogen. Nur Marion hatte Zugang. Als sie nach Lüchow-Dannenberg gezogen ist, haben sie unser Haus verkauft. Sie haben mich nicht einmal gefragt, ob mir das wehtut. Oder ob ich es übernehmen möchte. Sie haben es verkauft und sind weggezogen. Ausgerechnet nach Lüchow. Marion hat dort geheiratet, und ihre Kinder sagen Opa und Oma zu meinen Eltern. Das ist krank. Und ich war einsam. Das hat sie nicht gekümmert. Bei den Erinnerungen muss ich heftig schlucken. Ich wusste nicht, wie traurig mich das immer noch macht. Dabei dachte ich, dass ich den Teil meines Lebens längst abgeschlossen hatte.

Spätestens, als ich Jonathan begegnet bin. Da war ich schon dreiunddreißig Jahre alt. Jonathan war geschieden. Seine Tochter lebte bei ihm. Das hat mir imponiert. Zögernd blättere ich weiter, bis ich finde, was ich suche.

Birthe hat sich in Jonathan verliebt. Er wird ihr nicht guttun. Aber Birthe hört schon lange nicht mehr auf mich. Fragt mich auch nichts mehr.

Das reicht! Auf ihn hören! Ihn fragen! Was glaubt er, wer er ist? Ich klappe das Buch zu und werfe es mit Schwung zurück auf den Sessel. Schluss! Aber ich muss das Buch weiterhin anstarren. Wo bin ich? Woher weiß dieser Mann so viel von mir? Er sagt, er wäre mein Engel. Das ist einfach verrückt. Oder nicht? Bin ich wirklich gestorben?

KAPITEL 3

»Ja, Birthe. Deine Rückschlüsse sind folgerichtig. Du hattest einen Unfall und du bist nach irdischen Regeln gestorben. Noch am Unfallort.«

Ich fahre herum. Er ist unbemerkt ins Zimmer zurückgekommen. Und er hat gerade wieder auf eine Frage geantwortet, die ich nur gedacht habe.

»Wehr dich nicht gegen die Tatsache«, sagt er freundlich. »Ich werde dir helfen. Ich bin dein geistiger Begleiter. Das war ich von Anfang an.«

Mir fällt wieder ein, was er über meine Geburt berichtet hat. Sollte dieser Mann wirklich ein Engel sein? Als Kind habe ich an Engel geglaubt. Wie wahrscheinlich die meisten Kinder. Als ich größer wurde, entwickelten sie sich zu sagenumwobenen Märchengestalten. Später verblassten sie ganz. Waren nur Porzellanfiguren zur Weihnachtszeit. Und nun soll ein echter Engel vor mir stehen. Er behauptet sogar, mein persönlicher zu sein. Mein Schutzengel. In meiner kindlichen Fantasie waren es immer weibliche Engel. Sie trugen wehende, feine Gewänder und hatten langes Haar. Meistens war es blond. Sie ähnelten Elfen. Und nun trägt mein Engel Jeans und Polohemd und ähnelt mehr einem Tennistrainer.

»Ich fühle mich überhaupt nicht tot«, wehre ich mich kläglich. »Ich bin noch nicht bereit zum Sterben.«

Nun lächelt er. »Deshalb kommst du auch wieder zurück.«

Zurück. Ich komme zurück.

»Wann?«, frage ich aufgeregt. Im gleichen Augenblick denke ich: Birthe, du fängst an, ihm seine Geschichte zu glauben. Du traust ihm zu, dass er dich wieder auf die Erde schicken kann. Wenn ich sie überhaupt verlassen habe. Was – wenn das alles nur zu seinem perfiden Spiel gehört? Ich schiebe die erneut aufkommenden Zweifel beiseite. So viel steht fest: Ich muss ihm vertrauen. Sonst wird er mir nicht helfen.

»Wann?«, wiederhole ich meine Frage mit heiserer Stimme. »Wann komme ich zurück?«

»Gleich. Schließ deine Augen.«

Ich zögere nicht und schließe die Augen. Wenn ich hier wirklich ein Nahtoderlebnis habe, das zugegeben ganz anders ist, als in Mamas Büchern beschrieben, werde ich gleich auf der regennassen Straße mein Bewusstsein erlangen. Besorgte Gesichter sind über mich gebeugt. Vielleicht ist schon der Notarzt am Unfallort und hat mit der Herzmassage begonnen. Mit Erfolg.

Ich öffne erwartungsvoll die Augen und blicke in Günthers nachsichtig lächelndes Gesicht. Ich befinde mich nach wie vor in dem Wolkenzimmer.

»Wann«, ich suche nach einer Formulierung, »wann wache ich auf?«

»Du bist wach.«

»Ich meine unten, Sie wissen schon. Richtig wach und in meinem Leben«, haspele ich.

»Gar nicht«, antwortet er ungerührt.

»Aber …«

»Ja, ich habe gesagt, du kommst zurück. Ich habe nicht gesagt, dass du dein altes Leben zurückbekommst. Du hast bereits eine Grenze überschritten und dein Körper ebenfalls. Er ist nicht mehr zu gebrauchen.«

»Aber …«

»Du bekommst einen anderen.«

Mir bleibt ein erneutes Aber im Halse stecken. Meine Gedanken überschlagen sich. Ein anderer Körper. Soll ich ganz von vorne anfangen? Als Neugeborenes? Mit fremden Eltern? Nein! Ich will zurück zu Jonathan und Marietta.

»Du bekommst den Körper von Mia«, erklärt er mir. »Ihr habt fast das gleiche Erdenalter und ihr seht euch äußerlich ähnlich.«

»Mia«, echoe ich. Fast so alt wie ich. Wenn ich ihren Körper bekomme, bedeutet das, sie muss – sterben.

»Und wo ist – wo ist Mia? Ich meine ihr Innenleben – ihre Seele?«, würge ich heraus.

»Gerade in diesem Moment steht sie auf dem Balkon ihres Appartements in der dritten Etage.«

»Sie will springen?« Keine angenehme Vorstellung, in dem Körper einer Selbstmörderin weiterzuleben.

»Nein. Sie wird nicht springen. Der Balkon, auf dem sie steht, ist baufällig und wird mit Mia in die Tiefe stürzen.«

»Ihr Körper wird sicher nicht ganz heil unten ankommen. Ich meine, dritte Etage …«

»Mach dir darüber keine Sorgen. Ihr Körper bleibt unversehrt. Mia wird von dem Sonnendach auf der zweiten Etage abgefangen. Ihr weiterer Sturz wird durch die Nordmanntanne vor dem Haus abgefedert. Dafür haben wir gesorgt.«

»Wann wird sie herunterfallen?«, frage ich.

»Gleich. Die Hausmeisterin wird den Unfall beobachten. Deshalb müssen wir uns beeilen.«

Obwohl ich nichts sehnlicher wünsche, als von hier wegzukommen, sperre ich mich.

»Aber wenn der Sturz so glücklich ausgegangen ist, warum kann sie dann nicht selbst weiterleben? Ich verstehe das nicht. Wo bleibt sie?«

Günther lächelt. »Das brauchst du auch nicht ganz zu verstehen. Aber eins darfst du wissen: Mia ist mit dem Wechsel einverstanden. Sehr sogar. Sie hat schon öfter darum gebeten, neu anfangen zu können. Nun komm, wir müssen dort sein, bevor die Hausmeisterin bei Mia ist.«

»Aber ich kann doch nicht einfach ihr Leben weiterführen. Ich habe mein eigenes. Auf mich warten Menschen. Wie soll ich ihnen das erklären? Das muss ich doch, oder? So ähnlich werde ich Mia kaum sehen, dass ich unbemerkt wieder zu meiner Familie zurückkann.«

»Nein, das wird nicht gehen. Das würde deine Familie auch arg schockieren. Sie haben deinen Körper bereits feierlich beerdigt.«

»Beerdigt? Ich kann nicht zu ihnen zurück?«

Plötzlich erscheint es mir nicht mehr erstrebenswert, dieses Zimmer zu verlassen.

»Ob du zurückgehst oder nicht und welches Leben du leben wirst, das musst du selbst entscheiden.«

Selbst entscheiden, wiederhole ich in Gedanken. Also gibt es Wege und Möglichkeiten, mein altes Leben zurückzuerobern. Vielleicht kann ich in der Nähe eine Ferienwohnung mieten.

»Wo lebt Mia überhaupt?«, fällt mir ein. »Ich bin an der Küste aufgewachsen. In den Bergen, so schön sie sind, dort könnte ich nicht leben. Ich brauche die Weite.«

»Mia lebt in Norddeutschland. In Wilhelmshaven, aber sie verbringt auch viel Zeit in Schillig.«

»Wilhelmshaven und Schillig?«, rufe ich freudig. »Das

ist ja … Ich komme aus Horumersiel. Hat sie in Schillig eine Ferienwohnung?«

Günther nickt.

Ich stehe auf. Ich bin bereit. Der nächste Gedanke lässt mich wieder auf das Bett zurücksinken.

»Ist Mia verheiratet?«

»Ja«, antwortet er seelenruhig.

»Dann kann ich nicht in ihren Körper. Ich gehe doch nicht zu einem fremden Mann – ins Bett.«

»Das brauchst du auch nicht.«

Er nimmt meine Hand und zieht mich sanft hoch.

»Wir müssen uns beeilen. Mia stürzt gleich ab. Wenn die Hausmeisterin vor uns bei Mia ist, kannst du ihren Körper nicht mehr übernehmen.«

»Ich verstehe das alles nicht«, jammere ich.

»Sei ganz unbesorgt. Wir handhaben das öfter so. Wenn jemand so unruhig ist wie du, suchen wir etwas Passendes und schicken ihn gleich wieder los. Hast du dich noch nie gewundert, warum Menschen sich plötzlich gravierend verändert haben? Wenn sie wie ausgewechselt erscheinen? Nun, der Schein trügt nicht.«

Ein kleines Lächeln umspielt seine Lippen.

»Lass uns gehen. Was du über Mia wissen musst, erzähle ich dir unterwegs.«

»Unterwegs? Sind wir so weit von der Erde entfernt?«

»Nein. Die Reise dauert nur einen Wimpernschlag, wie ihr so gerne sagt.«

»Aber was wollen Sie mir in einer Sekunde erzählen?«

»Alles, was wichtig ist.«

»Ich werde mir auf die Schnelle nicht alles merken können.«

»Nein, das kann niemand. Aber du kannst jederzeit mit

mir Kontakt aufnehmen, dann helfe ich dir weiter. Ich bin dein Schutzengel Günther. Nun schließ wieder deine Augen.«

Ich gehorche. Vor mir sehe ich eine Frau. Sie sieht mir wirklich ein wenig ähnlich. Das Gesicht ein wenig zu rund. Ihr Bild beginnt zu verschwimmen, und ich höre Günthers Stimme. »Mia wurde am 26. November 1978 in Wilhelmshaven geboren. Nach dem Abitur hat sie drei Semester Jura studiert. Sie hat eine Ausbildung als Köchin und eine als Hotelfachfrau angefangen. Später hat sie ohne Ausbildung in Kneipen gejobbt. Seit 2010 ist sie mit Florian Bredenbeck verheiratet. Die Ehe steht kurz vor der Scheidung. Mia ist sehr traurig, depressiv, wie ihr sagt, und sie trinkt zu viel … Ich kann mich nicht mehr konzentrieren.

KAPITEL 4

Ich falle und lande. Ganz sanft und ausschwingend, als hätte ich mich auf ein weiches Trampolin fallen lassen. Unsicher öffne ich die Augen. Dicht über mir schwebt das Gesicht einer älteren Frau. Ihr Haar leuchtet hennarot in der Sonne. Es ist wahr. Es ist wirklich wahr. Ich bin nicht mehr in dem Wolkenzimmer. Und diese Frau muss die Hausmeisterin sein. Sie hat mich also schon gefunden. Und wenn alles stimmt, befinde ich mich in Mias Körper. Der Gedanke verursacht in mir ein flaues Gefühl in der Magengegend.

Die Frau zieht ihr Gesicht zurück und richtet sich auf. »Sie lebt! Sie ist wieder aufgewacht!«

Es dauert einen Augenblick, bis ich begreife, wem sie das zugerufen hat. Ihre Worte gelten den Anwohnern. Sie lehnen sich aus den umliegenden Fenstern. Ich liege allem Anschein nach in einem Innenhof. Um mich herum liegen Steine und Tannenzweige. Ich stelle vorsichtig ein Bein auf.

»Bewegen Sie sich nicht. Um Himmels willen!«, schreit die Frau panisch. »Der Krankenwagen wird gleich hier sein«, tröstet sie mich, bemüht um eine ruhigere Stimmlage. »Frieren Sie?«

Ich schlucke. Wie wird sich meine Stimme anhören? Ich bekomme keinen Ton heraus. Die Frau wartet nicht lange. Sie nimmt sich beherzt ihr Schultertuch ab und breitet es als Decke über mich aus. Mittlerweile sind erste Schaulustige im Hof eingetroffen.

»Ich war gerade bei den Mülltonnen«, erzählt die Frau den Anwesenden. »Frau Bredenbeck ist sozusagen vor meinen Augen mit dem Balkon in die Tiefe gestürzt. Ich habe schon lange gesagt, der ist marode. Aber auf mich hört ja keiner. Ein Verbrechen ist das. Auf dem Balkon hätte niemand mehr stehen dürfen. Man gut, dass Heinemeyers die Tanne stehen haben. Sonst …«

Ich schließe die Augen. Frau Bredenbeck. Damit bin ich gemeint. Ein unwirkliches Gefühl. Ich bin Mia Bredenbeck. Falsch! Ich bin und bleibe Birthe Schmidt. Ich stecke nur in einem anderen Körper. Und in einem fremden Leben. Wie soll das funktionieren? Zwei Identitäten. Man braucht nicht Psychologie studiert zu haben, um zu ahnen: Das ist der beste Weg, um verrückt zu werden.

»Welches der beiden Leben du leben wirst, musst du selbst herausfinden und selbst entscheiden.« Das waren Günthers Worte. Wo steckt er überhaupt?

Ich höre ganz in der Nähe ein Martinshorn und gleich darauf die erleichterte Stimme der Hausmeisterin. »Sie sind da. Hören Sie, Frau Bredenbeck. Sie bekommen gleich Hilfe. Halten Sie durch!«

Ich öffne wieder die Augen. Die Frau lächelt mir aufmunternd zu. Der mittlerweile beachtliche Kreis Schaulustiger öffnet sich. Ein Krankenwagen mit eingeschaltetem Blaulicht rollt auf den Hof. Schiebetüren werden geöffnet, im nächsten Augenblick knien Helfer um mich herum.

»Können Sie mich hören?«, fragt mich einer der Männer.

Ich kann wieder nur nicken.

Die Hausmeisterin übernimmt für mich das Antworten: »Der Balkon ist abgestürzt. Mit ihr! Aus der dritten Etage!«

Dritte Etage! Es ist vollkommen unglaubwürdig, dass Mia kaum Verletzungen erlitten hat. Hat sie im Grunde auch nicht. Sie hat den Sturz nicht überlebt. Wo sie jetzt wohl ist? Ob sie mich sehen kann? In ihrem Körper? Der nun mit mir weiterlebt. Bleib ruhig, Birthe. Mit den Gedanken kannst du dich später auseinandersetzen. Vergiss nicht, du wirst beobachtet.

»Ich bin der Notarzt«, stellt sich einer der Männer vor, die neben mir auf der Erde hocken. »Ich leuchte Ihnen jetzt in die Augen. Nicht erschrecken.«

Nein, denke ich. Das erschreckt mich nicht. Ich habe heute schon was ganz anderes erlebt.

»Das sieht gut aus«, stellt er zufrieden fest. »Haben Sie Schmerzen?«

Ich schüttele vorsichtig den Kopf.

Der Arzt bekommt etwas angereicht und macht sich an meiner rechten Hand zu schaffen. »Ich lege Ihnen eine Infusion. Flüssigkeit für Ihren Kreislauf. Danach fahren wir Sie in ein Krankenhaus«, sagt er.

Ich nicke ergeben. Krankenhaus. Stimmt. Auch das hat Günther mir in der kurzen Zeit eingebläut. Sie werden mich in eine Klinik fahren, obwohl Mias Körper bis auf ein paar Abschürfungen unverletzt geblieben ist. Er hat mich ermahnt, dass ich mich auf keinen Fall dagegen wehren soll. Oder sogar gleich aufstehe. Was ich rein theoretisch könnte. Das würde nur Verwirrung stiften. Vielleicht sogar Unmut. Ich sollte die anstehenden Untersuchungen widerstandslos über mich ergehen lassen.

Sie heben mich zu dritt auf eine Trage und schieben mich damit in den Krankenwagen. Alles sehr vorsichtig, als befürchten sie, dass ich mich jeden Augenblick in meine Einzelteile zerlege.

Der Arzt legt mir eine Blutdruckmanschette um und verkabelt mich mit einem Monitor. Plötzlich kommt sein Gesicht meinem unangenehm nahe. Er schnuppert intensiv. Was soll das jetzt werden?

»Haben Sie Alkohol getrunken?«, fragt er.

Ich schüttele den Kopf.

Er sieht mich zweifelnd an und sagt: »Okay.«

Wie er das sagt, hört es sich nicht an, als würde er mir glauben. Mia trinkt zu viel Alkohol, fällt mir ein. Wahrscheinlich habe ich eine Fahne. Wie peinlich.

Es wird kurz an die Tür geklopft, und im nächsten Moment schiebt jemand sie auf. Ein Polizist. »Moin, ich habe noch ein paar Fragen. Ist das okay?«

Mein Arzt sieht wenig begeistert aus, und ich bin es schon gar nicht. Was will der wissen?

»Aber nur ganz kurz«, erlaubt der Arzt unwillig.

Der Polizist steigt in den Krankenwagen und beugt sich zu mir herunter. Ich versuche, möglichst flach zu atmen.

»Können Sie sich an den Unfallhergang erinnern?«

Nein, denke ich. Wie sollte ich. Verdammt, darauf hat mich Günther nicht vorbereitet. Von wegen, ich kann ihn jederzeit fragen. Wo steckt der nur?

Ich schüttele den Kopf und halte meine Lippen fest zusammengepresst.

Der Polizist sieht mich einen Augenblick nachdenklich an. Dann sagt er resigniert: »Gut, dann bräuchte ich noch Ihre Personalien.«

Personalien. Adresse. Geburtsdatum. Günther! Hilfe!

Es wird erneut an die Tür geklopft. Wer will denn noch mit in den Wagen? Es ist die rührige Hausmeisterin.

»Ich habe aus Ihrer Wohnung eine Handtasche mit

Ihren Papieren geholt. Sie brauchen doch sicher Ihre Versicherungskarte«, sagt sie kurzatmig.

Ich atme erleichtert durch. Dich schickt der Himmel, hätte ich ihr am liebsten gesagt.

»Die Wohnung ist gesperrt!« Der Polizist sieht die Hausmeisterin verärgert an.

»Das habe ich nicht bemerkt«, antwortet sie unschuldig.

Ich lächele sie dankbar an.

Endlich fährt der Krankenwagen los. Während der Fahrt überprüft der Notarzt erneut mit einer Taschenlampe meine Pupillen. Als er sich für einen Augenblick von mir abwendet, hebe ich vorsichtig die linke Hand, um einen Teil von meinem neuen Körper zu betrachten. Die Haut sieht zart aus und sehr weiß. Aber die Fingernägel! Sie sind abenteuerlich lang und professionell lackiert. Weiß mit einem schwarzen, filigranen Muster. Ich drehe meine Hand um und zucke zusammen. Unter dem Handgelenk verläuft eine hässliche Narbe. Das ist keine normale Verletzung. Mia muss einen Selbstmordversuch hinter sich haben. Und das vor nicht allzu langer Zeit.

Der Krankenwagen hält. Wir sind angekommen. Ich werde auf der Trage in eine Ambulanz gerollt. Der Notarzt geht auf einen Kollegen zu und stellt mich mit einem kurzen Bericht vor. Ich kann nur ein paar Wortfetzen davon verstehen. »… aus der dritten Etage mit dem Balkon abgestürzt … Der Kreislauf ist stabil … Pupillen …«

Ein Krankenpfleger kommt zu mir und nimmt mir Blut ab. Unglaublich viele Röhrchen.

»Sie werden gleich zur Computertomografie gebracht«, sagt er und eilt davon.

Den Transport übernimmt ein anderer junger Mann. Er kurvt mich auf meiner Trage bis vor eine Tür. »Computertomografie«, steht in großen, leuchtenden Buchstaben darüber. Er klopft, und die Tür wird geöffnet. In dem fensterlosen Raum warten schon zwei Männer und eine Frau auf mich. Ich muss von meiner Trage auf eine spezielle für die Untersuchung umsteigen. Ohne nachzudenken, richte ich mich auf und will aufstehen.

Die versammelte Mannschaft ruft wie im Chor: »Halt! Bleiben Sie liegen!«

Ich gehorche. Einer der Ärzte lächelt mir väterlich zu. »Sie dürfen erst einmal gar nichts, bis wir Ihr Innenleben gründlich durchleuchtet haben.«

Ich antworte nicht und denke: Wenn ihr das wirklich könntet, würdet ihr staunen.

Ich werde von ihnen gemeinsam auf einer Rutschmatte von einer Trage auf die andere befördert. Nach der Untersuchung das gleiche Manöver zurück. Nun liege ich im Bett und warte auf das Ergebnis.

Die Ärzte haben sich in einem Nebenraum versammelt. Ich kann sie durch eine Glasscheibe beobachten. Sie begutachten mein sogenanntes Innenleben. Ich kann sie leider nicht hören. Bei mir im Zimmer ist nur der junge Mann geblieben. Er betrachtet gelangweilt seine Fingerspitzen. Endlich wird die Tür aufgeschoben, und der ältere Arzt kommt zu mir.

»Liebe Frau Bredenbeck, Sie haben unfassbar viel Glück gehabt. Was soll ich sagen: Sie haben sich keinen einzigen Knochen gebrochen. Keine Blutung. Ihre Schutzengel waren die Markise und die Tanne. Die haben den Sturz aufgefangen. Aber dennoch, es ist kaum zu glauben.«

Er lächelt mich Beifall haschend an, ich lächele dünn zurück. Wenn der wüsste, wer mein Schutzengel ist.

»Aber«, höre ich den Arzt weiterreden, »wir möchten Sie auf jeden Fall ein oder zwei Tage zur Beobachtung hier behalten. Um eine Gehirnerschütterung ganz auszuschließen.«

Ein oder zwei Tage. Mir geht es gut. Ich will ... mir fallen Günthers Anweisungen ein. Ich soll mich fügen. Immerhin bin ich aus der dritten Etage gefallen und habe keine Verletzungen. Ich muss den Medizinern Zeit lassen, dieses Wunder zu begreifen.

Ich werde von einer Ärztin noch einmal gründlich von Kopf bis Fuß abgetastet. Sie ist freundlich und hat angenehm warme Hände. Und sie stellt keine Fragen. Nicht einmal, ob ich Alkohol getrunken habe. Vielleicht haben sie das schon längst in ihrer Akte vermerkt.

Dann darf ich auf eine Station gefahren werden. Der junge Mann bekommt eine Tüte mit Papieren in die Hand gedrückt, die er postwendend auf meine Beine legt. »Ist doch okay?«, fragt er nachträglich.

Ich deute ein Nicken an. Er manövriert mich auf der Trage aus dem engen Zimmer, weiter über einen langen Flur und schließlich in einen Fahrstuhl. Ein paar Etagen nach oben. Wieder raus und weiter über Flure, um Ecken und in den nächsten Fahrstuhl. Anscheinend geht es wieder nach unten. Das ist ein Labyrinth. Hier finde ich allein nie wieder heraus.

Endlich verkündet mein Tranporteur: »Wir sind da! Station 37.«

Es riecht nach Pfefferminztee und – ich schnuppere – nach Teewurst. Richtig. Eine ältere Schwester kommt uns mit einem Abendbrottablett entgegen.

»Zimmer neun!«, ruft sie und mit einem freundlicheren Blick auf mich gerichtet: »Guten Abend, es kommt gleich eine Kollegin zu Ihnen.«

Zimmer neun hält zwar keinem Vergleich mit dem Wolkenzimmer statt, aber es macht einen sehr freundlichen Eindruck. Das Beste: Es ist ein Einzelzimmer. Die Wände sind aprikosenfarben gestrichen. Fotos mit mediterranen Motiven hängen in grünen Rahmen. Ob Mia Bredenbeck privat versichert ist?

Es wird an die Tür geklopft, und gleich danach betritt eine Schwester mein Zimmer. Eine sehr junge.

»Guten Tag. Ich bin Schwester Uta«, stellt sie sich vor. Ihre Stimme klingt noch wie die eines Mädchens, aber sie hat sich ganz selbstbewusst als Schwester Uta vorgestellt. Dabei hätte ich sie höchstens auf siebzehn oder achtzehn geschätzt. So alt wie Marietta.

Der Gedanke an sie erreicht mich unvorbereitet. Marietta. Wie konnte ich so lange nicht an sie denken? Meine kleine Träumerin, die ich ständig an Termine erinnern muss. Wie kommt sie ohne mich zurecht? Wem erzählt sie ihre zauberhaften Geschichten? Jonathan weiß so wenig von seiner Tochter. Jonathan. Er steht mit der Verantwortung ganz allein da. Er wird Sehnsucht nach mir haben und traurig sein. Ach Jonathan. Wir sehen uns bald wieder. Ich werde bald entlassen. Ich? Die nächste Erkenntnis trifft mich wie ein Faustschlag. Ich hatte mal wieder verdrängt, dass ich – dass ich längst beerdigt wurde. Jonathan und Marietta haben an meinem Grab gestanden. Hatte ich überhaupt eine Erdbestattung? Und auf welchem Friedhof? Oder bin ich verbrannt worden und sie haben meine Asche ins Meer gestreut? Das ist ein Trend. Ich weiß es nicht. Wir haben nie über das Thema gesprochen. Bilder schieben sich vor mein geistiges Auge. Ein heißer Sommertag. Einer, von denen es viele in diesem Sommer gab. Jonathan und Marietta stehen beieinander.

Blass und starr vor Trauer. Hinter ihnen meine Eltern. Ich kann nicht erkennen, ob sie weinen. Meine Freundinnen. Ich kann diese Bilder nicht länger ertragen. Mir sind Tränen in die Augen gestiegen.

»Frau Bredenbeck, was ist denn?«, höre ich eine sanfte Stimme. Ich zucke zusammen und sehe in das besorgte Gesicht der jungen Schwester.

Am liebsten hätte ich richtig losgeheult. Aber wie sollte ich einen Weinkrampf erklären? Immerhin bin ich das Glückskind des Tages. Kein Grund zum Weinen.

»Das ist der Schock«, tröstet mich Schwester Uta. »Sie begreifen jetzt erst, dass Sie – dass Ihr Sturz ganz anders hätte ausgehen können. Sie können von nun an getrost Ihren zweiten Geburtstag am 5. Juli feiern.«

Sie lächelt mir aufmunternd zu. Ich nicke tapfer. Wir haben heute den 5. Juli. Es sind wirklich mehr als drei Wochen vergangen. Wieso hat Günther mich so lange schlafen lassen? Ich hätte doch wunderbar in meinem Körper bleiben können. Und in meinem Leben. Jetzt ist alles unnötig kompliziert.

»Ich habe noch ein paar Fragen«, sagt Schwester Uta. Ich konzentriere mich. Fragen beziehen sich auf Mias Leben – und von dem weiß ich noch immer herzlich wenig.

»Haben Sie irgendwelche Allergien?«

Allergien. Ich habe keine. Hatte Mia welche?

»Mir sind keine bekannt«, antworte ich vorsichtig und erschrecke. Ich habe zum ersten Mal Mias Stimme ausprobiert. Sie hört sich belegt an. Ein wenig heiser, aber nicht unangenehm.

»Gut, und ich bräuchte noch eine Telefonnummer.«

»Was für eine Telefonnummer?«

»Von einem Angehörigen, zum Beispiel von Ihrem

Mann. Das ist eine reine Formsache. Die schreiben wir bei jedem Patienten auf.«

Telefonnummer. Ich atme schwer durch.

»Also, ich habe keine einzige Nummer im Kopf, und mein Handy ist leider verschwunden.«

Das entspricht jetzt hundertprozentig der Wahrheit. Telefonnummern merke ich mir nicht mehr, seit ich sie alle im Handy speichern kann. Und wo das ist, keine Ahnung.

Schwester Uta lächelt verständnisvoll. »Geht mir auch so. Aber Sie bekommen sicher noch Besuch, dann können wir das nachholen.«

Besuch. Wer soll mich besuchen? Nicht mich, aber Mia.

Schwester Uta legt um meinen linken Arm eine Manschette und misst Blutdruck. Ihre Hand greift nach meinem Handgelenk. Als sie die Narbe streift, schaue ich peinlich berührt zur Seite. Uta lässt sich nichts anmerken und prüft meine Temperatur im Ohr. Dann leuchtet sie mir mit einer Taschenlampe in die Augen.

»Das werden wir alle zwei Stunden machen«, erklärt sie freundlich.

»Auch die ganze Nacht?«

»Ja, und Sie sollten möglichst Bettruhe einhalten. Bitte stehen Sie nur auf, um auf die Toilette zu gehen oder zum Zähneputzen. Das Badezimmer ist gleich hier im Zimmer.«

Sie weist auf eine Tür.

Wie auf Stichwort fühle ich den Druck einer gefüllten Blase. Meiner? Hör auf. Denk nicht drüber nach.

»Ich müsste gleich mal«, sage ich.

»Gut«, sagt Schwester Uta. »Das erste Mal werde ich Sie begleiten.«

Begleitung zur Toilette. Hoffentlich nur bis zur Tür.

»Setzen Sie sich erst mal auf die Bettkante und atmen Sie ruhig durch.«

Ich gehorche und starre auf die Beine, die nun meine sind. Sie sind schlank. Nein, sie sind dünn. Mia kann nicht viel Sport getrieben haben. Ich fahre für mein Leben gern Rad und jogge regelmäßig. Meine Beine waren durchtrainiert. Auch nicht drüber nachdenken.

»Ist alles in Ordnung?«, fragt Schwester Uta. »Ist Ihnen schwindelig?«

»Nein, alles gut«, sage ich und stelle mich hin.

An der Badezimmertür lässt mich die nette Schwester allein. Zum Glück, denn als mein Blick in den riesigen Wandspiegel fällt, muss ich mich für einen Moment an den Wandgriffen festhalten.

Ich habe das Gefühl, statt in einen Spiegel durch ein Fenster zu sehen. Eine fremde Frau sieht mir entgegen. Und diese Frau soll nun ich sein. Günther hat gesagt, Mia sehe mir ähnlich. Ich zwinge mich, weiter das Spiegelbild zu betrachten. Ja, sie hat die gleiche Haarfarbe wie ich. Kastanienbraun. Also ziemlich sicher. Denn sie sind raspelkurz. Nur eine einzige Strähne hat sie wachsen lassen. Das erinnert an mein schulterlanges Haar. Eine eigenartige Frisur für eine gut vierzigjährige Frau. Mein Blick wandert weiter, über ihr Gesicht. Es ist ein wenig pausbackig, die Wangen zu stark durchblutet. Wir sehen uns wirklich ähnlich. Diese robuste Gesichtsfarbe hat mich immer geärgert. Vor allem, wenn ich mich angeschlagen fühlte. Ich habe immer gesund ausgesehen. Deshalb bin ich während der Schulzeit nie nach Hause geschickt worden. Selbst wenn mir speiübel war.

Jemand klopft an die Badezimmertür. Ich schrecke

zusammen, als hätte man mich bei etwas Verbotenem erwischt.

»Alles in Ordnung?«, höre ich die Stimme von Schwester Uta.

»Ja, danke. Alles okay.«

»Im Badezimmer liegt ein Krankenhausnachthemd. Das können Sie anziehen, bis Sie eigene Sachen haben.«

»Ja, mach ich.«

»Ich stelle Ihnen ein Tablett mit Abendbrot auf den Nachttisch. Morgen können Sie sich etwas auswählen. Heute kann ich nur anbieten, was die Küche hochgeschickt hat.«

»Das ist wirklich kein Problem«, antworte ich.

»Und wenn Sie Hilfe brauchen: Klingeln!«

KAPITEL 5

Als ich aus dem Badezimmer komme, steht eine Frau am Fenster. Die Abendsonne lässt ihr gepflegtes, weißes Haar silbern schimmern. Sie trägt eine schwarze Jeans und einen schicken karminroten Blazer. Selbst von hinten eine elegante Erscheinung.

Nun dreht sie sich zu mir um und läuft mir lächelnd entgegen. Kein Zweifel. Das ist Mias erster Besuch. Sie umfasst meine Schultern und zieht mich zu sich heran. Das macht sie sehr behutsam. Nein, irgendwie hölzern. Unsere Körper berühren sich nicht, als sie flüchtig meine Wange mit ihrer streift. Sie duftet gut. Wer ist diese Frau? Hilfe, Günther. Ein bisschen mehr Vorbereitung wäre gut gewesen. Ich mag keine Überraschungen. Wenn du mich so gut kennst, solltest du das wissen.

»Mein Kind«, haucht sie mir zu. »Ich bin so glücklich, dass dir nichts passiert ist. Es ist wie ein Wunder. Ja, wirklich ein Wunder.«

Mein Kind, sagt sie und ist glücklich, dass ich unverletzt geblieben bin. Das hört sich ganz nach Mias Mutter an. Sie schiebt mich ein Stück weit von sich weg und sieht mich intensiv an. Die Sorge in ihrem Blick berührt mich. Wann hat meine Mutter mich das letzte Mal so angesehen? Ich kann mich kaum erinnern. Auf jeden Fall nicht mehr, nachdem Lars gestorben ist. War Lars ihr Lieblingskind? Hat man Lieblingskinder? Bestimmt. Aber mir fehlt die Erfahrung. Ich habe nur Marietta, und sie war schon zehn Jahre alt, als sie meine Tochter wurde.

Wie meine Eltern wohl mit meinem – Tod umgehen? War die Beerdigung nur ein schmerzhaftes Déjà-vu, oder trauern sie um mich? Bereuen sie, dass wir keinen Kontakt mehr miteinander hatten? Bereue ich es? Nein, dazu besteht kein Grund. Ich bin ihnen lange genug hinterhergelaufen. Sie haben mich nicht mehr wahrgenommen. Als wäre ich mit Lars beerdigt worden. Marion ist ihre Tochter. Sie und ihre Kinder. Das ist ihre Familie.

Mias Mutter betrachtet mich noch immer eindringlich. Als wollte sie etwas verstehen. Das wird mir zunehmend unangenehm. Merkt sie etwas? Ich weiche ihrem Blick aus. Sie legt sachte einen Arm um meine Schulter und führt mich zum Bett.

»Du musst dich ausruhen«, sagt sie sanft. Ich gehorche stillschweigend. Wie ist das Verhältnis von Mia zu ihrer Mutter gewesen? Mia war depressiv und alkoholabhängig. Ob ihre Mutter davon weiß? Günther hat mir nichts von ihr erzählt. Günther. Ob er sich überhaupt wieder meldet? Oder lässt er mich von nun an allein? Ende seiner Begleitung. Jetzt muss ich klarkommen.

Mias Mutter setzt sich zu mir auf die Bettkante. Ihre Hand streicht über meinen linken Arm, sucht meine Hand. Mir fallen die Narben ein. Ich entziehe ihr meine Hand und verstecke sie unter der Bettdecke. Mias Mutter steht auf.

»Ich habe dir Nachtzeug, Handtücher und Zahnbürste und so weiter mitgebracht. Auch Kleidung, falls du aufstehen darfst.«

Sie weist auf die schmale Reisetasche.

»Danke«, sage ich.

»Möchtest du etwas essen? Ich kann dir auch etwas anderes besorgen. Worauf hast du Appetit?«

Sie wirkt plötzlich wie aufgedreht. Als wäre sie unsicher, wie sie mit ihrer Tochter umgehen soll. Ihre Tochter. Die ist – ja was ist sie? Tot? Das Wort passt seit meinen jüngsten Erfahrungen nicht mehr. Auf jeden Fall ist sie nicht mehr hier. Spürt Mias Mutter den Unterschied?

»Nein, danke«, antworte ich betont freundlich. »Das ist lieb von dir, aber ich habe überhaupt keinen Hunger.«

Sie lächelt und setzt sich wieder vorsichtig bei mir auf die Bettkante. »Das kann ich verstehen«, sagt sie. »Erhol dich erst einmal.«

Ich nicke. Wir schweigen beide einen Moment. Ich spüre ihr Zögern, aber sie will mir irgendwas sagen. Es macht mich nervös.

Endlich sagt sie: »Wenn du willst, kannst du auch erst einmal wieder bei uns wohnen. Damit du zur Ruhe kommst.«

Warum hat diese Frage sie so viel Überwindung gekostet?

Bei Mias Eltern wohnen. Das würde bedeuten, ich könnte Mias Ehemann aus dem Weg gehen. Und möglichst schnell in die Ferienwohnung nach Schillig verschwinden. Warum eigentlich nicht. Mias Mutter wirkt auf mich sehr zurückhaltend. Das ist gerade jetzt angenehm und hilfreich.

»Ja«, sage ich. »Das wäre nett.«

Ihr irritierter Blick trifft mich. Und ich ärgere mich über meine Formulierung. Man sagt nicht, das wäre nett. Nicht auf eine freundliche Einladung der eigenen Mutter. Nun lächelt sie. Erleichtert, fast ein wenig glücklich. Und ich ahne, dass Mia das Angebot ihrer Mutter niemals angenommen hätte.

»Bei uns im Bürohaus ist übrigens eine äußerst sympathische Therapeutin eingezogen. Ich habe gehört, sie soll richtig gut sein. Was meinst du?«

Ihre Stimme ist immer dünner geworden. Als hätte sie während des Redens bemerkt, dass sie einen Schritt zu weit gegangen ist. Therapeutin! Das bedeutet, Mias Mutter weiß von dem Suizidversuch und der Depression. Vielleicht auch von dem Alkoholproblem. Nein, ich brauche keine Therapie! Wie soll ich denn Mias Probleme aufarbeiten? Ich habe keine Ahnung, wie es in ihr ausgesehen hat. Ich möchte kurz verschnaufen und dann nichts wie weg nach Schillig, um nah bei Jonathan und Marietta und meinem eigenen Leben zu sein. Was soll ich antworten? Welche Antwort hätte ich meiner Mutter gegeben, wenn sie versucht hätte, mir eine Therapie aufzudrücken?

»Lieb, aber lass das«, sage ich leise.

Sie nickt beschämt und tätschelt die Bettdecke.

»Ich habe nur gemeint.«

Wieder ein längeres Schweigen.

Dann rafft sie sich auf. »Ich lasse dich jetzt schlafen. Du kannst mich jederzeit anrufen. Falls du morgen schon entlassen werden solltest, hole ich dich ab.«

Anrufen. Super. Ich kann sie nicht anrufen. Ich kenne weder ihre Telefonnummer und schlimmer, ich kenne noch nicht einmal ihren Nachnamen. Oder hat Mia ihren Mädchennamen behalten?

»Ich habe kein Handy dabei«, sage ich. »Und leider keine einzige Telefonnummer im Kopf.«

»Oh«, sagt sie erstaunt. Wahrscheinlich führt sie noch ein handgeschriebenes Adressbuch.

»Ich habe jetzt nichts zum Schreiben dabei, aber ich

werde bei den Schwestern meine Nummer hinterlegen. Dann können sie anrufen, wenn du abgeholt werden kannst.«

»Gute Idee«, lächele ich.

Sie tänzelt auf der Stelle herum.

»Du kannst wirklich nach Hause fahren«, sage ich aus einem Gefühl heraus. »Ich bin hier bestens versorgt.«

»Gut, wir sehen uns morgen. Ach, und liebe Grüße von Georg. Es wird ihn freuen, dass du zu uns kommst.«

Ich bin wieder allein. Und ich habe so viele Fragen. Wo steckt Günther nur? Er hat gesagt, dass ich ihn jederzeit rufen kann. Jederzeit. Also auch jetzt genau in diesem Augenblick. Sollte ich es versuchen? Warum eigentlich nicht. Es beobachtet mich niemand – und mehr als keine Antwort zu bekommen, kann mir nicht passieren. Ich schwinge die Beine aus dem Bett, um besser sitzen zu können. Ich räuspere mich, als müsste ich eine Rede halten.

»Hallo, Günther? Können Sie mich hören?« Ich bekomme die Worte nur geflüstert heraus.

»Ja, ich kann dich gut hören, Birthe«, erklingt seine freundliche Stimme.

Mein Herz macht einen freudigen Hopser, als ich meinen Namen höre. Nicht Frau Bredenbeck und auch nicht Mia, sondern Birthe. Dafür bin ich Günther dankbar, und ich fühle eine wachsende Verbundenheit zu ihm. Dem Einzigen, der weiß, wer sich in diesem fremden Körper befindet. Aber wo ist er? Ich kann Günther nirgendwo entdecken.

»Wo sind Sie?«, frage ich leise.

»Ich sitze auf dem Stuhl neben deinem Bett«, antwortet er in normaler Lautstärke.

Ich starre auf den leeren Stuhl. Er wackelt nicht einmal. Auch das Sitzkissen ist nicht eingedrückt.

»Und warum sehe ich Sie nicht?«

»Weil du jetzt wieder ein irdisches Leben führst. Solange wirst du mich visuell nicht wahrnehmen können. Aber wir können uns jederzeit unterhalten. Du hast um meine Hilfe gebeten. Was möchtest du wissen?«

Ich knete an einem Zipfel der Bettdecke und starre konzentriert auf den leeren Stuhl. Dabei versuche ich mir vorzustellen, wie Günther dort sitzt und mich mit seinen hellen Augen aufmerksam betrachtet. Ich hatte viele Fragen, aber nun sind sie weggefegt. Von Günther kommt kein Ton.

»Sind Sie noch da?«, frage ich vorsichtig.

»Ja Birthe. Ich bin immer da.«

»Immer?«, wiederhole ich bitter. »Ich hätte Sie heute einige Male dringend gebraucht.«

»Und ist dir nicht geholfen worden? Denk mal an die Hausmeisterin.«

»Na ja, es hat sich so ergeben. Die Hausmeisterin war eben nett und hat meine Papiere hinterhergebracht.«

»Birthe, du weißt, dass es kein Zufall war.«

Ich schiebe wie ein uneinsichtiges Kind die Unterlippe vor.

»Es ist nicht einfach, eine Unterhaltung zu führen, ohne seinem Gegenüber ins Gesicht sehen zu können«, sage ich schließlich.

Ich höre Günther leise seufzen.

»Ja, damit haben die meisten ein Problem.«

»Das heißt, Sie sprechen nicht nur mit mir?«

Irgendwie gefällt mir der Gedanke nicht, dass Günther nicht nur für mich zuständig ist.

Jetzt lacht er leise. »Natürlich bin ich ganz speziell für dich da, Birthe. Aber jeder könnte mit uns Engeln reden. Jeder hat seinen Schutzengel.«

»Und wo ist das Problem?«

»Wir müssen angesprochen werden. Sonst sind wir machtlos und können nur warten. Nun frag mich, was du auf dem Herzen hast.«

»Wer ist Georg?«

»Georg ist Mias Vater.«

Ich weiß zu schätzen, dass Günther nicht »er ist dein Vater« sagt.

»Hat Mia ihn mit Vornamen angesprochen?«

»Ja, aber erst, nachdem sie erwachsen war. Sie sagt seitdem Frauke und Georg.«

»Mögen das ihre Eltern?«

»Nein, sie empfinden es als Abgrenzung, und so hat Mia es wohl auch gemeint.«

»Mia versteht sich also nicht gut mit ihren Eltern?«

»Das ist eine längere Geschichte. Ich kann sie nur anreißen. Frauke und Georg sind erfolgreiche Anwälte. Sie leiten eine große Kanzlei. Sie waren immer sehr ehrgeizig und Mia – war kein Wunschkind. Aber sie haben versucht, gute Eltern zu sein. Und Mia war zwar kein rundherum glückliches Kind, jedoch frei. Aber als Mia in die Oberstufe kam, begannen sie massiven Leistungsdruck auszuüben. Gute Zensuren und klare Berufsziele. Für Mias Eltern normale Forderungen. Doch Mia war damit überfordert und hat für sich falsche Entscheidungen getroffen. Erst hat sie Jura studiert. Zur Freude ihrer Eltern. Aber diese Freude hat Mia nur drei Semester über getragen. Dann hat sie das Studium abgebrochen.«

»Wissen ihre Eltern von ihrem Selbstmordversuch?«,

unterbreche ich ihn. Demonstrativ halte ich meinen Arm in Günthers Richtung.

»Ja, es hat sie traurig gemacht. Vor allem aber hat es sie verwirrt. Sie können es nicht verstehen. Depressionen sind ihnen fremd.«

»Warum?«

»Sie arbeiten viel. Sehr viel. Zu viel. Da gibt es wenig Platz für Zweifel.«

»Wie heißen Mias Eltern eigentlich mit Nachnamen?«

»Hansen.«

»Die Hansen? Ich meine, die Anwälte?«

»Genau die.«

In mir breitet sich erstes Verständnis für Mia aus. Es war sicher schwer für sie, dermaßen erfolgreiche Eltern zu haben. Eltern, die wahrscheinlich wenig Zeit für ihre Tochter hatten. Eltern, die gute schulische Leistungen erwarteten.

»War Mia eine gute Schülerin?«

»Nein, sie hatte keinen großen Ehrgeiz.«

Ich war ehrgeizig, denke ich. Sehr sogar.

»Das stimmt«, höre ich Günthers Bestätigung.

»Ich musste für meine Noten eben fleißig sein«, verteidige ich mich gekränkt. »Lars hatte es dagegen sehr leicht. Er war ein Überflieger. Er war sportlich und überall beliebt. Niemand hat ihm Ehrgeiz vorgeworfen.«

Günther schweigt.

»Ich habe meinen Bruder geliebt«, sage ich.

»Das weiß ich. Du brauchst dich nicht zu verteidigen. Ich bin auf deiner Seite.«

Ich atme tief durch. Trotz seiner lieben Worte fühle ich mich plötzlich einsam. Einsam, verlassen und sehnsüchtig.

»Ich möchte wieder nach Hause«, sage ich leise.

Günther antwortet nicht.

»Warum sagen Sie nichts? Sie haben gesagt, ich könnte selbst entscheiden, welches Leben ich weiterleben möchte.«

»Das stimmt«, sagt er endlich. »Aber du brauchst vorher ein wenig Geduld.«

»Geduld«, wiederhole ich und lasse mich auf das Kissen zurückfallen. Mit einem Mal ist mir alles zu viel. Sowohl das eine Leben wie das andere. In meinem Kopf schwirren formlose Gedanken, gleichzeitig empfinde ich eine tiefe Müdigkeit.

»Sie sind also immer da?«, nuschele ich schon schlaftrunken.

»Ja, das bin ich.«

KAPITEL 6

Etwas kitzelt mich. Ich öffne die Augen, um sie sofort wieder zu schließen. Helle Sonnenstrahlen fallen direkt auf mein Gesicht. Ich drehe mich auf die Seite. Nun blendet mich die Sonne nicht mehr und ich kann aus dem Fenster schauen. Unmittelbar davor steht eine Kastanie. Ich kann den oberen Teil ihrer Baumkrone sehen. Was für ein schöner Morgen. Ich genieße die Lichtspiele der Sonnenstrahlen, die durch das Blätterdach fallen. Gedankenverloren streife ich mir durchs Haar und erstarre in meiner Bewegung. Ich war – ich bin – oh nein, wie konnte ich das vergessen? Und warum ist es überhaupt schon wieder Morgen? Die Nacht ist ohne Erinnerung an mir vorbeigezogen. Unglaublich. Ich habe traumlos und fest durchgeschlafen. Wann habe ich das letzte Mal so tief geschlafen? Lange her. Dabei hatte die junge Schwester doch angekündigt, dass ich nachts alle zwei Stunden geweckt würde. War jemand im Zimmer? Ich weiß es nicht.

Mein Blick wandert zum Stuhl neben meinem Bett. Ob Günther immer noch da sitzt? Ich sollte ihm vielleicht einen Guten Morgen wünschen. Aber warum soll ich den Anfang machen? Immerhin kann er sehen, dass ich aufgewacht bin. Falls es stimmt und er wirklich immer bei mir ist. Ich zögere, aber ich halte die Ungewissheit nicht aus.

»Guten Morgen«, sage ich heiser.

»Guten Morgen, Birthe«, höre ich seine vertraute Stimme. Ausgeschlafen und munter. Allerdings kommt sie nicht aus der Richtung des Stuhls. Günther muss irgendwo am Fenster stehen.

»Wo sind Sie?«

»Ich sitze auf der Fensterbank und bewundere den wunderschönen Morgen. Dir hat er ja auch gefallen.«

»Ich habe – ist heute Nacht eine Schwester bei mir gewesen? Ich meine, um meinen Blutdruck zu messen?«

»Ja, alle zwei Stunden. Du hast sie angesehen, ohne sie wirklich zu bemerken. Du warst zu tief in deinem Traumland. Wie fühlst du dich?«

Wie ich mich fühle. Danach wurde ich lange nicht gefragt.

»Ausgeschlafen und hungrig.«

»Das ist gut.«

Ich muss lächeln. Im nächsten Augenblick beschämt mich meine Leichtigkeit. Wie kann ich mich ansatzweise wohlfühlen? Jonathan und Marietta trauern um mich. Vielleicht kann Jonathan überhaupt nicht arbeiten. Und Marietta? Sie hat gerade ihr Abitur und weiß nicht, welchen Weg sie einschlagen soll. Sie braucht mich.

»Wissen Sie, wie es meinem Mann und meiner Tochter geht?«

»Ja, das weiß ich.«

»Und? Wie geht es ihnen?«

»So etwas kann man nicht so einfach beantworten.«

»Doch! Warum nicht. Sagen Sie mir, ob es Ihnen einigermaßen gut geht? Sozusagen den Umständen entsprechend. Kommen sie allein zurecht oder hilft ihnen jemand?«

»Es geht ihnen einigermaßen gut, wenn ich einmal deine Formulierung übernehmen darf. Sie sind nicht allein und bekommen Hilfe.«

»Von wem?«

»Von ihren Schutzengeln.«

Ich atme tief durch. Schutzengel. Obwohl ich meinen persönlichen Begleiter nun kennengelernt habe, beruhigt mich seine Aussage nicht. Immerhin wissen weder Jonathan noch Marietta, dass sie einen Schutzengel haben und dass der angesprochen werden sollte, falls sie Hilfe benötigen.

»Ich will Sie nicht beleidigen, aber ich denke da mehr an die praktischen Seiten: Haushalt, Wäsche, Kochen, Einkaufen.«

»Soviel ich weiß, übernimmt das zum größten Teil deine Mutter.«

»Meine Mutter? Sie ist in Horumersiel?«

»Ja, seit deiner Beerdigung.«

»Dann geht es Jonathan nicht gut. Er hasst es, wenn längere Zeit Übernachtungsbesuch im Haus ist.«

»Sie wohnt nicht im Haus, sondern bei deiner Nachbarin.«

»Bei Tomke Heinrich?«

»Ja.«

Meine Mutter ist in Horumersiel geblieben. So lange. Sie sind immer nur für eine Nacht geblieben. Und für die Übernachtung haben sie sich im »Leuchtfeuer« eingemietet. Sie haben nicht einmal bei uns gefrühstückt. Und nun für ein paar Wochen. Das habe ich mir immer gewünscht. Musste ich dafür sterben? Bevor ich diesen Gedanken weiterverfolgen kann, klopft es. Die Tür wird unmittelbar danach geöffnet und zwei Ärzte kommen herein. Den älteren kenne ich. Er war gestern bei der Untersuchung anwesend.

»Guten Morgen, Frau Bredenbeck. Wie fühlen Sie sich?«, fragt er.

Schon der Zweite, der sich nach meinem Befinden erkundigt. Es gefällt mir, obwohl seine Fürsorge eindeutig professionell ist.

»Gut«, antworte ich betont munter. »Sehr gut und ich habe Hunger.«

Der Arzt lacht. »Dagegen wird Ihnen gleich ein Frühstück helfen. Und sonst? Kopfschmerzen? Schwindel?«

Ich schüttele den Kopf.

Der jüngere Arzt leuchtet mir in die Augen. Der andere vertieft sich derweil in meine Krankenakte. Schließlich klappt er sie zu und sagt: »Dann steht einer Entlassung nichts im Wege, Frau Bredenbeck. Allerdings, es wäre gut, wenn jemand zu Hause …«

»Meine Mutter ist zu Hause«, unterbreche ich ihn aufgeregt.

»Na dann.«

Er bleibt unentschlossen stehen. Warum zögert er? Es ist doch anscheinend alles in Ordnung.

»Da wäre noch eins«, beginnt er. »Ihre Leberwerte sind erhöht. Haben Sie einen Hausarzt?«

Ja, Silke Hansen aus Horumersiel, hätte ich um ein Haar geantwortet.

»Nein, ich habe keinen festen Hausarzt«, sage ich stattdessen.

Er nickt bedächtig.

»Wie steht es bei Ihnen mit Alkohol?«

Ich muss trocken schlucken und merke, wie mir Hitze ins Gesicht steigt. Alkohol. Ich trinke so gut wie nie welchen und bin deshalb oft genug angeeckt. »Musst du noch Auto fahren? Antibiotika? Oder – schwanger? Nichts davon. Ich mag die berauschende Wirkung einfach nicht. Diesen Kontrollverlust. Ich lebe gerne gesund, weil es mir guttut. Koche jeden Tag mit viel frischem Gemüse. Die Gemüsekiste! Sie ist sicher weiter wöchentlich geliefert worden, und das Gemüse gammelt vor sich hin. Außer mir schnippelt doch niemand. Meine Mutter? Kaum. Sie hat nie gerne aufwendig gekocht. Essen zubereiten musste bei ihr schnell gehen. Hoffentlich hat Jonathan bei dem Biobauern angerufen. Wohl eher nicht. Organisatorische Aufgaben gehören in meinen Bereich. Gehörten. Es hat mir nichts ausgemacht. Gut, manchmal hätte ich mich über Hilfe gefreut. Oder wenigstens über genügend Wertschätzung. Aber Jonathan hat mein Wirken immer als selbstverständlich hingenommen. Weil ich die Zuverlässige bin. Seine Bemerkung an meinem letzten Morgen: Du bist immer so zuverlässig. Kann man zu zuverlässig sein? Wirkt das wie ein bequemes Ruhekissen auf die anderen?

»Sie möchten über das Thema nicht reden«, höre ich den Arzt intervenieren. Seine Anwesenheit hatte ich einen Augenblick lang vergessen.

»Nein, das heißt doch«, stottere ich. »Ich habe in der letzten Zeit zu viel getrunken. Ich hatte Probleme.«

Irgendwie habe ich das Gefühl, es ist klüger, nahe bei der Wahrheit zu bleiben. Das scheint der Arzt genauso zu sehen. Er nickt verständnisvoll, als wüsste er genau, um welche Probleme es sich gehandelt hat.

»Und ist das gefährlich?«, frage ich.

Der Arzt sieht mich irritiert an.

»Die erhöhten Leberwerte, meine ich.«

Er schenkt mir ein joviales Lächeln.

»Nur wenn Sie weiterhin jeden Tag sehr viel Alkohol trinken. Aber Sie sollten die Werte unbedingt in der nächsten Zeit noch einmal kontrollieren lassen.«

Er zögert. »Bräuchten Sie Hilfe in Bezug auf Alkohol? Wir können Ihnen Adressen geben.«

Ich schüttele den Kopf. »Nein, ich trinke keinen Alkohol mehr.«

Der Arzt sieht mich an, als bezweifle er das. Aber er lässt mich in Ruhe. Immerhin bin ich wegen einer eventuellen Gehirnerschütterung hier. Meine erhöhten Leberwerte sind für ihn zweitrangig. Für mich nicht. Mias Leber ist angeschlagen. Was heißt Mias? Meine! Aber der Arzt schien das relativ locker zu sehen. Also kann ich das Ruder herumreißen, wenn ich mich gesund ernähre. Das werde ich, denn ich kann schon heute nach Hause.

Der Gedanke stürzt mich in die nächste Verzweiflung. Nach Hause denke ich wehmütig. Wie gerne würde ich nach Hause gehen. Geduld. Ich brauche Geduld. Erst einmal zu Mias Eltern. Nicht lange. Und dann ab in die Ferienwohnung nach Schillig. Ich brauche Erholung. Das werden ihre Eltern verstehen.

Die Ärzte sind längst gegangen. Haben sie noch etwas gesagt? Ich könnte Günther fragen. Bevor ich dazu komme, wird wieder an die Tür geklopft. Es ist eine Krankenschwester.

»Guten Morgen. Möchten Sie Tee oder Kaffee zum Frühstück?«

»Tee.«

»Wurst, Käse, Brötchen, Brot?«

»Quark, wenn möglich, und ein wenig Marmelade und eine Schnitte Vollkornbrot.«

Die Schwester verschwindet und kommt kurz darauf mit einem Tablett zurück.

»Ich kann heute schon nach Hause«, erzähle ich ihr. Sie lächelt mir aufmunternd zu.

»Meine Mutter wollte mich abholen. Hat sie ihre Telefonnummer bei Ihnen hinterlassen?«

»Das müssten Sie die Schwestern fragen. Ich teile nur das Essen aus.«

Sie zuckt bedauernd mit den Achseln und huscht aus dem Zimmer.

Eine Schwester fragen. Aber vielleicht kennt Günther sie auch.

»Günther?«

»Ja.«

»Kennst du die Telefonnummer von Mias Eltern?«

»Nein.«

»Vielleicht ihre Adresse?«

»Ja, sie wohnen in der Hegelstraße in Wilhelmshaven.«

Wow. Hegelstraße. Das noble Villenviertel. Das passt zu erfolgreichen Anwälten. Aber nicht zu Mia. Jedenfalls nicht, wie ich mir Mia vorstelle. Sie war eine Außenseiterin und hat anscheinend viel Energie verbraucht, um sich von ihren etablierten Eltern abzugrenzen. Ihre Mutter ist freundlich, aber auch distanziert. Fast kühl. Oder nur unsicher, wie sie sich ihrer Tochter gegenüber verhalten soll.

Ich schiebe die Gedanken beiseite. Ich muss mich auf mein Leben konzentrieren. Die Adresse werde ich am besten gleich aufschreiben. Ich angele Mias kleine Handtasche aus dem Nachttisch hervor. Vielleicht hat sie einen Kugelschreiber dabei. Ich öffne den Reißverschluss und zaubere ein zierliches, hübsch gemustertes Buch hervor. Ein Adressbuch. Und statt eines schnöden Kugelschreibers finde ich einen richtigen Füllfederhalter. Wer schreibt heutzutage noch Adressen per Hand in ein Buch? Ich blättere flüchtig durch die Seiten. Mia hatte einen großen Bekanntenkreis. Das hätte ich nicht vermutet.

»Kennen Sie die Freunde von Mia?«, frage ich Günther.

»Sie hatte nur eine Freundin.«

»Aber das Buch quillt über.«

»Mag sein, aber Mia hatte nur eine Freundin.«

»Wer ist das?«

»Sandra Rabe.«

Ich schaue unter R nach. Sandra Rabe, Gartenstraße 5, Hooksiel.«

»Hat es Mia deshalb nach Schillig gezogen?«

»Sicher auch. Sandra und Mia kennen sich seit ihrer frühesten Kindheit. Sie sind fast wie Schwestern. Aber Sandra ist nicht der einzige Grund. Mia liebte die Umgebung von Schillig.«

»Ich komme aus Horumersiel. Aber ich kenne keine Sandra Rabe.«

Ich höre Günthers warmes Lachen. »Na, so klein ist das Wangerland nun auch wieder nicht, dass jeder jeden kennt.«

Stimmt, denke ich. Ein gutes Gefühl, mit jemandem reden zu können, der meine Heimat kennt.

»Ist schon sehr schön, Sie in der Nähe zu wissen«, sage ich leise.

»Danke«, antwortet er schlicht.

»Aber die vielen anderen Namen. Was sind das für Menschen?«

»Flüchtige Bekannte. Mia hat die Adressen gesammelt, und manchmal, wenn sie sich besonders einsam gefühlt hat, hat sie die Namen gelesen und sich vorgestellt, wie viele Menschen sie anrufen könnte. Das hat sie getröstet. Dabei war das eine Illusion.«

»Die Menschen gab es überhaupt nicht?«

»Doch, sicher. Aber sie hätten Mia nicht trösten können. Die meisten haben sie schon lange vergessen.«

»Das ist traurig.«

KAPITEL 7

Die Schwestern haben Mias Mutter angerufen. Sie wird mich gleich abholen. Ich sitze auf dem Bett und versuche mich zu entspannen. Ich werde schon nicht weggefangen, tröste ich mich. Das waren die Worte meiner Mutter, wenn ich als Kind nicht anziehen wollte, was sie mir rausgelegt hat. Meine Mutter hatte einen rosalastigen Mädchengeschmack, gegen den ich mich erst mit zehn oder elf Jahren durchsetzen konnte.

Es wird mich niemand wegfangen, wiederhole ich in Gedanken und versuche das störrische Röckchen glattzustreichen. Es gehört zu einem Kleid. Das Oberteil ist leuchtend rot und ähnelt mehr einem kurzärmeligen Shirt. Ab Hüfthöhe geht es in einen glockigen Baumwollrock über. Er ist kunterbunt gemustert. Ohne jede Struktur, als wären die Farben wahllos ausgelaufen. Dazu habe ich eine lila Bolerostrickjacke gefunden und an Schuhwerk kunstvoll geflochtene rotgoldene Flipflops. Mias eigenwillige Frisur verbessert den Gesamteindruck garantiert nicht. Auf einen Blick in den Spiegel habe ich lieber verzichtet. Ihre Mutter hat mir gestern die Sachen vorbeigebracht. Deshalb scheint diese Kombination nichts Ungewöhnliches zu sein. Für Mia. Und was soll's. Ich kann mich schlecht im Krankenhaushemd abholen lassen. Der einzige Lichtblick ist Mias Unterwäsche. Sie ist schlicht weiß und edel. Es hat mich keine Überwindung gekostet, sie anzuziehen. Sie wirkt neu. Vielleicht hat Mias Mutter sie ihr geschenkt, und Mia hat sie nie getragen.

Es klopft. Endlich. Ich gehe auf die Tür zu. Als sie geöffnet wird, bleibe ich auf der Stelle stehen. Es ist nicht Mias Mutter, sondern ein Mann. Schätzungsweise Mitte oder Ende vierzig. In einer perfekt sitzenden Markenjeans und einem kurzärmeligen Hemd. Er hat um die Schultern einen cremefarbenen Pullover geschlungen. Das dunkle Haar ist modisch kurz geschnitten. Ich zwinge mich, nicht über mein eigenes Outfit nachzudenken.

»Hallo, du Glückskind«, sagt er und bleibt vor mir stehen.

»Hallo«, erwidere ich unsicher.

»Frauke hat mich gebeten, dich zu fahren. Georg und sie eisen sich so früh sie können aus der Kanzlei los«, erklärt er gelassen.

Haben Mias Eltern einen Chauffeur? Unsinn. Er hat mich geduzt. Ich muss unbedingt mit Günther sprechen. Er hätte mich ruhig warnen können. Als Engel muss er doch solche Situationen kommen sehen.

»Sorry, einen Moment noch. Ich müsste noch mal …«

Der Mann nickt und geht an das Fenster. Ich husche in das Badezimmer.

»Günther!«, flüstere ich.

»Ja, Birthe«, antwortet er in normaler Lautstärke.

»Psst, leise.«

»Keine Sorge, nur du kannst mich hören.«

»Wer ist der Mann?«

»Das ist Florian Bredenbeck. Mia ist mit ihm verheiratet.«

»Ich dachte, wir – also sie leben in Scheidung.«

»Ja, aber sie reden noch miteinander. Sie sind nicht zerstritten.«

Nicht zerstritten, denke ich. Er holt mich sogar aus dem Krankenhaus ab. Aber sie lassen sich scheiden. Eigenartig. Unwichtig. Nicht meine Baustelle. Und im Grunde interessiert es mich auch nicht. Ich werde mich nicht lange in Mias Leben aufhalten. Ich ziehe die Spülung und gehe zurück ins Zimmer. Mias Noch-Ehemann lehnt lässig am Fenster. Als ich hereinkomme, dreht er sich sofort um.

»Hast du noch mehr Gepäck?«

Er zeigt auf die bunte Stofftasche, die auf dem Bett steht. Ich schüttele den Kopf.

Florian Bredenbeck ist Kavalier. Er geht vor, öffnet Türen und lässt mir den Vortritt. Das bin ich nicht gewohnt, weswegen wir zweimal fast zusammenstoßen. Draußen überwältigt mich eine Wand aus schwüler Luft. Augenblicklich steht mir Schweiß auf der Stirn. Zum Glück hat Florian im Schatten geparkt und die Klimaanlage sorgt für Abkühlung. Ich lasse mich in das weiche Polster sinken. Es kann losgehen. Florian ist angenehm schweigsam und ich kann meinen Gedanken nachgehen. Mias Eltern sind noch nicht zu Hause. Irgendwie hört sich das nicht nach einem innigen Verhältnis an. Ihre Tochter ist gerade knapp dem Tod entkommen. Das müssen sie jedenfalls annehmen. Wenn das Marietta zugestoßen wäre – ich hätte Arbeit Arbeit sein lassen. Einen Kuchen gebacken oder ihr Lieblingsgericht gekocht. Linsenbolognese mit Spaghetti. Und was machen Mias Eltern? Sie gehen routiniert in ihre Kanzlei und lassen mich von meinem Fast-Exmann abholen.

Er sieht mich von Zeit zu Zeit von der Seite an. Ich schaue stur geradeaus. Plötzlich stößt er ein kleines anerkennendes Lachen aus.

»Wow, das ist das erste Mal, dass du dich nicht über meinen Fahrstil aufregst.«

»Oh, na ja«, sage ich und überlege, was Mia an seiner Fahrweise wohl auszusetzen hatte. »Es ist angenehm, dass du nicht so dicht auffährst«, sage ich unsicher.

»Genau das hast du doch immer bemängelt. Ich würde aus lauter Rücksichtnahme nur Platz für Überholer lassen.«

»Was man alles so sagt.«

Er lacht wieder. Dieses Mal richtig herzlich.

»Sag mal, diese Gehirnerschütterung kann die … sorry«, unterbricht er sich, »ist nicht witzig.« Er wird wieder ernst. »Hattest du Angst?«

»Wie meinst du das?«

»Na ja, beim Fallen. Dachtest du, das wäre dein Ende?«

»Nein, es ging viel zu schnell.«

»Ich bin froh, dass dir nichts passiert ist.«

Wir schweigen einen Moment.

»Willst du dir noch was aus deiner Bude holen? Frauke sagte, du willst ein paar Tage bei ihnen bleiben.«

Bude. Aber wie er das sagt, hört es sich nicht abwertend an, fast charmant. Auf jeden Fall weiß ich nun, die beiden leben bereits getrennt. Eine gute Nachricht. Günther, deine Informationen sind echt dünn. Deine. Ich habe ihn in Gedanken zum ersten Mal geduzt.

»Wäre wohl besser, wenn ich ein wenig packe. Aber ich weiß gar nicht, ob ich den Schlüssel dabei habe.«

»Dann schau doch nach.«

Ich finde tatsächlich ein Schlüsselbund in der kleinen Tasche und gehe davon aus, er gehört zu der »Bude«. Hoffentlich weiß Florian, wo die ist. Ich nämlich nicht, und ich habe gerade keine Möglichkeit, mich mit Günther zu beraten.

»Keine Ahnung, ob ich schon in die Wohnung darf. Gestern hatte die Polizei sie versiegelt.«

»Einen Versuch ist es wert«, sagt Florian gelassen.

Wir halten in der Weserstraße. Diese Gegend hat schon bessere Zeiten erlebt. Die Mietshäuser sind renovierungsbedürftig. Jedenfalls ein krasser Gegensatz zu der Nobeladresse ihrer Eltern. Warum hat Mia hier eine Wohnung gemietet? Hatte sie Geldprobleme? Florian hält an. Ich zögere. Und nun? Welche Hausnummer?

»Perfekt«, sagt Florian zufrieden. »Oder nicht?«

Ich lächele schwach.

»Na, wir parken direkt vor der Haustür. Ich habe schon befürchtet, wir müssen mehrere Runden drehen.«

»Ja, super«, sage ich erleichtert und steige aus. Florian bleibt im Wagen sitzen. Das ist mir mehr als recht. So kann ich Mias Wohnung inspizieren, ohne dass Florian meine Ortsunkenntnis auffällt.

Die Haustür ist nur angelehnt. Der Flur ist düster. Alte, farblose Ölfarbe. Aber es ist sauber und gelüftet. Gleich um die Ecke sind Briefkästen aufgereiht. Bredenbeck. Ein paar Werbeflyer ragen hervor. Ich ziehe sie raus und steige die ausgelatschten Holzstufen hoch bis in die dritte Etage. Ich hoffe inständig, keinem Nachbarn zu begegnen. Ich habe wenig Lust, über mein vermeintliches Wunder ausgefragt zu werden. Keine Ahnung, wie viel Kontakt Mia zu der Nachbarschaft hatte.

In der dritten Etage befinden sich drei Wohnungstüren. Sie wirken nostalgisch. Flügeltüren aus Holz mit Glasfenstern. In der Innenseite hängen Gardinen. Mia hat ihren Namen mit Kreide auf eine kleine Wandtafel geschrieben und an die Tür gehängt. Keinerlei Klebebänder der Polizei oder Ähnliches. Die Wohnung scheint frei zugänglich zu sein. Ich wähle den schwersten der Schlüssel am Bund. Er passt.

Die Tür macht beim Öffnen ein knarrendes Geräusch, und ich betrete die Wohnung. Mias Wohnung. Es riecht nach Zimt und Koriander und Nelke und erinnert an einen

Glühweinstand auf dem Weihnachtsmarkt. Im Sommer. Aber die Gerüche verwundern mich nicht. Sie passen zu dem Eindruck, den ich bislang von Mia habe. Die Einrichtung ist allerdings eine Überraschung. Ich habe ein buntes überladenes Durcheinander erwartet. Herumstehende Kisten, die darauf warten, ausgepackt zu werden. Aber der Flur ist leer. Komplett leer. Selbst die Wände sind nackt. Es gibt nicht einmal eine Garderobe. Die Zimmertüren stehen offen. Ich gehe zuerst in das zu meiner rechten Seite. Es ist das Wohnzimmer. Aufgeräumt und minimalistisch eingerichtet. Ein breites Sofa und ein Tisch. Darauf stehen nur ein breites Glas und eine Flasche Whiskey. Es gibt einen Stuhl und eine Regalwand. Sie ist bis auf ein paar Bücher und einen kleinen Fernseher leer. Von diesem Zimmer aus gelangt man auf einen Balkon. Das heißt, auf den, der sich dort einmal befunden hat. Die Glastür ist sorgfältig mit Klebeband und einer zusätzlichen Eisenstange versperrt. Ich gehe in das nächste Zimmer. Eine schmale Nullachtfünfzehn-Küche. Praktisch und ebenfalls sehr sauber. Die Anrichten sind leer. Auf dem Tisch unter dem Fenster entdecke ich die Quelle der Aromaflut. Die Fensterbank ist übersät mit getrockneten Gewürzen. Ich öffne eine Schranktür. Zwei Teller und ein Porzellanbecher. Mia kann hier noch nicht lange gewohnt haben. Ich will schon weitergehen, da fällt mir ein, es wird einen Mülleimer geben. Wahrscheinlich einen gefüllten, denn Mia hatte nicht vor zu sterben. Der Gedanke stimmt mich traurig. Hoffentlich geht es ihr gut. Das muss ich Günther unbedingt fragen, wenn wir mehr Zeit haben. Ich öffne den Schrank unter der Spüle. Dort befindet sich kein Mülleimer, sondern ein ganzes Arsenal von leeren Flaschen. Whiskeyflaschen. Um den Glasmüll werde ich mich kümmern. Das bin ich Mia schuldig. Aber nicht, wenn Florian unten im Auto sitzt und mich beobachten kann. Im dritten Zimmer hat Mia geschlafen. Auf dem Fußboden liegt eine breite Matratze. Schreiend bunte Bettwäsche erinnert an Mias Farbenfrohsinn. Ansonsten steht nur ein altmodisch wirkender Kleiderschrank. Ich streiche über das Holz. Es fühlt sich massiv und schwer an. Ich öffne die Schranktüren und verdrehe die Augen. Aber was habe ich erwartet? Eine Garderobe, die tragbar ist für eine erwachsene Frau? Nein. Der Schrank ist mit bunten Klamotten gefüllt und hätte Pippi Langstrumpf mit Sicherheit glücklich gemacht. Auf dem Schrankboden liegt eine Reisetasche mit Zebramuster. Ich nehme sie und packe resigniert Pluderhosen, Shirts und Pullover ein. Und ein Kleid. Der einzige Trost: Mia hat auch hier die schlichte wirklich schöne Unterwäsche in ausreichender Menge.

Ich schaue mich noch einmal im Zimmer um. Gäbe es nicht den gefüllten Kleiderschrank und die kunterbunte Bettwäsche, man könnte annehmen, Mia hätte es nicht gegeben. Neben der Matratze liegt etwas auf dem Fußboden. Eine Mappe. Obendrauf eine Muschelkette. Ich hebe beides auf und – mein Herz macht einen Freudenhüpfer. Darunter liegt Mias Handy! Und zwar am Ladekabel. Ich brauche es nicht neu anmelden und groß gesperrt scheint es auch nicht zu sein. An der Muschelkette hängen zwei kleine Schlüssel. Ich lasse die Muscheln durch meine Finger gleiten. Es fühlt sich vertraut an. Augenblicklich habe ich so starke Sehnsucht, dass ich mich auf die Matratze setzen muss. Was mache ich hier nur? Das ist nicht mein Leben. Wenn ich meins zurückerobern möchte, muss ich nach Hause. In die Nähe von Jonathan und Marietta. Und an mein Meer.

Ich kann nicht bei Mias Eltern einziehen. Meine spontane Zusage war ein Fehler. Verrückt. Ich kann ihnen nicht die Tochter vorspielen. Zumal ich Mia so gut wie gar nicht kenne. Ich hätte ständig das Gefühl, etwas falsch zu machen. Wie soll ich dermaßen verkrampft einen klaren Gedanken fassen? Einen Plan schmieden, wie es weitergehen soll.

»Günther?«

»Ja, ich bin hier.« Seine Stimme tut mir gut. Auch seine Zuverlässigkeit.

»Ich möchte nicht in Wilhelmshaven bleiben. Ich muss zurück.«

»Niemand hindert dich.«

»Na ja, ich habe Mias Mutter versprochen zu kommen, und sie hat sich anscheinend darüber gefreut.«

»Das stimmt.«

»Aber ich habe keine Energie, bei fremden Eltern zu wohnen. Ich möchte endlich meinen Mann und meine Tochter wiedersehen.«

Keine Antwort.

»Warum antwortest du nicht?«

»Was soll ich antworten?«, fragt Günther, ohne sich anmerken zu lassen, dass ich zum Du übergegangen bin.

»Na ja, ich würde gerne deine Meinung hören.«

»Meine Meinung? Ganz so einfach geht es nicht«, sagt er sanft. »Wohin du fahren willst, das ist deine Entscheidung. Die kann ich dir nicht abnehmen.«

Irgendwie enttäuscht mich das. Er könnte mir als mein persönlicher Engel ruhig eine Entscheidung abnehmen oder mich in meiner bestätigen. Tut er aber nicht.

»Ich werde nach Schillig fahren«, verkünde ich entschlossen. »Kannst du mir sagen, wo Mia den Schlüssel für die Ferienwohnung liegen hat?«

»Das kann ich. Du hältst ihn in der Hand.«

Ich schaue auf die Muschelkette mit den Schlüsselanhängern.

»Und wo ist diese Wohnung in Schillig?«

»Im Norderneyweg. Es ist übrigens ein Haus.«

»Ein Haus. Wow. Und hat Mia ein Auto?«

»Nein.«

»Schade.«

»Wo liegt denn ihr Führerschein?«

»Mia hatte keinen Führerschein.«

»Ach du je. Ist er ihr abgenommen worden?«

Alkohol am Steuer. Der Stress hat mir gerade noch gefehlt. Wer weiß, wie lange es dauern wird, ihn wiederzubekommen.

»Nein, Mia hat ihren Führerschein nie gemacht«, antwortet Günther.

»Und wie ist sie dann nach Schillig gekommen?«

Nun höre ich Günther herzlich lachen. Ein angenehmes Lachen, aber in diesem Fall verärgert es mich.

»Was ist an der Frage so lustig?«

»Nun, es gibt außer Autos noch Busse und Bahnen. Wenn man keine Flügel hat.«

Ha ha, denke ich. Schutzengel mit Humor. Busse und Bahnen. Ich mag keine öffentlichen Verkehrsmittel. Das sind Brutstätten für Bakterien. Außerdem bin ich gern unabhängig von Zeiten. Aber es wird mir wohl nichts anderes übrig bleiben. Von wo fährt hier überhaupt ein Bus nach Schillig? Und – Geld! Ich habe überhaupt kein Geld.

»Ähm, wo hat Mia ihr Portemonnaie liegen? Sie hatte doch eins? In ihrer Tasche habe ich keins gefunden.«

»Ja, sie hatte eins. Es liegt in der obersten Schublade im Küchenschrank.«

Ich rappel mich von der Matratze hoch und gehe in die Küche. Immerhin. Wenn Günther etwas sagt, ist es richtig. Ich finde in der Schublade ein lilafarbenes Stoffportemonnaie. Es ist mit gelben und weißen Blumen bestickt. Der Inhalt ist allerdings enttäuschend. Ungefähr 20 Euro. Dafür finde ich eine EC-Karte und Mias Personalausweis. Auf dem Foto hatte sie noch Rasterlocken.

»Das ist mir jetzt unangenehm, aber mit 20 Euro komme ich nicht ganz weit. Hat Mia noch irgendwo Bargeld in der Wohnung?«

»Nein.«

»Hat sie überhaupt Geld? Ich meine, auf ihrem Konto?«

Mia war nicht berufstätig, soweit ich weiß. Vielleicht hat sie sogar Schulden?

»Mia hat genug Geld auf ihrem Konto. Sie hatte keine finanziellen Probleme. Florian und ihre Eltern sind ihr gegenüber sehr großzügig.«

»Gut. Eine Sorge weniger. Kennst du ihre Geheimnummer?«

»Leider nein.«

»Nein?«

»Nein.«

Warum weiß mein Engel so was nicht? Vielleicht gehören Zahlen nicht in seinen Bereich. Egal. Ich habe Mias EC-Karte und ihren Personalausweis. Das wird zum Abheben reichen.

Mias Mann! Den habe ich ganz vergessen. Er wartet draußen. Ich muss mich beeilen. Nur schnell das Handy holen. Mein Blick fällt auf die Mappe. Ich öffne das Deckblatt. Darunter eine handgeschriebene Seite. *Wir hätten Freunde bleiben sollen*. Ich schlage sie wieder zu und stopfe die Mappe in meine Tasche.

Beim Auto angekommen, sehe ich, wie Florian gerade ein Gespräch beendet. Er sieht mir ruhig entgegen. Ich kann nicht einschätzen, ob ihn die lange Wartezeit verärgert hat. Er wirkt weiterhin gleichbleibend freundlich.

»Ich habe es mir anders überlegt«, sage ich, als er den Motor startet.

»Was?«

In seiner Stimme schwingt Unsicherheit mit.

»Ich kann nicht zu meinen – Eltern fahren.«

»Ach so«, sagt er. Anscheinend hat er etwas anderes befürchtet. Er klingt erleichtert und lächelt mich an. Das macht mich mutig.

»Aber ich fühle mich nicht stark genug, um mit dem Bus zu fahren.«

»Wohin willst du denn?«

»Nach Schillig.«

»Heute?«

»Ja, jetzt gleich. Bitte.«

Florian sinkt kurz in sich zusammen.

»Na gut«, sagt er ergeben. »Mal wieder eine Kehrtwende.«

Dann grinst er mich an. »Irgendwie auch beruhigend. Der Sturz hat bei dir doch keine Gehirnwäsche bewirkt.«

KAPITEL 8

Ich schlucke seine Bemerkung ohne Kommentar. Er fährt mich. Nur das zählt. Das erspart mir die Auseinandersetzung mit verwirrenden Fahrplänen. Irgendwie habe ich das Gefühl, dass Günther mir da auch nicht hätte weiterhelfen können.

Wir sind auf der Küstenstraße. Das war zwanzig Jahre lang mein Arbeitsweg. Von Horumersiel zum Finanzamt Wilhelmshaven und zurück. Die vertraute Landschaft, die Wiesen und die windschiefen Bäume am Straßenrand lösen gemischte Gefühle in mir aus. Bald zu Hause und gleichzeitig Lichtjahre davon entfernt.

Denk erst einmal nicht drüber nach, ermahne ich mich. Vielleicht fügt sich alles viel einfacher, als ich es mir vorstellen kann. Immerhin ist seit gestern viel passiert. Was heißt viel? Unglaubliches. Die Gegenwart eines Engels hätte meine Vorstellungskraft überstrapaziert. Und dazu ein Körpertausch. Sozusagen einmal Himmel und zurück. Wo Günther wohl sitzt? Aus dem Gedanken heraus drehe ich mich um und schaue auf den Rücksitz.

»Suchst du was?«

»Nein«, antworte ich und starre hastig wieder geradeaus. Vor Hooksiel wird der Verkehr dichter. Jede Menge fremde Kennzeichen. Es ist Anfang Juli. Die Hochsaison ist in vollem Gang. Und Mias Haus steht leer. Jedenfalls gehe ich davon aus. Sonst hätte Florian mich darauf hingewiesen. So schätze ich ihn ein. Anscheinend hat Mia nicht vermietet. Das kann ich verstehen. Ich hätte auch ein Problem, meine liebevoll eingerichteten Zimmer von fremden Menschen bewohnen zu lassen. Das ist die erste Gemeinsamkeit von Mia und mir.

Horumersiel. Die unverkennbare Silhouette. Das Apartmenthochhaus. Von oben sicher mit einer genialen Aussicht über die Fahrrinne und das Wattenmeer. Ich war nie dort oben. Der Kreisel, die Tankstelle, der Supermarkt und die Allee, die rechts ab in den Ort führt. Alles sieht aus wie immer. Nur ich bin eine andere. Aber die will ich nicht sein. Ich möchte anhalten, um Einkäufe zu machen. Für ein gutes Essen und dann in die Deichstraße fahren. Kochen und mit Jonathan zusammensitzen, mit Marietta ein wenig plaudern. Na ja, im Grunde hat Marietta fast immer die Unterhaltung alleine gemeistert. Und ich habe mein Gemüse geschnippelt und ihre Worte wie einen warmen Sommerwind genossen. Oft nicht wirklich zugehört, als hätten wir alle Zeit der Welt. Und nun würde ich alles dafür geben. Ich würde jedes Wort aufsaugen und nicht auf Autopilot schalten. In Gedanken schon viel weiter sein. Was noch im Haushalt zu erledigen ist. Was koche ich morgen? Meine Pflanzen gießen. Jonathans Mutter eine Kleinigkeit einpacken und ein paar nette Zeilen schreiben. Als Ausgleich, wenn ich wieder einmal nicht mitkomme, wenn Jonathan sie besucht.

Mein Brustkorb verengt sich, als wir an der Abzweigung zum Campingplatz vorbeifahren. Scharf rechts geht es von hier in die Deichstraße.

»Alles okay?«, fragt Florian.

»Ja, alles okay.«

»Du atmest so schwer.«

Ich antworte nicht. Dabei würde ich ihn am liebsten bitten, einen Schwenker durch die Deichstraße zu machen.

Aber mit welcher Begründung? Das wäre ein völlig unlogischer Umweg. Nein, ich darf jetzt nicht ungeduldig werden. Ich muss mir einen Plan zurechtlegen, wie ich mich Jonathan und Marietta nähern kann. Dafür muss ich zur Ruhe kommen. Deshalb war es die einzig richtige Entscheidung, nicht zu Mias Eltern zu ziehen. In der Anspannung, möglichst vertraut mit fremden Menschen umzugehen, wäre ich keinen Schritt weitergekommen. Mias Eltern werden Verständnis haben. Ich brauche Erholung. Das werde ich ihnen schreiben. Mia wird hoffentlich ihre Daten im Handy gespeichert haben. Nein, ich brauche ihnen gegenüber kein schlechtes Gewissen zu haben. Für sie hat sich nichts geändert. Sie sind in dem Glauben, ihre Tochter lebt. Und sie sind es dem Anschein nach gewohnt, dass Mia ihr Ding macht. Spontan, unberechenbar.

Der Norderneyweg ist der letzte der Inselwege. Florian parkt vor einem der Häuser auf der rechten Seite.

»Brauchst du noch Hilfe? Sonst würde ich gerne wieder fahren«, sagt er. Das klingt wie eine Entschuldigung. Aber es ist mir sehr recht, dass er nicht mit reinkommen will. Er hat eine angenehme Ausstrahlung. Ja. Doch er war oder ist Mias Ehemann und ich blicke nicht durch, wie die beiden aktuell wirklich zueinanderstehen.

»Nein, kein Problem. Danke fürs Hinfahren.«

Es trifft mich sein prüfender Blick.

»Und du fühlst dich wirklich total okay. Kann ich dich mit gutem Gewissen allein lassen?«

»Ja. Außerdem bin ich nicht allein.«

Er sieht mich verwundert an.

»Ich meine, in Hooksiel wohnt Sandra. Habe ich nie von ihr erzählt?«

»Deine Schulfreundin?«

»Ja. Und die Ruhe wird mir guttun.«

Er sieht mich an. Überlegt. Gibt sich sichtlich einen Ruck.

»Versuch nicht ganz so viel zu trinken.«

Obwohl man mich nicht vor Alkohol warnen muss und seine Worte an Mia gerichtet sind, gehe ich auf Abwehr. Irgendwie empfinde ich ihn plötzlich wie eine männliche Gouvernante.

»Meine Sache«, antworte ich kurz angebunden.

»Das ist es. Sorry. Melde dich wenigstens bei deinen Eltern. Sie sind zwar gewohnt, dass du sang- und klanglos verschwindest, aber die Situation ist gerade ein wenig anders.«

»Wie meinst du das? Anders?«

»Na ja, schon vergessen? Du bist gestern aus dem dritten Stock gefallen. Musst du gar nicht mehr zum Arzt?«

Ich denke an meine Leberwerte und sage: »Ich gehe hier zu einer Ärztin. Die kenne ich. Und bei meinen Eltern melde ich mich. Versprochen.«

Florian unterdrückt sichtlich eine erneute Bemerkung. Er glaubt mir nicht. Mias Versprechen müssen nicht viel wert gewesen sein. Meine schon.

Der Hausflur ist kühl und so dunkel, dass ich das Deckenlicht anschalte. Rechts vom Flur gehen zwei Zimmer ab. Das eine ist schmal. Lediglich ein Etagenbett, das anscheinend nicht genutzt wurde, und ein Schrank. Das andere Zimmer ist geräumiger. Dort steht ein Doppelbett. Es ist bezogen. Knallgrüne Laken und weiße Bettwäsche mit Klatschmohn. Ich ziehe die Rollos hoch und schalte das Licht aus. Zur linken Seite führt eine Tür in ein großes Zimmer. Das Wohnzimmer. Ich fahre die Rollos hoch und bleibe fasziniert stehen. Ein Panoramafenster. Es geht über die gesamte Länge des Zimmers und lässt einen ungehinderten Blick über Felder bis zum Deich zu. Und sonst gibt es nur den weiten Himmel. Das Fenster geht zum Westen raus. Es werden überwältigende Sonnenuntergänge zu sehen sein. Ich kann verstehen, warum Mia sich hier wohlgefühlt hat.

Ansonsten ist auch dieser Raum ohne viel Schnickschnack eingerichtet. Sofaecke, Sessel und vor dem Fenster ein Esstisch mit bequem aussehenden Holzstühlen, ihre Sitzflächen sind geflochten.

Rechts ist ein Durchgang ohne Tür. Er führt in eine Miniküche. Aber hier findet man alles, was man braucht. Herd mit Backofen, Spülmaschine und einen Kühlschrank. Ich öffne ihn. Leider leer. Daneben steht ein kleiner Tiefkühlschrank. Er ist mit verschiedenen Fertiggerichten gefüllt. Mein Eindruck in Mias Wohnung scheint richtig gewesen zu sein. Sie hat selten oder gar nicht selbst gekocht. Ich werde frische Lebensmittel einkaufen müssen. Bei der Überlegung muss ich an mein begrenztes Budget denken. Zwanzig Euro müssen erst einmal reichen. Ich habe heute keine Energie, mich um mehr Bargeld zu kümmern.

Ich lasse das Wasser laufen und gehe mit einem gefüllten Glas zurück ins Wohnzimmer. Die Wanduhr zeigt kurz nach zwei. Ich hole Mias Handy aus der Tasche. Die Uhrzeit stimmt. Ansonsten: keine Nachrichten. Es scheint sie niemand zu vermissen. Ich werde vermisst. Jonathan und Marietta. Sie werden um mich trauern. Das tut mir so leid. Wenn ich euch doch nur erzählen könnte, was mir passiert ist. Dann brauchtet ihr nicht mehr traurig zu sein. Es ist doch unwichtig, wie ich aussehe. Aber werden sie mir glauben? Nein, ich darf nicht mit der Tür ins Haus fallen.

Es würde sie verschrecken. Aber wenigstens einen Blick auf unser Haus. Nur ganz kurz. Ich muss in die Deichstraße. Die Welt sehen, aus der ich herausgerissen wurde. Den Beweis, dass sie noch besteht. Vielleicht gibt mir das die nötige Ruhe, um abzuwarten. Ich stehe auf. Zu Fuß sind es zwei Kilometer. Aber – ich betrachte nachdenklich den Schlüsselbund. An ihm hängen außer dem Haustürschlüssel noch zwei andere. Eine Garage. Mia hatte kein Auto. Vielleicht finde ich dort ein Fahrrad. Wenn nicht, werde ich mir beim »Blinkfeuer« eins leihen. Ich nehme die Schlüssel und gehe nach draußen. Und richtig. Neben dem kleinen Haus befindet sich eine Garage. Sie ist bis auf ein Fahrrad völlig leer. Rechts und links sind Regale angebracht. Alles blitzsauber. Wie lange hat Mia dieses Haus schon gemietet? Oder gehört es ihr? Wohl eher ihren Eltern. Ich begutachte das Fahrrad. Es sieht ebenfalls sauber und ungebraucht aus. Sogar die Reifen sind gut aufgepumpt. Der Fahrradschlüssel steckt im Schloss. Ich schiebe das Rad nach draußen. Der Wind ist warm, aber er hat aufgefrischt. Weiter im Westen sind ein paar Wolkenberge zu sehen. Ich sollte nicht in diesem Fummel losfahren.

Zurück im Haus breite ich die mitgebrachten Klamotten auf dem Bett aus. Die weinrote Hose, die kann man durchgehen lassen. Ein blaues spitzenumsäumtes Shirt. Und darüber? Bleibt nur die flauschige Strickjacke. Schreiend grün, aber wenigstens einfarbig.

Ich sortiere die anderen Stücke ordentlich zusammen und öffne den Kleiderschrank.

»Wow«, sage ich laut.

Der Kleiderschrank ist prall gefüllt. Das Packen hätte ich mir sparen können. Das Angebot hier ist genauso bunt und alternativ wie in ihrer Wohnung in Wilhelmshaven. Wo hat sie nur diese vielen Klamotten her? Kein Stück gleicht dem anderen. Von der Stange hat sie die nicht gekauft. Wollte Mia mit dieser lebensfrohen Kleidung ihre Traurigkeit verdecken? Ob es ihr jetzt gut geht? Kindern wird das gerne erzählt. Im Himmel sind alle freundlich und glücklich.

»Günther? Bist du hier?«

»Ja, das weißt du doch.«

»Ich muss gerade an Mia denken. Geht es ihr gut?«

»Ja.«

»Und sie ist nicht, wie soll ich sagen, sie bereut es nicht?«

»Nein, keine Sorge, Mia bereut es nicht. Der Wechsel hat in ihren Lebensplan gepasst.«

KAPITEL 9

In ihren Lebensplan gepasst. Das verstehe ich nicht. Soll das bedeuten, alles steht vorher fest? Das glaube ich nicht. Wir sind keine Marionetten, die an Fäden in die vorbestimmte Richtung bewegt werden. Ich dränge die Gedanken beiseite. Darüber kann ich irgendwann mit Günther reden. Wenn mein Kopf frei dafür ist. Jetzt kreist da nur ein einziger Gedanke: Deichstraße. Ich will in die Deichstraße.

Im Rausgehen sehe ich an der Garderobe eine Regenjacke hängen. Ebenfalls grün mit vielen aufgedruckten Marienkäfern. Ich stopfe sie in die Satteltasche und hoffe, dass ich sie nicht benötigen werde.

Draußen atme ich tief durch. Die frische Luft tut gut. Ich fahre am Deich entlang und werde ruhiger. Hier fühlt sich alles gut und richtig an. Wie oft bin ich diesen Weg entlanggejoggt. Unzählige Male. Zu jeder Jahreszeit. Eine Laufstrecke vor dem Deich mit Blick auf den Naturstrand und dem weiten Himmel. Eine je nach Windrichtung hinter dem Deich. Manchmal auch auf der Deichkrone. Jeden Tag. Bei Regen und Schneegestöber. Jonathan hat über meine eiserne Disziplin den Kopf geschüttelt.

Am Hotel »Upstalsboom« vorbei führt der Weg scharf nach rechts. Ab jetzt bläst mir frischer Wind entgegen. Ich muss ordentlich in die Pedale treten. Meine Atmung geht viel zu schnell. Ich muss in den ersten Gang runterschalten. Meine Güte, ich habe überhaupt keine Kondition mehr. Was heißt ich? Mia hat allem Anschein nach keinen

Sport getrieben. Sie muss ein Bewegungsmuffel gewesen sein. Ich brauche mir nur ihre dünnen Beine anzusehen. Kaum Muskulatur. Die Leggins schlagen Wellen. Aber das wird kein Problem sein. Muskulatur kann trainiert werden. Mia war keine alte Frau. Ich reiße mich zusammen und trete kräftig gegen die Windböen an.

Der Weg wird von einer Querstraße unterbrochen. Sie führt über den Deich zum Campingplatz. Hier ist die Grenze zwischen Schillig und Horumersiel. Ich steige ab. Auf der anderen Seite beginnt die Deichstraße. Meine Beine zittern. Das kommt nicht nur von der Anstrengung. Eine heiße Vorfreude überrollt mich und macht mich schwindelig. Ich könnte gleichzeitig lachen und weinen. Und ich habe Angst. Angst, die ich nicht greifen kann. Aber was soll mir passieren? Es wird mich niemand erkennen. Und doch fühle ich mich wie auf einem Faschingsfest. Ich trage eine wirklich gute Verkleidung. Mein Gesicht verbirgt sich hinter einer perfekten Maske. Doch ich weiß von der Gefahr, entdeckt zu werden. Auf diesem Fest darf mich niemand erkennen. Warum eigentlich nicht? Vielleicht würde sich dann das ganze Chaos in Wohlgefallen auflösen?

Ich gehe immer langsamer. Rechts neben mir ein vertrautes Haus nach dem anderen. Niemand schaut aus dem Fenster. Und wenn, würde mich niemand begrüßen. Ich bin eine Fremde. Eine von vielen Touristen. Gleich. Gleich kommt unser Haus. Da ist es. Ich zittere so stark, dass ich das Rad nicht mehr halten kann. Ich lehne es notdürftig an den Zaun. Es rutscht ab. Ich bin nicht fähig, es wieder aufzuheben. Ich muss mich irgendwohin setzen. Aber nicht auf den Bürgersteig. Bloß nicht. Ich wanke über die schmale Straße und lasse mich auf die Deichwiese fallen.

Beruhige dich, spreche ich mir Mut zu. Bleib hier einen Augenblick sitzen und beruhige dich.

Ich weiß nicht, wie viel Zeit vergangen ist. Irgendwann schaffe ich es, meinen Kopf zu heben und unser Haus zu betrachten. Das kleine Tor, der Plattenweg bis zur Haustür. Geranien stehen an seiner Seite Spalier. Sie tragen wunderschöne, rote und rosa Blüten. Dazwischen habe ich Männertreu gepflanzt. Es hat sich zu einem üppigen sattblauen Teppich entwickelt. Kein Zweifel, sie haben meinen Pflanzen Wasser gegeben. Der Gedanke rührt mich. Weder Jonathan noch Marietta hatten sich je dafür interessiert. Mein Blick wandert weiter zum Küchenfenster auf der linken Seite. Auf der Fensterbank kann ich die Töpfe mit meinen Küchenkräutern erkennen. Sie leuchten im kräftigen Grün. Auch sie müssen gepflegt worden sein. Ich schlucke gegen einen imaginären Kloß im Hals an. Alles sieht so vertraut aus. Als wäre nichts geschehen. Ich bräuchte nur aufzustehen, über die Straße gehen und dann wäre ich zu Hause. Aber das ist weiter entfernt als eine Straßenbreite. So weit wie die Wirklichkeit von einem Film. Ich schlucke wieder krampfhaft gegen aufsteigende Tränen an.

Ob Jonathan zu Hause ist? Ich starre auf das Fenster in der ersten Etage. Sein Arbeitszimmer. Gleich hinter dem Fenster steht sein Schreibtisch. Ich könnte ihn sehen, wenn ich auf die Deichkrone steige. Nein. Jonathans Auto steht nicht in der Einfahrt. Er ist nicht zu Hause. Und mein Wagen? Was haben sie mit ihm gemacht? Vielleicht heben sie ihn für Marietta auf. Aber Marietta will keinen Führerschein machen. Sie behauptet, man kommt auch ohne eigenen Wagen überall hin. Das hätte Mia gefallen.

Ich stehe schwerfällig auf. Mir ist trotz des warmen Sommerwetters kalt. Ich schlinge die Strickjacke enger um meinen Körper und gehe mit steifen Beinen zurück auf die andere Seite. Von hier aus kann ich mein Gewächshaus sehen. Ich gehe ganz nah an den Zaun. Das Glashaus ist zur Hälfte geöffnet, damit die Tomaten nicht überhitzen. Sie sollen durch die Überdachung nur vor zu viel Regen geschützt werden. Seit Mai war aber eher Trockenheit das Problem. Und da! Ein schmerzhafter Stich geht durch meinen Brustkorb. Marietta. In Shorts und einem ihrer geliebten Schlabbershirts. Sie schleppt eine Gießkanne zum Gewächshaus und beginnt die Tomaten zu gießen. Behutsam und wohldosiert. Genau, wie ich es gemacht habe. Sie muss es sich von mir abgeguckt haben. Das habe ich nie bemerkt. Sie kümmert sich um meine Pflanzen. Das erscheint mir, als würde sie ein Vermächtnis von mir erfüllen. Mir schießen Tränen in die Augen. Mein Mädchen. Wie geht es dir? Am liebsten würde ich in den Garten laufen und sie in meine Arme schließen. Das habe ich viel zu selten getan. Obwohl ich es gern so gern gemacht hätte. Aber ich wollte sie nicht mit meiner Liebe bedrängen. Und nun? Nun kann ich hier nur am Zaun stehen wie eine – eine Herumtreiberin. Ich kann mein Leben lediglich wie einen Film betrachten. Was soll das für einen Sinn haben? Das ist nur schmerzhaft. Mir wird wieder schwindelig. Ich muss mich am Zaun festhalten. Schweiß bildet sich auf meiner Stirn. Nicht hysterisch werden. Ich brauche Zeit. Es war eine bescheuerte Idee, Hals über Kopf hierherzufahren. Ich hätte mich besser vorbereiten müssen.

»Ist Ihnen nicht gut?«

Ich fahre hoch und lasse den Zaun los, als wäre er plötzlich elektrisch geladen. Die Frauenstimme ist unmittelbar hinter mir. Und bevor ich mich umdrehe, um zu antworten, weiß ich, wer diese Frau ist. Meine Nachbarin Tomke

Heinrich. Ich atme tief durch, bevor ich ihr ins Gesicht sehe. Ihre grünen Augen sehen mich besorgt an.

»Ich – nein – das heißt doch«, stammele ich und hätte mich am liebsten in Tomkes Arme geworfen. Wir hatten keinen engen Kontakt. Wir waren lediglich Nachbarinnen, die ab und zu über den Zaun miteinander geredet haben. Aber jetzt erscheint sie mir wie eine Freundin. Ich reiße mich zusammen, um mich nicht an sie zu lehnen.

»Ist das Ihr Rad?«, fragt sie.

Ich nicke.

»Können Sie denn fahren? Sonst«, nun zögert sie, »möchten Sie ein Glas Wasser?«

Ja! Ein Glas Wasser würde mir guttun. Tomkes Fürsorge auch. Aber – meine Mutter fällt mir ein. Sie hat sich bei Tomke einquartiert. Oh nein! Meiner Mutter möchte ich auf keinen Fall begegnen. Jedenfalls nicht in meinem aktuellen labilen Zustand. Wer weiß, was dann passieren würde.

»Sehr nett, aber nein danke«, antworte ich.

Tomke blickt mich zweifelnd an.

»Sie sehen aber mächtig blass um die Nasenspitze aus.«

Ich ringe mir so was wie ein Lächeln ab und greife nach dem Rad.

Ich will schon gehen, da sage ich, ohne nachzudenken aus dem Bauch heraus: »Ich habe – Birthe gekannt. Gut gekannt. Und ich konnte leider nicht zu ihrer Beerdigung kommen.«

Tomkes Gesicht wird mitfühlend weich.

»Oh, das tut mir leid.« Ihr Blick geht an mir vorbei zu unserem Haus.

»Klingeln Sie doch. Es wird Ihnen sicher niemand übel nehmen, dass Sie zu der Beerdigung nicht kommen konnten.«

Mir wird erneut heiß. Ich muss hier weg.

»Ich kannte nur Birthe«, sage ich mit heiserer Stimme.

»Ach so.« Tomke sieht mich wieder so intensiv an, dass ich denke, sie wird mich jeden Augenblick erkennen. Aber sie fragt: »Kennen Sie sich im Wangerland aus?«

»Ein bisschen.«

»Falls Sie zu Birthes Grab wollen: Der Friedhof ist in Minsen. Wissen Sie, wo Minsen ist?«

»Ja, danke«, sage ich und drehe mein Rad in Richtung Schillig. Ich spüre Tomkes besorgten Blick im Rücken und schiebe vorsichtshalber. Und nun? Meine Gedanken hatten nur ein Ziel: die Deichstraße. Mein Zuhause. Ziel erreicht und gleichzeitig wieder Lichtjahre davon entfernt. Irgendwie ohne Anfang und ohne Ende. Einsam. Viel einsamer als zuvor. Wo soll ich jetzt hingehen? Günther? Ich habe das unbestimmte Gefühl, er würde mir keine klare Auskunft geben. Wahrscheinlich erneut auf meine Entscheidungsfreiheit verweisen. Auf die würde ich gerade gern einmal verzichten.

Am Deichtor schlage ich kurzentschlossen den Weg zum Strand ein. Auf dem Minigolfplatz spielen Eltern mit ihren Kindern. Dann kommt das Kurkartenhäuschen. Das hatte ich vergessen. Ich brauche eine Kurkarte. Vielleicht sollte ich erst auf Höhe der Jugendherberge an den Strand gehen. Dort gibt es keine Kontrolle. Aber ich habe Glück. Das kleine Häuschen ist gerade unbesetzt. Auf dem Außendeich vor dem Strand bleibe ich einen Augenblick stehen. Ich sauge die vertrauten Eindrücke in mich auf. Gleich am Deichfuß stehen Wohnwagen. Geradeaus der Sandspielplatz mit Hüpfburg und weiter hinten die bunten Tupfer der Strandkörbe. Direkt am Meer. Links die weite Wiese, die zum Drachensteigenlassen genutzt wird. Sie sieht mitgenommen aus. Ganze Flächen dazwischen vertrocknet. Es muss in den vergangenen drei Wochen kaum geregnet haben. Ich gehe weiter. Der Geruch von Pommes frites steigt mir in die Nase. Ich muss dringend etwas essen. Vielleicht vergeht dann der Schwindel. Nichts Herzhaftes. Etwas Süßes, das schnell Energie gibt. Ich kaufe am Kiosk zwei Snickers und eine Flasche Cola. Noch im Gehen beginne ich gierig zu trinken. Meine Güte, wie lange ist das her, seit ich dieses Koffeinzuckerwasser das letzte Mal getrunken habe? Aber nun tut der Kick gut. Ich ergattere eine freie Bank und vertilge die Schokoriegel. Die Strandkörbe sind alle belegt. Kinder toben und lachen. Zwei kleine Jungen fahren mehrmals haarscharf mit ihren Rädern an mir vorbei. Sie scheinen mich nicht zu bemerken. Überhaupt scheint mich niemand zu bemerken. Ich sitze inmitten einer überschäumenden Lebendigkeit und Lebensfreude und bin von ihr ausgegrenzt. Als wäre ich unsichtbar. Die Reste des süßen Zeugs verkleben mir den Mund. Schokoladen- und Nussreste sitzen zwischen den Zähnen. Ich kaufe noch eine Flasche Wasser, nehme einen Schluck und ziehe die Flüssigkeit durch die Zahnreihen. Ein kleines Mädchen auf einem Dreirad bleibt vor mir stehen und beobachtet mich interessiert. Ich schlucke das Wasser runter und lächele ihr zu. Sie sieht weg und radelt schnell weiter.

Ich schaue ihr nach und weiß plötzlich, wo ich hinfahren werde. Nach Minsen auf den Friedhof. Dort werde ich meine Ruhe haben. Ich mochte schon immer die Atmosphäre auf Friedhöfen. Und wenn ich mein Grab sehe, vielleicht … keine Ahnung. Auf jeden Fall wird mich die Tour ermüden. Hoffentlich so sehr, dass die Einsamkeit nicht mehr so wehtun wird.

KAPITEL 10

Ich fahre vor dem Deich entlang. Den Wind und das Surren von vielen fliegenden Drachen im Rücken. Es wird immer leiser. Rechts neben mir grünes Schilf, Wassertümpel und Salzwiesen. Dazwischen blitzt goldschimmernder Dünensand. Und über allem strahlt wieder die Sonne von einem wolkenlos blauen Himmel. Die Schönheit dieser Farbenspiele berührt mich kaum. Es zieht mich zum Friedhof, als würde dort eine Lösung auf mich warten.

Auf der Höhe von Minsen radele ich wieder hinter den Deich. Das heißt, ich wollte es. Meine fehlende Kondition zwingt mich, abzusteigen. Ich muss das Rad schieben. Schwer atmend bleibe ich auf der Deichkrone stehen und lasse meinen Blick bis zur Insel Wangerooge schweifen. Ihr Kirchturm leuchtet in der Sonne. Ich warte, bis sich meine Atmung normalisiert hat, dann fahre ich weiter, den Norderaltendeich entlang bis zum Seewiefken. Der stolzen, schönen Meerjungfrau. Ich biege ab, überquere die Bundesstraße und bin am Friedhof. Wunderschöne, alte Bäume stehen wie Wächter um die alte Warft. Einem Hügel, der bei Überflutungen Schutz geboten hat. Auf seinem höchsten Punkt steht eine Kapelle. Ich habe diesen Friedhof schon immer gemocht. Ein Ort zum Runterkommen. Mehr wie ein Park. Jetzt habe ich ein mulmiges Gefühl im Bauch. Haben sie mich wirklich hier begraben? Viel Platz für neue Gräber gibt es nicht. Wir haben uns noch keine Grabstelle gekauft. Auch nie über unsere

Vorstellungen gesprochen. Das heißt, Jonathan hat einmal angedeutet, dass seine Asche ins Meer gestreut werden soll. Ich habe geschwiegen. Es kam mir unwirklich vor, darüber zu sprechen. Aber ich habe gedacht, dass ich nicht ins Wasser möchte. Sondern unter einen Baum. Nun also hier. Klassisch. Tomke hat es gesagt. Sie wird es wissen. Ich gehe davon aus, dass sie als Nachbarin auf meine Beerdigung gegangen ist.

Ich schließe das Rad an und beginne ziellos durch die Reihen zu laufen. Sie bestehen zumeist aus großzügig angelegten Familiengräbern. Weiter hinten entdecke ich einen Hügel aus Kränzen und Blumen. Ein frisches Grab. Ich gehe zögernd darauf zu. »In Liebe Deine Enkel Karola und Deike«, »Für immer dein Hannes«. Und so weiter, steht auf den ausgebreiteten Schleifen. Ich betrachte das Meer aus leuchtenden Gerbera und Rosen. Schade um die Blumen. Sie werden bald verwelkt sein. Zu üppiger Grabschmuck hat mich immer traurig gemacht. Ich gehe um die Kapelle herum und stehe dann unvermittelt vor meinem Grab. Die Erde ist glatt geharkt. Und an das Kopfende haben sie eine Holztafel gelegt: Birthe Schmidt, geb. Husmann 01.05.78 – 12.06.18. Wahrscheinlich eine Übergangslösung für einen Stein. Rund um das Grab wurde Buchsbaum gepflanzt. In der Mitte ein paar Margeriten und Männertreu. So wie ich es mögen würde. Auch hier ist die Erde total trocken. Ich sollte die Pflanzen gießen. Mein Blick wandert wieder zu meinem Namen und verliert sich auf der glatt geharkten Erde. Darunter liegt also mein Körper. In einem Holzsarg. Und ich stehe hier oben. In einem fremden Körper. Was viel schlimmer ist, in einem fremden Leben. Im Grunde gehöre ich nirgendwo mehr hin. Wie kann ich Kontakt zu Jonathan und Marietta aufnehmen, ohne sie völlig zu verwirren? Jonathan wird mich für eine durchgeknallte Irre halten. Er hat nie viel von Dingen gehalten, die man nicht wissenschaftlich erklären kann. Mein Äußeres passt prächtig zu einer, die zu viel geraucht hat. Ich kann mich entscheiden, hat Günther gesagt. Ich sehe da keine Möglichkeit, aktiv zu werden. Was hat Günther sich dabei gedacht? Warum musste es überhaupt so weit kommen? Schutzengel. Von wegen. Warum hat er mich vor das Auto laufen lassen? Er hätte mich warnen können.

»Günther, bist du hier?«

»Ja, ich bin hier«, antwortet er wie immer freundlich. Seine Gelassenheit bringt mich noch mehr in Rage.

»Wo warst du eigentlich, als mich das Auto überfahren hat?«

»Ich war bei dir.«

»Bei mir?«, rufe ich aufgebracht. »Dann hätte ich den Zusammenstoß überlebt, oder es wäre gar nicht dazu gekommen.«

»Hast du dir das nicht gewünscht?«

»Gewünscht!« Jetzt schreie ich so laut, dass meine Stimme vor Hysterie kippt. »Warum hätte ich mir einen Unfall wünschen sollen? Ich hatte ein gutes Leben und Menschen, die ich liebe. Ich wollte leben.«

»Das ist dir erst im Nachhinein klar geworden.«

»Wie im Nachhinein? Ich hatte keine Zeit zum Denken. Es gab den Unfall und drei Wochen später bin ich im – Himmel aufgewacht. Du warst dabei.«

»Das stimmt nur bedingt. An die drei Wochen kannst du dich nur nicht erinnern. Während der Zeit hast du deine Meinung geändert und einen starken Lebenswillen entwickelt. An dem Morgen, als du vor das Auto gelaufen bist, warst du sehr traurig. Kannst du dich erinnern? Du hattest verschlafen und niemand hat dich …«

»Das ist mir einfach zu hoch! Irgendwie habe ich das Gefühl, dass bei euch etwas schiefgelaufen ist, und ihr wollt das nur nicht zugeben«, funke ich ihm ungeduldig dazwischen.

»Wir reden in Ruhe darüber. Du kannst auch in Gedanken mit mir kommunizieren.«

»Was heißt in Ruhe? Wie soll ich zur Ruhe kommen, wenn …«

»Mia?«

Wieso Mia? Und das war nicht Günthers Stimme. Ich fahre herum. Hinter mir steht ein Mann. Ungefähr in meinem Alter. In Jeans und Rollkragenpullover. Das Haar schulterlang. Wie lange steht er schon hinter mir? Was hat er von meinem Gespräch mitgekriegt? Er muss mich für verrückt halten. Für eine, die Selbstgespräche führt. Aber ich bin auf dem Friedhof, beruhige ich mich. Da haben Zwiegespräche mit Verstorbenen eine gewisse Normalität. Selbst wenn sie ein wenig laut ausfallen.

»Mia«, sagt er noch einmal. Dieses Mal scheint er sicher zu sein, wen er vor sich hat. »Das ist eine Überraschung. Was machst du denn hier?«

»Das Gleiche könnte ich dich fragen«, antworte ich, ohne nachzudenken.

Seine Haltung verändert sich. Seine Schultern sacken nach vorne. Er starrt an mir vorbei auf die Erde.

»Ich wollte zu Birthes Grab.«

Ich kneife die Augen zusammen. Was will er an meinem Grab? Ich kenne den Mann nicht. Ist er der Friedhofsgärtner? Nein. Er nennt mich beim Vornamen. Mia. Und mein – Birthes Tod scheint ihm aus irgendeinem Grund nahezugehen.

»Ich auch«, sage ich langsam und sehe ihm ins Gesicht. »Birthe war meine Freundin.«

Seine Augenlider flattern. Nun wirkt er unsicher. Aber warum sollte er mich anlügen? Wer ist dieser Mann? Ich wende mich um und starre auf das Grab. Konzentrieren. Ich kann auch in Gedanken mit Günther kommunizieren. Hat er jedenfalls gerade gesagt. Günther, hilf mir bitte. Wer ist dieser Mann?

Das ist Pete. Er war vor längerer Zeit mit Mia befreundet. Nicht lange.

Befreundet?

Nun ja, oder wie ihr sagt, sie hatten eine Affäre.

Ich entspanne mich ein wenig. Lange her und er hatte mit Mia nur eine Affäre. Er weiß nichts von ihrem aktuellen Leben. Also keine Gefahr, ins Kreuzfeuer zu geraten. Aber was will er an meinem Grab?

Als ich die Frage in Gedanken formulieren will, treffen mich Regentropfen auf Nase und Stirn.

»Das wird bei ein paar Tropfen bleiben«, sagt der Mann, der Pete heißt, ungefragt. »Dabei bräuchten wir dringend Regen.«

Ich drehe mich wieder zu ihm um. Wir sehen uns unschlüssig an. Was nun? Gar nichts. Das hier ist ein zufälliges Wiedersehen zwischen zwei Menschen, die sich mal ein wenig näher gekommen sind.

»Hast du Zeit, ich meine Lust, mit mir einen Kaffee zu trinken?«, fragt er mich.

Kaffee trinken. Geht man Kaffee trinken mit einem Ex? Wie mit einem Bekannten oder ehemaligen Arbeitskollegen? Immerhin hatte er mit Mia eine Affäre. Würde ich das mit Uwe oder Erik tun? Mit Erik würde ich keinen Kaffee trinken gehen. Auf keinen Fall. Wir waren ein knappes Jahr zusammen. Was man zusammen sein nennen kann. Wir haben uns immer nur bei mir getroffen. Nach seiner Terminangabe. Ich war irgendwann fest überzeugt, dass er verheiratet ist. War er nicht. Er hatte schlicht und einfach extreme Bindungsängste. Wer weiß, wie lange sich das mit uns hingezogen hätte. Zum Glück, ja im Nachhinein sage ich schon lange, zum Glück ist er mit seinen Eltern nach Süddeutschland gezogen. Vorher hat er mit mir Schluss gemacht. Hart und ohne das geringste Gefühl. Und Uwe? Er war mein erster Freund. Wir waren im gleichen Leistungskurs, haben zusammen gelernt und sind irgendwann im Bett gelandet. Das war eine schöne Zeit. Wir waren Freunde. Bis wir uns nach Lars' Tod aus den Augen verloren haben. Er lebt glaube ich auf Usedom. Mit seiner Familie. Ja, mit Uwe würde ich einen Kaffee trinken, wenn wir uns zufällig über den Weg liefen. Pete scheint mit Mia auch keine negativen Erinnerungen zu verbinden. Er sieht mich so freundlich an.

»Oder einen Tee oder etwas anderes«, höre ich ihn sagen. Nun wirkt er verlegen. »Würde mich freuen. Einfach nur so.«

Einfach nur so, denke ich. Dieser Mann kennt Mia kaum. Ich bräuchte mir nichts aus den Fingern saugen. Die paar Brocken aus Mias Leben würden reichen. Und ich möchte zu gerne herausfinden, was ihn mit mir verbindet. Mit Birthe. Außerdem würde mir ein Getränk auch guttun. Die Radfahrt hat mich erschöpft. Die Grabsuche noch mehr.

»Ja, warum nicht«, willige ich ein. »Wo?«

»Ich weiß nicht. Vielleicht beim Deichgrafen?«

»Gut. Das liegt auf meinem Weg.«

»Dann bis gleich. Wir sehen uns beim Deichgrafen. Ich bin mit dem Rad. Du wirst mit dem Wagen schneller sein.«

»Ich bin auch mit Rad hier.«
Er sieht mich überrascht an.
»Mit dem Rad? Aber nicht von Wilhelmshaven?«
»Nein, ich wohne in Schillig.«
»Fest?«
»Nein, in einem Ferienhaus.«

KAPITEL 11

Es ist wirklich bei ein paar Regentropfen geblieben. Ich bin froh, dass ich die kindlich verzierte Regenjacke nicht anziehen musste.

Pete fährt vor. Viel zu schnell. Jedenfalls für meine Kondition. Habe ich *meine* gedacht? Mias natürlich. Ob sie schon immer ein Bewegungsmuffel war? Pete scheint ein sportlicher Typ zu sein. Dazu ist er attraktiv. Und Mia? Ihre Beziehung ist Jahre her. Vielleicht hatte sie zu der Zeit noch Rasterlocken wie auf ihrem Perso. Die haben ihr um einiges besser gestanden als der rasierte Schädel. Aber Pete hat sich nichts anmerken lassen. Wenn er überhaupt etwas bemerkt. Er kommt mir seltsam abwesend vor. Vielleicht doch keine gute Idee, sich mit ihm zu verabreden. Ich brauche meine Energie für mich. Aber ich würde zu gern wissen, was er an meinem Grab gesucht hat.

»Günther? Hörst du mich?«, flüstere ich.

»Ja, sicher höre ich dich.«

»Was wollte Pete an meinem Grab?«

Keine Antwort.

»Warum antwortest du nicht? Hast du mich nicht verstanden?«

»Doch, ich habe dich gut verstanden.«

»Und warum antwortest du nicht? Weißt du es nicht?«

Wieder lässt sich Günther ungewöhnlich viel Zeit zum Antworten.

»Das wird Pete dir selbst erzählen müssen. Frag ihn, wenn du es wissen möchtest.«

Ich atme tief durch und unterdrücke eine ungeduldige Bemerkung. Die himmlischen Gesetze entbehren für mich jede Logik. Einmal gibt Günther mir offen Auskunft, und das andere Mal verweigert er sie.

»Warum willst du es mir nicht sagen?«

»Du wirst es verstehen.«

Ich atme noch einmal tief durch. Ich werde es verstehen. Wann? Warum antwortet er in Rätseln?

Ich muss mein Gespräch mit Günther unterbrechen. Pete ist abgestiegen und wartet, bis ich auf seiner Höhe bin.

»Tut mir leid«, sagt er. »Ich habe gedankenlos in die Pedalen getreten und nicht nach hinten geguckt.«

»Schon okay. Ich kenne den Weg«, winke ich ab.

Er nickt, aber bleibt nun dicht neben mir. Keine Chance mehr, mich mit Günther auseinanderzusetzen. Gut, ich werde Pete selbst fragen. Warum nicht? Getränkepause, und dann ist es vom Deichgrafen nur noch ein Katzensprung am Deich entlang bis zum Norderneyweg.

Kurz vor unserem Ziel versucht die nächste Wolke ihren Regen loszuwerden. Ich trete, so kräftig ich kann. Die letzten Meter zum Restaurant gehen bergauf. Reste eines alten Innendeiches, dem der Deichgraf seinen Namen verdankt. Ich kapituliere mal wieder und schiebe. Mein Atem geht hastig und laut. Dicke Schweißperlen tropfen mir von der Stirn, brennen salzig in den Augen. Pete lächelt mich freundschaftlich an.

»Sport ist noch immer nicht deins, oder?«

Ich ziehe heftig atmend die Schultern hoch. Mein Zustand ist mir unangenehm. Unsportlich und nach Luft japsend. Ich – die täglich gejoggt ist, Fahrstühle ignoriert hat und am liebsten noch mit dem Rad zur Arbeit gefahren wäre.

Im Eingangsbereich des Restaurants schlagen uns verführerische Essensgerüche entgegen. Wir gehen weiter und bleiben dann ratlos stehen. Die Tische sind alle besetzt. Die Kaffeezeit wird längst vorbei sein. Ein Blick auf die Uhr bestätigt die Vermutung. Kurz nach sieben. Sie werden nicht begeistert sein, wenn wir nur etwas trinken wollen. Und selbst wenn ich etwas essen wollte, dafür fehlt mir das nötige Kleingeld.

»Wollen wir woanders hingehen?«, frage ich Pete.

In dem Augenblick kommt eine junge Bedienung auf uns zu.

»Moin, zwei Personen?«

»Ja, wenn Sie noch einen Tisch frei haben«, sagt Pete.

»Wir wollen allerdings nur etwas trinken«, werfe ich hastig ein.

Die Bedienung bleibt gelassen und freundlich. Sie nickt und weist uns an, ihr zu folgen. Sie führt uns in den Nebenraum. Hier haben wir noch freie Platzwahl.

»Wissen Sie schon, was Sie trinken wollen?«

»Ich hätte gerne ein alkoholfreies Pils«, sagt Pete. »Und du?«

»Eine Apfelschorle.«

Wir setzen uns ans Fenster. Der Raum mit den eingedeckten Tischen zwingt mich in eine Erinnerung. Vor ein paar Monaten haben wir hier den runden Geburtstag meiner Schwiegermutter gefeiert. Habe ich meine Schwiegermutter gedacht? So habe ich sie nie genannt. Auch nicht in Gedanken. Jonathans Mutter wollte mit Barbara angesprochen werden. Ich wäre auch nie auf eine andere Idee gekommen. Nicht bei ihr. Sie ist eine Frau, zu der man niemals Bärbel oder sogar Mama sagen würde. Sie ist eine Barbara und Jonathan spricht sie mit Mutter an. Wenn überhaupt.

Barbara mochte mich von Anfang an nicht. Jonathan versucht mir gerne einzureden, dass ich mir das einbilde. Seine Mutter wäre eben nicht der emotionale Typ. Ein distanzierter Mensch. Sie würde Zeit brauchen, um aufzutauen. Distanziert. Von wegen. Barbara ist so distanziert, dass sie sich liebend gerne in unser Leben eingemischt hat. Das heißt, in das von Jonathan und Marietta. Ich war ihr nicht wichtig. Ich war lediglich die praktische Lösung. Eine, die ihren Sohn und ihre Enkeltochter anständig versorgte. Sie ist nicht einmal auf die Idee gekommen, diese Aufgabe selbst zu übernehmen. Sie wollte nur die Fäden in der Hand behalten und hat mit Jonathan über meinen Kopf hinweg gesprochen, als bestünde ich aus Luft. Im Grunde trauert sie ihrer ersten Schwiegertochter hinterher. Dieser feingeistigen wundervollen schönen Frau. Diese wundervolle Frau hat ihren Mann und – das wird für mich nie nachvollziehbar sein – ihre zehnjährige Tochter verlassen. Sie ist auf und davon und hat ein neues Leben angefangen. Das konnte Barbara nicht davon abhalten, diese Frau anzuhimmeln. Mich hat sie als zweite Wahl betrachtet und ebenso behandelt. Ich habe Jonathans erste Frau nie kennengelernt. Sie hat Marietta nicht einmal besucht. Sie hat komplett und ohne Widerspruch auf das Sorgerecht verzichtet. Das ist unfassbar. Marietta war zehn Jahre alt. Meine Güte, Marietta. Nun hat sie zum zweiten Mal eine Bezugsperson verloren. Ich muss mich dringend um sie kümmern. Meine Augen fangen an zu brennen.

»Alles in Ordnung?«, höre ich Pete fragen.

»Der Fahrtwind«, antworte ich heiser.

Er sieht mich zweifelnd an.

»Nein«, sage ich. »Es ist – ich musste gerade an die Geburtstagsfeier meiner Schwiegermutter denken. Die hat hier in diesem Raum stattgefunden.«

»Oh, du bist verheiratet?«

Er lächelt entschuldigend. »Ich hätte gewettet, du heiratest nie.«

Ich muss mich konzentrieren. Er glaubt, dass er Mia vor sich sitzen hat.

»Ja«, antworte ich. »Aber nicht mehr lange. Wir lassen uns scheiden.«

Sein Bier und meine Apfelschorle werden serviert. Ich finde es angenehm, dass er sich nicht zu den üblichen Floskeln hinreißen lässt wie: Oh, das tut mir leid.

»Meine Schwiegermutter hat mich von Anfang an nicht gemocht«, sage ich aus meinen Gedanken heraus. »Ich war ihr nicht gut genug.«

»Du machst es einem auch nicht leicht. Du versteckst dich …« Er unterbricht sich. »Sorry, das Urteil steht mir nicht zu. Hatte deine Schwiegermutter denn so einen großen Einfluss? Ich meine, auf eure Ehe?«

Ich überlege. Hatte Barbara Einfluss auf unsere Ehe? Ja! Sie war so gut wie nie bei uns zu Besuch. Aber sie war dennoch ständig anwesend. Sie hat fast jeden Tag mit Jonathan telefoniert. Ihm andauernd Nachrichten geschickt und von ihm erwartet, dass er sie besucht. Jonathan fand das normal. Er meinte, nicht jeder hätte so wenig Kontakt zu seinen Eltern wie ich. Die Spitze hatte immer gesessen. Dagegen war ich machtlos. Und er hatte recht. Ich hatte im Grunde keine Ahnung, wie ein gesundes Verhältnis zwischen erwachsenen Kindern und Eltern aussehen könnte. Aber seins zu Barbara war auch nicht gesund. Das ließ ich mir nicht einreden.

»Mein Mann hat viel Wert auf ihre Meinung gelegt«, antworte ich vorsichtig. »Aber das ist ja nun vorbei.«

Dabei wird es nicht vorbei sein. Barbara kann nun ungehindert ihren Einfluss ausleben. Wie sie wohl mit meiner Mutter zurechtkommt? Und umgekehrt?

»Lass uns über etwas anderes reden«, sage ich leise.

Pete nickt, überlegt einen Augenblick.

»Nähst du deine Klamotten immer noch selbst?«, fragt er.

»Selbst«, wiederhole ich gedehnt und sehe ihn irritiert an.

»Ja, jedenfalls hast du das vor Jahren getan.«

Mia hat genäht. Das erklärt einiges. Ihre Garderobe ist ausgefallen. Gelinde ausgedrückt. Doch die Sachen sitzen eins a. Aber wo hat sie Nähmaschine, Stoffe und die ganzen Utensilien aufgehoben? Ich habe weder in ihrer Wohnung in Wilhelmshaven noch in Schillig was entdeckt.

»Nicht mehr so viel«, antworte ich.

Nun lächelt er.

»Kann ich mir gar nicht vorstellen. Nähen und stricken war deins. Ich habe noch immer einen Pullover von dir.«

Jetzt sind wir beide verlegen.

Ich trinke ein paar Schlucke.

»Und du warst mit Birthe befreundet?«, fragt er vorsichtig.

Birthe. Wo war ich mit meinen Gedanken? Die Frage ist der Hauptgrund, weswegen ich hier sitze.

»Woher kanntest *du* Birthe eigentlich?«, frage ich, anstatt zu antworten.

Seine Gesichtszüge verdüstern sich. Er zieht seine Augenbrauen zusammen, als müsste er angestrengt nachdenken.

»Das ist eine furchtbare Geschichte.«

Er fährt sich mit der Hand durchs Haar. Ringt sichtlich mit sich, ob er etwas erzählen soll oder nicht. Dann atmet er tief durch.

»Du hast nie jemanden schnell verurteilt«, sagt er und sieht mich nachdenklich an. Meine Anspannung steigt. Das klingt geheimnisvoll. Und irgendwie nicht gut. Aber was soll das für eine Geschichte sein? Ich kenne Pete nicht. Ich bin mir hundertpro sicher, ihm nie begegnet zu sein.

»Im Grunde kenne ich Birthe überhaupt nicht«, beginnt er zu erzählen. »Ich bin auch nicht mit ihr per Du, aber … so kann ich besser mit ihr sprechen.«

Ich betrachte ihn misstrauisch. »Wie sprichst du mit ihr? Birthe lebt nicht mehr.«

»Ja«, sagt er und atmet noch einmal schwer aus. »Und daran bin ich schuld.«

Ich verstehe immer weniger. Kann es sein, dass Pete verwirrt ist? Ich kenne ihn nicht. Vielleicht ist er krank? Oder steckt Günther dahinter? Ist Pete auch …?

»Wieso bist du schuld an ihrem Tod?«, frage ich ihn, so geduldig es mir möglich ist.

»Sie ist mir vor drei Wochen«, Pete weicht meinem Blick aus und sieht aus dem Fenster. »Sie ist mir in Wilhelmshaven vors Auto gelaufen. Ich hatte keine Chance zu reagieren. Sie war – sie ist noch auf der Straße gestorben.«

Mein Mund geht mehrmals auf und zu. Ich kann nichts dagegen unternehmen. Das kann einfach nicht wahr sein. Er sieht mich wieder an. In seinen Augen schimmern Tränen.

»Du warst das?« Mehr bringe ich nicht heraus.

Er nickt und sieht aus wie ein Häufchen Elend. Seine Hand zittert, als er sein Glas anhebt. Er stellt es, ohne getrunken zu haben, auf den Tisch zurück. Ich sitze ihm gegenüber und bin zu keiner Reaktion fähig. Erinnerungen werden vor meinem geistigen Auge abgespult. Der Unfallmorgen. Ich war nicht gut gelaunt. Mehr noch. Ich war traurig. Enttäuscht. Ich habe mich alleingelassen gefühlt. Und ich war in Eile, weil ich zu spät dran war. Das Lächeln der Verkäuferin. Es hat mich für einen Augenblick ganz leicht und glücklich gemacht. Draußen schien die Sonne. Der Asphalt glänzte. Lichtreflexionen. Genau. Von wegen, er hatte keine Chance zu reagieren. Die Sonne hat ihn geblendet. Er hat mich nicht gesehen. Wer weiß, vielleicht hat er gerade geträumt. Er hat mein Leben zerstört und will nun auch noch bedauert werden. Erwartet Mitleid. Ausgerechnet von mir! Wut breitet sich in mir aus. Am liebsten hätte ich ihm rechts und links in sein leidendes Gesicht geschlagen.

»Was heißt, du hattest keine Chance?«, herrsche ich ihn laut an.

Er reißt die Augen weit auf und sieht mich wie ein aufgeschreckter kleiner Junge an. Das macht mich noch wütender.

»Sie kam hinter einem parkenden Auto hervor. Wie aus dem Nichts. Ohne zu gucken. Sie muss einfach losgelaufen sein. Das ging so schnell – ich habe gebremst, aber …«

Seine Stimme ist immer leiser geworden. Gleich heult er los. Dazu hat er kein Recht. Wenn hier jemand weinen darf, dann ich.

»Was heißt, sie ist vor dein Auto gelaufen? Birthe war ein umsichtiger Mensch. Keine Traumtänzerin. Die Geschichte hast du dir super ausgedacht. Nimmt dir das etwa auch die Polizei ab?«

»Mia bitte, glaub mir. Du warst nicht dabei.«

»Doch!«, schreie ich und ignoriere seinen verstörten Blick. »Du hast Birthe auf dem Gewissen und willst von mir jetzt auch noch bemitleidet werden! Das ist feige. Und verlogen!«

In meinem Kopf wütet ein Taifun. In meinen Ohren rauscht das Blut. Ich bin längst aufgesprungen. Meine Hand greift nach dem Glas. Es ist noch zur Hälfte gefüllt. Ich gieße ihm die Apfelschorle im hohen Bogen ins Gesicht. Bevor er reagieren kann, drehe ich mich um und laufe nach draußen.

KAPITEL 12

Zum Glück habe ich vergessen, das Rad anzuschließen. In meinem aufgebrachten Zustand wäre ich nicht in der Lage gewesen, das Schloss zu öffnen. Meine Hände zittern viel zu sehr. Ich nehme das Rad, lasse mich die Anhöhe herunterrollen und fahre ohne abzubremsen auf die Straße. Empörtes Hupen. Ein Autofahrer weicht mir hektisch aus. Ich schaue nicht hoch und trete hart in die Pedalen. Die heftige Erregung hat ungeahnte Kräfte in mir aktiviert. Ich fahre wie blind und registriere kaum andere Radfahrer und Spaziergänger, die ihre Abendrunde drehen. In meinem Kopf rauschen Gedanken wild durcheinander. Wütend und viel zu schnell, um sie sortieren zu können.

»Was hast du dir dabei gedacht?«, schreie ich so laut ich kann. Ein Elternpaar zieht erschrocken ihre hüpfenden Kinder zur Seite.

»Günther! Ich rede mir dir!«

»Das ist nicht zu überhören«, antwortet er unverdrossen freundlich. Seine Ruhe bringt mich noch mehr in Rage.

»Du brauchst gar nicht so freundlich zu tun. Ich bin mehr als sauer auf dich. Du musst es doch gewusst haben. Wieso hast du mich ins Messer laufen lassen? Du hättest mich vor diesem Mann warnen müssen. Er ist mein Mörder. Verstehst du? Mein Mörder! Und du hast seelenruhig zugesehen, wie ich mich mit ihm verabrede. Du hast mich sogar dazu ermutigt. Du hast zugesehen, wie ich mit ihm am Tisch sitze und nett unterhalte. Du hast wahrscheinlich auch gemerkt, dass ich mich in seiner Gegenwart wohlgefühlt habe.«

»Dann lass dieses gute Gefühl in dir zu.«

»Wie soll ich das zulassen? Was ist das überhaupt für ein Gefasel? Das gute Gefühl zulassen. Du bist mein Schutzengel, dachte ich. Und für mein Wohlergehen zuständig. Gibt es da keine Jobbeschreibung für euch?«

»Birthe, natürlich habe ich eine Aufgabe. Sie …«

»Da kann ich nur lachen. Echt. Irgendwie scheinst du zwischendurch zu schlafen. Oder was weiß ich, was du machst. Dieser Mistkerl behauptet ganz dreist, ich wäre ihm vor das Auto gelaufen. Ich meine, ich war dabei. Ich hatte nicht vor zu sterben. Der lügt. Und du weißt das und unterstützt mich nicht!«

Mein Hals ist vom Schreien ausgetrocknet, und ich muss husten.

»Günther«, krächze ich. »Hey! Warum antwortest du nicht? Bist du noch da?«

»Ja, ich bin da. Aber was soll ich antworten? Du bist zu wütend, nicht offen genug, um etwas zu verstehen.«

»Weißt du was, ich verzichte auf deine schlauen Sprüche. Dann eben keine Antwort.«

Auch gut. Soll er sich in Schweigen hüllen. Was erwartet er denn von mir? Offenheit. Soll ich etwa Verständnis für meinen Mörder haben? Das kann er vergessen. Wenn er das von mir verlangt, werde ich ihn nichts mehr fragen. Eine große Hilfe ist er sowieso nicht.

Ich bin längst am Deich angekommen. Kurz vor der Jugendherberge fängt es an zu regnen. Dieses Mal bleibt es nicht bei ein paar Tropfen. Eine Gewitterwolke. Donner rollen drohend vom Meer her über den Deich. Windböen peitschen den Regen vor sich her. Ich halte ihm mein

Gesicht entgegen. Die Tropfen treffen wie kleine Nadelstiche auf meine Haut. Gut. Die Dramatik und der Schmerz passen zu meiner Verfassung. Auch, dass ich plötzlich als Einzige unterwegs zu sein scheine. Als ich am Ferienhaus ankomme, bin ich bis auf die Haut durchnässt. Die Kleidung hängt schwer an mir herunter. Ich gehe ins Badezimmer und ziehe mich aus. Die nassen Klamotten werfe ich achtlos ins Duschbecken. Ich nehme ein Badehandtuch aus dem Regal und schlinge es nachlässig um meinen Körper. In der Küche wird mir schwindelig. Ich muss mich an die Wand lehnen. Wie soll das für mich weitergehen? Es ist absolut kein Plan erkennbar. Wenn es überhaupt einen gibt. Ich habe das Gefühl, mitten in einem chaotischen Traum gelandet zu sein. Der Unterschied ist, dass ich nicht aufwachen werde und alles wieder gut ist. Schlafen wäre schön. An nichts mehr denken. Ich bin müde, aber gleichzeitig völlig überdreht, als hätte ich Unmengen Kaffee getrunken. Ich trinke ein Glas Wasser und gehe ins Wohnzimmer. Dort lasse ich mich auf das Sofa fallen. Mein Mund beginnt zu zucken. Tränen quellen ohne Vorwarnung aus meinen Augen. Ganze Sturzbäche, als hätte man eine Schleuse geöffnet. Ich weine, wie ich noch nie geweint habe. Hemmungslos und laut. Keine Ahnung, wie lange. Irgendwann ist die Flut versiegt. Ich kann nur noch trocken schluchzen. Der Weinkrampf hat mich nicht erlöst. Er lässt mich mit einem Gefühl der Leere und völlig erschöpft zurück. Ich greife nach der Sofadecke und drehe mich darin ein. Mir ist trotzdem noch zu kalt. Ein heißes Getränk. Das würde guttun. Ein Grog. Mia wird sicher alkoholische Vorräte im Haus haben. Ich stehe auf und öffne den kleinen Wohnzimmerschrank. Hier steht eine Flasche neben der anderen. Rum, Wein und Whiskey. Ich stelle den Heißwasserkocher in der Küche an und warte, bis das Wasser kocht. Wann habe ich mir das letzte Mal einen Grog gebraut? Ich kann mich nicht erinnern. Auch nicht an die Mengenverhältnisse. Ich gieße großzügig Rum in den einzigen Teebecher, den ich finde. Dann das heiße Wasser. Es riecht köstlich. Ich nehme den Becher und umspanne ihn mit beiden Händen. Schon die ersten kleinen Schlucke entfalten eine wohlige Wärme im Bauch. Ein schuldbewusster Gedanke wandert zu meinen Leberwerten. Aber er ist zu kurz und nicht überzeugend. Ich lasse die tröstliche Wirkung des Alkohols weiter zu. Ich setze mich wieder auf das Sofa. Vor mir auf dem Tisch liegt Mias Schreibmappe. Ich klappe sie auf und überfliege das erste Blatt.

»Du und ich, wir hätten Freunde sein sollen. Ich bin sicher, wir wären Freunde gewesen, vielleicht sehr gute. Leider wurden wir Frau und Mann. Warum sind wir trotz der vielen Warnschilder zusammen losgelaufen?«

Erzählt Mia da von sich und Florian? Das könnte sein. Freunde. Vielleicht sind sie es trotzdem ein wenig geblieben. Jedenfalls ist es nicht selbstverständlich, wie Florian mit Mia umgeht. Sie leben in Scheidung, aber er holt sie aus dem Krankenhaus ab. Fährt sie sogar nach Schillig. Wer von beiden die Scheidung wohl eingereicht hat? Und warum? Weil sie Freunde sein sollten und kein Liebespaar. Was ist daran so schlimm? Jonathan und ich. Waren wir ein Liebespaar? Was heißt das schon. Ich fand es immer ausreichend, wenn man warme freundschaftliche Gefühle füreinander hegt. Mia hat anscheinend kein Mittelmaß gelten lassen. Mittelmaß. Der Becher ist leer getrunken. Ich stehe auf und gieße mir noch einen Grog auf. Nicht so stark wie den Ersten, aber ich möchte dieses wattige Gefühl behalten. Und vor allem möchte ich mich nicht als mittelmäßig einstufen. Als eine, die sich zu früh mit zu wenig zufriedengibt. Was sind das plötzlich für eigenartige Gedanken? Ich trinke den zweiten Becher nur halb leer. Dann lehne ich mich zurück und lasse die angenehme Schwere des Körpers zu. Im nächsten Augenblick bin ich eingeschlafen.

Als ich aufwache, ist mir kalt. Richtig kalt, bis auf die Knochen. Ich richte mich auf und stöhne. Mein Nacken, mein ganzer Rücken ist steif und schmerzt. Meine Lippen kleben aneinander. Ich habe einen pelzigen Geschmack im Mund. Wahrscheinlich habe ich laut geschnarcht. Wie spät ist es? Draußen ist es längst dunkel. Ich taste nach dem Handy. 2.30 Uhr. Kein Wunder, dass mir alles wehtut. Ich habe mehr als fünf Stunden in dieser unglücklichen Position geschlafen.

Ich sehe genauer auf das Display. Es sind zwei Nachrichten und drei Anrufe eingegangen. Gleich. Erst muss ich mir etwas anziehen. Ich finde einen Jogginganzug. Hellblau mit aufgenähten Kirschen und Äpfeln. Mia hatte einen sehr kindlichen Geschmack. Aber der Anzug ist kuschelig warm. Und sie hat jede Menge selbst gestrickte Socken. Die gefallen mir. Ich gehe in die Küche und trinke gierig ein Glas kaltes Wasser. Danach friere ich noch mehr. Ich stelle den Wasserkocher an. Vielleicht hat sie noch etwas anderes als Alkohol zu bieten. Sie hat. Ich finde alle möglichen Teebeutel und wähle Ingwer Orange. Davon wird mir warm werden. Ich gehe mit dem Teepott zurück ins Wohnzimmer und lese die eingegangenen Nachrichten.

Die eine ist von Mias Mutter. Frauke. Ich habe wirklich vergessen, ihr zu schreiben.

»Hallo, Mia, Florian hat mir erzählt, dass du erst einmal allein sein möchtest. Dafür haben wir Verständnis.

Wir denken an dich. Schreib uns bitte kurz, ob es dir gut geht. Lieber Gruß.«

Eigenartig. Lieber Gruß. Nicht deine Eltern oder Frauke und Georg. Nur lieber Gruß. Mia kann zu ihren Eltern keinen wirklichen Draht gehabt haben. Das tut mir leid. Ich weiß, wie sich das anfühlt. Nicht zu wissen, wie man mit seinen Eltern umgehen soll. Als wären sie über die Jahre zu Fremden geworden. Die Zeit, in der man ganz nah zusammengelebt hat, erscheint einem unwirklich. Als hätte sie ein anderes Kind erlebt. So geht mir das. Und Mia? Darüber hätte ich mich gerne mit ihr unterhalten. Ich antworte ungeachtet der Uhrzeit.

»Sorry, ich habe erst einmal länger geschlafen. Deshalb erst jetzt eine Antwort. Danke, dass für euch mein Rückzug okay ist. Ich brauche ein wenig Zeit für mich. Ich werde mich melden. Liebe Grüße Birthe – ich drücke schnell auf Entfernen – Mia.«

Die zweite Nachricht und alle eingegangenen Anrufe sind von Sandra Rabe. Das ist Mias Freundin aus Hooksiel.

»Hallo, meine Liebe, ich habe von deinem Unfall gehört. Was soll ich sagen? Du bist aus der dritten Etage gefallen. Und du lebst :) Ganz klar, du bist noch nicht an der Reihe. Da waren deine Schutzengel hellwach. Ich weiß, du glaubst nicht daran, aber mal ehrlich. Es ist ein Wunder, oder nicht? Wo bist du gerade? Noch im Krankenhaus? Ich möchte dich besuchen. Bitte melde dich. Deine Sandra.«

Huch, was hat Mia da für eine Freundin? Sie glaubt an Schutzengel. Nun ja. Ich weiß mittlerweile sogar von ihrer Existenz. Obwohl ich mit Günther nicht gerade den aufmerksamsten abbekommen habe. Sonst wäre ich nicht … Ich unterbreche meine Gedanken. Sonst werde ich nur wieder wütend. Ich konzentriere mich auf die Antwort.

»Liebe Sandra. Ich bin nicht mehr im Krankenhaus, sondern«, ich zögere. Soll ich ihr schreiben, wo ich bin? Nein, nachher will sie mich schon morgen besuchen. »Ich bin nicht mehr im Krankenhaus, aber ich muss erst mal zur Ruhe kommen. War ein bisschen viel. Ich melde mich. Bis bald, deine Mia.«

Die Nachrichten sind beantwortet. Was nun? Am besten ins Bett gehen, hätte meine Mutter gesagt. Einen Moment frische Luft schnappen wäre auch nicht schlecht. Gerade habe ich noch gefroren. Jetzt empfinde ich die Luft im Wohnzimmer als stickig. Ich öffne die Terrassentür und gehe nach draußen. Die Nachtluft bringt keine Abkühlung. Sie steht regelrecht. Ohne Windzug. Ein ungewöhnliches Wetter für die Küste. Doch der Himmel ist klar und traumschön. Ich schaue hoch. Über mir spannt sich ein unendlich erscheinendes Zeltdach aus funkelnden Sternen. Ihre Schönheit hat mich schon immer fasziniert. Sie war für mich ein Versprechen, ein Trost, nicht allein zu sein. Nun schaue ich auf die unzähligen Sterne und frage mich: Was habt ihr mit mir vor?

KAPITEL 13

Ich hebe den Kopf. Sonnenstrahlen tanzen auf der Tapete und der Bettwäsche und lassen die aufgedruckten Mohnblumen leuchten. Ich habe tatsächlich noch einmal tief geschlafen. Das habe ich heute Nacht nicht zu hoffen gewagt. Ich habe mich lediglich aus Vernunftsgründen hingelegt. Was hätte ich sonst mit dem Rest der Nacht anfangen sollen. Ich lasse den Kopf in das Kissen zurücksinken. Ein neuer Tag liegt vor mir. Und nun? Ich habe keinen Plan, was ich mit ihm anfangen soll. Wie es weitergehen soll. Das Einzige, was ich weiß, dass ich nicht zwischen zwei Leben hin und her geistern will. Ich will mein eigenes Leben zurück. Aber wie soll das gehen? Was für Möglichkeiten habe ich, um zurückzufinden? Ich könnte mich bei Jonathan als Haushaltshilfe bewerben. Er wird Hilfe brauchen. Vielleicht würde sich nach und nach alles Weitere finden. Aber ich kann mich nicht einfach als Hilfe anbieten. Sie müssten eine suchen. Und ich sehe nicht gerade vertrauenserweckend aus. Perücke? Dann sähe ich mir sogar ähnlich. Zurzeit hilft ihnen meine Mutter. Meine Mutter. Die Vorstellung, dass sie in meinem Reich regiert, macht mich augenblicklich unruhig. Sie kann mein Geschirr, meine Gewürze, einfach alles nach ihren Vorstellungen umräumen, verrücken und vielleicht sogar wegwerfen. Sie hat freie Hand, denn mich gibt es nicht mehr.

»Doch! Mich gibt es!«, rufe ich und schlage energisch die Decke zurück. Mich gibt es. Mia gibt es nicht mehr. Aber wie soll ich das jemandem erklären, der keine Flügel hat? Ein Versuch wäre es wert. Warum eigentlich nicht? Immerhin habe ich es auch verstanden. Mein Magen knurrt dermaßen laut, dass ich beide Hände auf den Bauch lege. Wann habe ich das Letzte gegessen? Gestern nur die paar Schokoriegel. Kein Wunder, dass meine Eingeweide rebellieren. Ich gehe in die Küche. Ein paar haltbare Nahrungsmittel hat doch jeder auf Lager. Und wenn es Zwiebacke sind. Ich habe haltbare Lebensmittel wie Nudeln, Mehle und ein paar Konserven sogar nach Datum sortiert im Keller stehen. Irgendwo habe ich mal gelesen, dass man für den Notfall ein paar Wochen Lebensmittel im Haus vorrätig haben sollte. Für welchen Notfall wollte ich mir nicht näher ausmalen, aber es hat mir Freude gemacht, meine Regale mit Vorräten zu bestücken. Und die Vorstellung, meine Familie bei einem Engpass versorgen zu können, hat mich beruhigt. Ich beginne, die Schubladen zu durchstöbern. Wenn ich nichts Essbares finde, muss ich auf die Fertiggerichte im Tiefkühlfach zurückgreifen. Obwohl mich das zum Frühstück nicht gerade reizt. Ich habe Glück. In einem der Hängeschränke finde ich Zucker, Salz und eingepackte Kekstütchen. Sie gehören auch nicht zu meinem gewohnten Frühstück, aber ich habe Hunger. Ich reiße eine Tüte auf und stopfe mir gleich zwei Kekse in den Mund. Kauend krame ich in der Schublade mit den Teevorräten. Vielleicht – ja. Sie hat auch Kaffeepulver. Leider keine Milch. Ich brühe mir eine Tasse auf und setze mich ins Wohnzimmer ans Fenster. Ein bilderbuchblauer Himmel. Nicht eine einzige Wolke. Auf dem Deich laufen Menschen im Gänsemarsch. Wahrscheinlich eine Gruppe Walker.

Ich trinke einen Schluck Kaffee. Mit dem Rest Keksbrei im Mund schmeckt er auch ohne Milch. Was spricht eigentlich dagegen, Jonathan und Marietta die Wahrheit zu sagen? Kann sein, dass sie mich anfangs für durchgeknallt halten würden. Aber ich könnte ihnen Beweise liefern. Ich könnte ihnen Details aus Birthes Leben erzählen, die nur sie selbst wissen kann. Das müsste sie zum Nachdenken bringen, wenn nicht sogar überzeugen. Auf jeden Fall wäre es ein Anfang. Vielleicht. Vielleicht auch nicht. Ich würde das zu gerne mit jemandem besprechen. Ich stöhne leise auf. Für so ein Gespräch kommt nur einer in Frage. Egal, was gestern vorgefallen ist, er ist nun mal der einzige Engel, den ich kenne. Und der Einzige, mit dem ich über das Thema sprechen kann. Ob er noch da ist? Ich war ganz schön pampig zu ihm. Aber zu Recht, finde ich. Vielleicht sieht er das mittlerweile auch so. Ich werde das Thema Pete nicht anschneiden. Erst einmal.

»Günther, bist du da?«

»Ja, Birthe. Guten Morgen.«

»Guten Morgen«, sage ich und hüstele verlegen. Seine Stimme hat wie immer geklungen. Freundlich und ruhig. Er ist nicht gekränkt. Kann sein, dass dieses Gefühl einem Engel fremd ist.

»Ich habe über etwas nachgedacht«, sage ich.

Günther antwortet nicht. Er wartet anscheinend auf meine weiteren Ausführungen. Manchmal würde ich ihn schon gerne sehen, um seine Reaktion besser einschätzen zu können.

»Ich habe überlegt, ich könnte Jonathan und Marietta die Wahrheit sagen. Also von mir und Mia. Ganz vorsichtig. Immerhin könnte ich ihnen einige Beweise liefern. Das wäre doch die einfachste Lösung. Für alle.«

»Hm«, macht Günther.

»Was bedeutet: hm?«

»Stell dir die Situation doch einmal umgekehrt vor.«

»Wie meinst du das?«

»Wie würdest du reagieren? Dein Mann ist vor ein paar Wochen beerdigt worden. Du weißt noch nicht, wie es für dich weitergehen soll. Da steht ein anderer Mann vor dir. Er behauptet, dein Mann zu sein. Er steckt nur in einem fremden Körper.«

Ich trinke vorsichtig einen Schluck Kaffee.

»Ich weiß nicht«, antworte ich schließlich.

»Doch Birthe, du weißt es.«

Ich ziehe abwehrend die Schultern hoch.

»Kann sein«, gebe ich widerwillig zu, »kann sein, ich wäre nicht gerade angetan. Warum tut dieser Mann mir weh mit so einem – Märchen. Ja, vielleicht wäre ich auch wütend und würde ihn umgehend rausschmeißen und ihm keine Zeit lassen, mir Beweise zu liefern.«

Ich stelle den Kaffee weg. Er schmeckt bitter. Ich mag ihn nicht ohne Milch. Meine schöne Idee. Nur eine Seifenblase. Mehr nicht.

»Jonathan könnte sogar die Polizei benachrichtigen, weil er glaubt, ich bin psychisch krank«, füge ich frustriert hinzu. Das würde zu ihm passen. Jonathan glaubt nicht an Dinge zwischen Himmel und Erde, die nicht wissenschaftlich belegt sind.

»Das könnte auch passieren«, sagt Günther.

»Was soll ich denn machen?«, frage ich zitternd, kurz davor, in Tränen auszubrechen.

»Hast du schon gefrühstückt?«

Ich muss schlucken. Diese Frage irritiert mich. Ein Engel, der mich ans Essen und Trinken erinnert.

»Nein, nur ein paar Kekse. Warum denkst du an so etwas? Haben Engel auch Hunger?«

Jetzt lacht er. Er hat ein schönes Lachen. Das muss ich zugeben. Und im Grunde mag ich ihn. Vielleicht, weil ich niemanden außer ihm habe.

»Ein anständiges Frühstück wäre schon gut«, gebe ich zu. »Aber dafür braucht man hierzulande Geld.«

»Es ist genug im Haus.«

»Wie? Bargeld? Du hast gesagt, Mia hätte keins.«

»Das hast du mich in der Weserstraße gefragt.«

»Stimmt. Also hier hat sie welches? Wo denn?«

Ich rechne schon mit einer Antwort wie: Wer sucht, der findet. Aber er sagt: »In der Kleiderschrankschublade unter den Socken.«

Ich laufe ins Schlafzimmer, ziehe die Schublade auf und werfe die Socken beiseite. Darunter liegt ein großer Umschlag. Ich öffne ihn und mag kaum meinen Augen trauen. Drei Bündel mit Fünfzigeuroscheinen. Ich überfliege die Anzahl. Das sind mindestens 2.000 Euro. Wenn nicht mehr. Eine seltsame Marotte, so viel Bargeld im Haus zu verstecken. Unter Strümpfen. Aber aus welchem Grund Mia das auch immer getan hat. Mir hilft es. Ich habe eine kleine Sorge weniger. Damit komme ich hin, bis ich wieder klarer sehe.

Ich öffne die Schranktüren. Was ziehe ich an? Anscheinend gewöhne ich mich an Mias exotische Auswahl. Ihr Anblick schüttelt mich nicht mehr so heftig wie gestern. Ich wähle eine rote, halblange Leggings und ein buntes, kurzes Kleid. Auf dem Flur stelle ich mich meinem Spiegelbild. Die Beine sind zu dünn, aber sonst … und natürlich die Frisur. Aber die Stoppeln sind bereits nachgewachsen. Oder bilde ich mir das nur ein? Mein Schädel wirkt nicht mehr wie kahlrasiert. Ich trete näher an den Spiegel heran. Das Haar ist wirklich nachgewachsen. Und zwar kastanienbraun. Genau, wie meins war. Mia hat sich die Strähne nicht gefärbt.

Es ist kurz vor neun. Männer mit Hund sind nach ihrer Gassirunde auf dem Weg zum Bäcker. Junge Familien sind schon mit Sandspielzeug und Bollerwagen unterwegs zum Strand. Vor dem Fahrradverleih »Blinkfeuer« herrscht Betrieb. Räder oder Gokarts werden für einen Tagesausflug ausgeliehen. Die vertrauten Bilder entspannen mich.

In der Bäckerei der kleinen Fußgängerzone empfängt mich der Duft von gebrühtem Kaffee und frisch gebackenen Brötchen. Mir läuft das Wasser im Mund zusammen. Es ist rappelvoll im Laden, und ich muss warten. Aber die beiden Verkäuferinnen lassen keinen Stress aufkommen und bleiben freundlich. Selbst wenn die Kunden Schrippen, Semmeln oder Brütche haben wollen. Ich muss an meine spezielle Verkäuferin aus Wilhelmshaven denken. Warum habe ich mich wie ein braves Kind ihren Anforderungen untergeordnet? Wobei ich nicht einmal weiß, welche das waren. Ich habe mir lediglich eingebildet zu wissen, was sie von mir erwartet. Was wäre passiert, wenn ich die Brötchen auch nur mit Fingerzeig bestellt hätte? Wahrscheinlich gar nichts. Sie war so oder so durchgehend unfreundlich. Das erste Lächeln habe ich von ihr an dem Morgen …

Ich bin an der Reihe. Ein großer Milchkaffee und zwei belegte Vollkornbrötchen. Ich bekomme ein Tablett und gehe damit nach draußen. Es sind genug Plätze frei. Die meisten holen nur Brötchen, um in ihren Ferienwohnungen zu frühstücken. Ich nehme andächtig die Tasse in beide Hände und trinke einen Schluck Kaffee. Dann beiße ich mit geschlossenen Augen in das mit Käse und Tomaten belegte Brötchen. Für einen winzigen Augenblick bin ich wunschlos glücklich.

Aber gleich danach überkommt mich neue Ruhelosigkeit. Wohin? Was tun? Ich setze mich aufs Rad und fahre los. Ohne Plan. Scheinbar, denn kurze Zeit später befinde ich mich auf dem Weg zur Deichstraße. Tomke glaubt, ich wäre eine Freundin von – Birthe. Das war ein guter Einfall von mir. Es kann mir nichts passieren. Es wird sich niemand wundern. Aber vor unserem Haus verlässt mich der Mut, und ein Mix aus Freude, Sehnsucht und Traurigkeit überflutet mich. Ich könnte auf der Stelle losheulen. Ich stelle das Rad ab und gehe langsam am Zaun entlang. Jonathans Auto ist nicht da. In der Schule kann er nicht sein. Es sind Sommerferien. Ob Marietta da ist? Ich bleibe unschlüssig stehen und beobachte das Haus. Nichts rührt sich. Es scheint niemand zu Hause zu sein. Ich gebe mir einen Ruck, drücke die Gartenpforte auf und gehe an der Geranienpracht vorbei zu meinem Gewächshaus. Die Tomaten sind fleißig ausgegeizt worden. Danke, Marietta. Die Paprika bekommen erste Farbe. Neben dem Gewächshaus ranken Zucchini bis zum Kompost. Die größten Früchte müssen geerntet worden sein. Und im Haus? Da hat es schon nach einem halben Tag oft ausgesehen wie bei Hempels unterm Sofa. Jonathan lässt ständig alles stehen und liegen. Er hat einfach kein Gespür für Ordnung. Ich habe versucht, sie ihm beizubringen. Ihn zu überzeugen, wie schön es ist, nicht immer suchen zu müssen. Er hat mir zugehört und nichts geändert. Schlimmer, er hat bei seinen Suchaktionen meine mühsam aufgebaute Ordnung zerstört. Schubladen zerwühlt hinterlassen. T-Shirts aus dem ordentlichen Stapel gezogen und die anderen einfach wieder reingedrückt. Ich könnte von der Terrasse aus einen Blick ins Wohnzimmer werfen. Schade, dass wir nirgendwo einen Schlüssel versteckt haben. Das wollte ich nie. Das war mir zu gefährlich.

»Was suchen Sie hier?« Ich bleibe auf der Stelle stehen. Unfähig, weiterzugehen oder mich umzudrehen. Ich weiß auch so, wer hinter mir steht: meine Mutter. An sie habe nicht mehr gedacht.

»Hallo, ich habe Sie etwas gefragt. Verlassen Sie sofort das Grundstück!« Ihre Stimme wird immer ärgerlicher.

Ich atme durch und drehe mich langsam um. Am liebsten wäre ich mit geschlossenen Augen an ihr vorbeigehuscht. Erst mal nur weg. Wie früher als Kind, wenn ich irgendwelchen Unsinn angestellt hatte und sie wütend war. Sie hat nie den Versuch unternommen, hinter mir herzulaufen und mich einzufangen. Ich habe dann gespielt und abgewartet, bis ihr Ärger verraucht war. Das hat immer geklappt. Aber nun. Ich hebe mein Gesicht und zwinge mich, sie anzusehen.

Sie ist kleiner geworden. Oder war Mia größer als ich? Und sie ist schmaler geworden. Immer noch diese hausbackene Dauerwelle. Ihre grauen Augen strahlen die alte Energie aus. Sie sehen mich streng an. Dabei tasten sie meine Kleidung und meine Frisur ab. Ich kann mir lebhaft vorstellen, was sie denkt.

»Was suchen Sie hier?«, wiederholt sie.

Was suche ich hier? Mein Zuhause. Und du bist meine Mutter und siezt mich! Mir steigen Tränen in die Augen. Ich kann sie nicht zurückhalten und fange an zu weinen.

»Ich wollte«, schluchze ich, »ich wollte – ich bin Birthes Freundin.«

Die Strenge im Gesicht meiner Mutter löst sich auf. Nun sieht man, sie ist alt geworden. Seit wann ist sie so alt? Hat das etwas mit meinem Tod zu tun?

»Ich weiß auch nicht, was ich gesucht habe. Irgendwie wollte ich ihr nah sein.«

Meine Mutter betrachtet mich noch eindringlicher.

»Sie waren nicht auf der Beerdigung«, sagt sie. »Oder irre ich mich?«

»Nein, ich konnte nicht kommen. Ich war – verhindert.«

»Kommen Sie aus Horumersiel?«

Ich schüttele heftig den Kopf.

Meine Mutter sieht rüber zum Nachbargrundstück, als erwarte sie Schützenhilfe von Tomke. Aber von ihr ist nichts zu sehen. Ich stehe noch immer wie festgewachsen und warte. Auf was genau, weiß ich selbst nicht.

»Kommen Sie doch auf einen Tee mit rein«, höre ich da meine Mutter sagen.

Auf einen Tee und ich könnte in mein Haus.

»Danke, das ist sehr nett«, sage ich schnell, bevor ich es mir anders überlegen kann. Als wir den Flur betreten, bin ich mir nicht mehr sicher, ob das eine gute Entscheidung war. Eine diffuse Angst drückt mir auf den Magen. Ich sehe mich fast schüchtern um. Die Kommode ist nicht verstaubt. Der Spiegel hat keine Fingerabdrücke, der Garderobenständer ist nicht überladen. Es liegen keine Schuhe im Weg herum. Genauso mag ich es. Aber der Geruch. Genau der ist für meine Abwehr verantwortlich. Es riecht nach dem Waschpulver meiner Mutter, nach Gebratenem und nach Zwiebeln.

»Kommen Sie«, fordert mich meine Mutter auf und geht in die Küche. Ich folge ihr zögerlich und bleibe entsetzt im Türrahmen stehen. Meine schöne Küche. Der herrlich große Holztisch und die hellen Arbeitsflächen der Schränke sind komplett vollgestellt. Alles liegt kreuz und quer. Angebrochene Müslitüten, Nüsse, Nudeln, Kakao und Gewürze. Dazwischen ein Brett mit gebrauchtem Messer, einer halben Salatgurke und einer angeschnittenen Zwiebel. Ein paar Tomaten liegen einfach so herum. Von der Maserung der Tischplatte, die ich so sehr mag, ist kaum noch etwas zu sehen.

»Setzen Sie sich doch«, fordert meine Mutter mich auf. Sie nimmt schnell zwei Pullover weg, die sie zum Nachtrocknen über die Stühle gehängt hatte.

»Gestern hat immer ein Regenschauer gedroht«, entschuldigt sie sich. Ich nicke. Die Marotte mit dem Nachtrocknen hatte sie schon immer. Ausgerechnet in der Küche mit all den Essensgerüchen. Dabei habe ich einen elektrischen Wäschetrockner.

Meine Mutter setzt Teewasser auf. Nicht in meinem Heißwasserkocher, sondern in dem alten Wasserkessel, den ich in den Keller gestellt habe.

»Setzen Sie sich doch«, sagt sie noch einmal.

Ich setze mich auf *meinen* Stuhl. Von hier habe ich die beste Aussicht in den Garten. Reg dich nicht auf, beruhige ich mich. Das lässt sich alles wieder aufräumen. So chaotisch hat die Küche deiner Mutter immer ausgesehen. Es ist ja nicht wirklich dreckig. Der Tisch ist mit Zeitungen, Kerzen, Streichhölzern, geöffneten Briefen, Bonbons, Jonathans Handcreme, die er für die Füße nimmt, und drei gebrauchten Teepötten vollgestellt. Ich atme tief durch. Nicht schlimm. Das hätte ich mir denken können, dass es so aussieht, wenn ich Jonathan nicht hinterherräume. Meine Mutter scheint das nicht zu stören. Selbst nicht vor einer – fremden Person.

»Ich bin gleich wieder da«, entschuldigt sie sich und lässt mich allein in der Küche sitzen. In *meiner* Küche. Im nächsten Augenblick höre ich sie auf dem Flur leise telefonieren. Ich rutsche unbehaglich auf dem Stuhl hin und her.

»Günther«, flüstere ich.

»Ja.«

»Ist es richtig, dass ich hier bleibe?«

»Birthe, das ist schon wieder eine Entscheidungsfrage. Das musst du selbst wissen. Wie fühlst du dich denn gerade?«

»Irgendwie – ich weiß nicht. Es fühlt sich alles unwirklich an. Ich sitze in meiner Küche und doch wieder nicht. Am liebsten möchte ich sofort anfangen aufzuräumen und darf es nicht. Das ist wie Folter. Dann die Vorstellung, wie es oben in den Zimmern aussieht. Die macht mich nicht gerade ruhiger. Das hört sich wahrscheinlich wirr an.«

»Nein. Durchaus nicht«, antwortet Günther. »Warum gehst du dann nicht?«

Ich überlege.

»Weil ich mir auch nicht sicher bin, ob das die richtige Entscheidung ist. Ob ich nicht etwas verpasse. Immerhin bin ich endlich in meinem Haus. Und ich möchte – ich glaube, ich bin neugierig, was meine Mutter von mir will. Sie hat mich nicht ohne Grund zum Tee eingeladen.«

»Und welche Unsicherheit wiegt schwerer?«

Ich atme durch. »Stimmt, ich bleibe.«

Es klingelt an der Haustür. Ich stehe im ersten Reflex auf, um zu öffnen, aber setze mich wieder hin. Auf dem Flur wird geflüstert. Im nächsten Augenblick kommt meine Mutter mit Tomke in die Küche.

»Das ist eine Nachbarin und zurzeit meine Pensionswirtin«, stellt meine Mutter sie vor. Schau an. Meine Mutter hat sich Verstärkung geholt. Ich glaube keine Sekunde, dass Tomke zufällig hereingeschneit ist.

KAPITEL 14

»Moin«, grüßt mich Tomke. Unter ihrem offenen Lächeln wird mir warm. Ich erwidere es schüchtern. Warum bin ich auf ihre Freundlichkeit nie eingegangen? Weil ich ihrer herzlichen Ausstrahlung misstraut habe. Sie ist jemand, so habe ich gedacht, der zu jedem freundlich ist. Das ist reine Routine und nicht ehrlich. Unter Nachbarn tut eine gewisse Distanz gut. Sonst ist man ruckzuck in einer Verpflichtung. Meine Abwehrhaltung tut mir in diesem Augenblick leid. Nicht nur das. Wie habe ich manchmal über Tomkes Kleidung gelästert. Ja, sie kleidet sich anders als andere Frauen in ihrem Alter. Sie mag Glimmer und große Muster. Selbst, als sie Witwe geworden ist. Sie hat nie schwarz getragen. Jetzt fühle ich mich mit ihr irgendwie verbunden, wie sie da in ihrem blaugrünen, glitzernden Oberteil steht. Das Haar einen Ton zu rot gefärbt.

»Schön, dass Sie doch noch gekommen sind«, sagt Tomke. »Es ist für Lisa – es ist für sie tröstend, eine Freundin von Birthe kennenzulernen.«

Der Moment der Verbundenheit ist verpufft. Lisa. Tomke duzt meine Mutter. Und warum »eine« Freundin? Als wäre ich die Erste, die kondoliert. Es gab schließlich eine Beerdigungsfeier. Hella und Inken werden mit Sicherheit da gewesen sein.

»Ja, es freut mich wirklich, dass Sie vorbeigekommen sind«, höre ich meine Mutter. Sie schiebt Zeitungen und andere Gegenstände auf die obere Tischhälfte. Den unteren Teil wischt sie kurz sauber und stellt drei Teetassen, Milchkännchen und Kandisdose bereit. Das Geschirr hat sie aus dem Wohnzimmerschrank geholt. Ich habe es lediglich zur Dekoration hinter der Glasscheibe stehen. Wir benutzen diese Finkennäpfe schon lange nicht mehr. Meine Mutter legt ungefragt in jede Tasse einen riesigen Kluntje Kandis. Als sie den heißen Tee darübergießt, knistern seine Kristalle. Das Geräusch mochte ich schon immer. Abschließend lässt sie mit einer zierlichen Schöpfkelle eine kleine Wolke aus Sahne über den Tee gleiten. Die Kandisspitze ragt wie eine vulkanische Insel aus dem Tee hervor. Meine Mutter stellt noch einen Teller mit Butterkuchen auf den Tisch und setzt sich. Der Butterkuchen ist in kleine mundgerechte Stückchen geschnitten. Das hat sie immer so gemacht.

»Sie sind also eine Freundin von Birthe«, fängt meine Mutter unbeholfen die Unterhaltung an. Ich höre in ihrem Ton ein Staunen. Eine Freundin wie Mia hat sie mir nicht zugetraut. Das ärgert mich.

»Ja, das war ich. Warum fragen Sie das so eigenartig?«

In meiner Stimme schwingt Groll. Ich kann es nicht verhindern. Meine Mutter hat die Tasse schon zum Mund geführt. Nun setzt sie sie, ohne einen Schluck getrunken zu haben, wieder auf der kleinen Untertasse ab.

»Entschuldigung, das sollte nicht eigenartig klingen. Aber verstehen Sie mich nicht falsch. Wie soll ich mich da ausdrücken? Sie scheinen grundverschiedene Frauen zu sein.«

Nicht falsch verstehen. Die Message ist ja wohl eindeutig. Meine Mutter hat mich nach meinem Aussehen einsortiert. Wenn ich meine Jacke ausziehen würde, könnte ich sie noch mit ein paar Narben schockieren. Ich kann mir vorstellen, in welche Szene sie mich einordnet. Ich atme tief durch. Nun mal ehrlich. Wäre ich mit Mia befreundet gewesen? Wohl kaum. Das muss ich zugeben. Aber meine Mutter hat kein Recht, das zu beurteilen. Sie kennt mich schon lange nicht mehr und hat keine Ahnung, wer zu meinem Freundeskreis gehörte. Mein Blick wandert zu Tomke. Sie ist auch nicht gerade die Klischeebesetzung einer norddeutschen Pensionswirtin. Ich sehe wieder meine Mutter an. Angestauter Trotz steigt in mir hoch.

»Das müssen Sie mir besser erklären«, fordere ich sie auf. »Denn nun verstehen Sie mich nicht falsch, Sie kennen mich ja überhaupt nicht.«

Meine Mutter bekommt Farbe im Gesicht. Sie beginnt heftig, in ihrer Teetasse zu rühren. Dabei ist das ein absoluter Fauxpas bei der friesischen Teezeremonie. Meine Mutter ist nervös. Das besänftigt mich ein wenig.

»Machen Sie es mir nicht unnötig schwer«, sagt sie schließlich. »Birthe war …«, sie bricht ab und sucht sichtlich nach Worten. »Birthe war ein sehr in sich zurückgezogener Mensch. In ihrem Benehmen sowie in ihrem Äußeren. Unauffällig. Als wollte sie sich unsichtbar machen. Nicht nur sich. Auch ihre Umgebung. So wie es jetzt hier aussieht, das hätte sie nie durchgehen lassen.«

Womit sie recht hat. Was ist daran schlecht? Ich bin eben ein ordnungsliebender Mensch.

»Die Zimmer im Haus, also vom Keller bis unterm Dachboden, hätte man jederzeit fotografieren können«, berichtet meine Mutter weiter mit Grabesmiene. »Das hat mir immer ein wenig leidgetan. Für Birthe. Also nicht, dass ich denke, Sie sind unordentlich. Ich kenne Sie nicht, da haben Sie recht. Aber Sie kleiden sich farbenfroh und na ja, überhaupt. Sie wirken halt ganz anders als meine Birthe.«

Meine Birthe. Das bin ich schon lange nicht mehr. Und wie sie mich beschrieben hat. Als wäre ich eine putzsüchtige Langweilerin gewesen. Wie kommt sie dazu? Unsere Treffen in den letzten Jahren kann ich an einer – okay an zwei Händen abzählen. Vielleicht macht man für Besuch ein wenig mehr sauber? Wie will sie wissen, wie es sonst hier aussah? Ja, es war immer ordentlich. Soll ich mich dafür schämen?

»Was finden Sie daran traurig? Ich meine, Birthe war ein Mensch, der Ordnung gemocht hat. Im Haus und im Kopf. Die beiden Dinge gehören zusammen. Das hat sie immer gesagt. Und Kleidung? Was sagt die schon aus? Birthe hat sich gerne sportlich gekleidet. Und sie war auch sportlich. Das habe ich immer bewundert. Allein ihre Disziplin, jeden Tag zu joggen.«

»Disziplin«, sagt meine Mutter traurig. »Diszipliniert war Birthe. Das glaube ich. Aber war sie auch glücklich?«

Was soll das jetzt werden? Glücklich. Warum fragt sie das – Mia. Jetzt, nach meinem Tod. Warum hat sie mich das nicht selbst gefragt.

»Sie hat ihr Leben gemocht. Und zwar genau so, wie es war. Zum Beispiel das tägliche Laufen, das hat sie glücklich gemacht. Ganz nah am Meer entlang. Die Farbspiele der Sonne im Watt und im auflaufenden Wasser. Der würzige Geruch. Den weiten Blick von der Deichkrone. Die schon fast unwirklich schönen Sonnenuntergänge. Die Verfärbungen des Himmels. Ja, sie ist jeden Tag gelaufen. Wenn irgend möglich. Na und? Warum sollte Disziplin etwas Negatives sein? Es ist schön, einen Rhythmus zu haben. Man kann doch nicht völlig unstrukturiert durch den Tag rennen. Dann weiß man abends nicht mehr, wo man gewesen ist. Also, ich habe das an Birthe immer bewundert.«

Ich habe mich in Rage geredet. »Du bist immer so zuverlässig«, höre ich im Geist Jonathans Stimme. »So diszipliniert.« Anscheinend wird mir im Nachhinein vorgeworfen, dass ich ein verantwortungsbewusster Mensch bin. Vielen Dank auch.

Meine Mutter schweigt. Sie wirkt hilflos. Ihr Gesicht ist ganz klein geworden. Ich wehre mich gegen aufkommendes Mitgefühl. Sie hat mich und mein Leben nach ihren Maßstäben beurteilt. Ich finde sogar: verurteilt. Ohne eine Ahnung von mir zu haben.

Ich spüre, wie Tomke meinen Blick sucht. Widerstrebend lasse ich den Kontakt zu.

»Hören Sie, das sind keine Vorwürfe. Sie brauchen Birthe nicht zu verteidigen. Obwohl ich das sehr liebenswert finde.« Tomke überlegt einen Augenblick. »Ja, Sie haben schon recht. Verteidigen Sie sie. Das sollte man für eine Freundin tun. Ich kannte Birthe nicht gut, obwohl wir schon seit, ich glaube, sechs Jahren Nachbarinnen sind.

»Seit sieben«, murmele ich reflexartig.

»Schon sieben. Das kann sein. Sehen Sie, ich weiß es überhaupt nicht. Wir hatten einfach zu wenig Kontakt. Ich habe sie mehrmals eingeladen. Sie hatte nie Zeit. Sie hat immer beschäftigt gewirkt. Ich denke, sie ist mir ausgewichen. Aber ich weiß es nicht.«

Meine Mutter wirft ihr einen dankbaren Blick zu. Ich muss mich beherrschen, um nicht loszuschreien: Hört sofort auf! Ihr redet über mich!

»Nein, ich habe wenig von meiner Nachbarin gewusst«, gibt Tomke noch einmal zu. Stimmt, denke ich. Deshalb solltest du einfach den Mund halten.

»Aber manchmal«, redet sie weiter, »manchmal habe ich mir meine Gedanken gemacht. Wie man sie sich so macht, wenn man einen Menschen über die Jahre immer wieder beobachten kann. Ich habe gedacht: Das ist noch so eine junge Frau und sie lebt nach einem scheinbar ganz festen Plan. Als hätte sie Angst, sonst etwas zu vergessen. Wie eine ganz alte Frau. Sie hat an bestimmten Wochentagen immer die gleichen Hausarbeiten gemacht. Wie Fensterputzen, Türen abseifen, Straße fegen. Sie war immer zu Hause, hatte ich das Gefühl. Abgesehen von ihrer Arbeit und ihrer Laufrunde. Sie war oft allein, glaube ich. Ihr Mann war viel unterwegs. Ich habe mich immer gefreut, wenn ich sie im Garten gesehen habe. Da hat sie zufrieden gewirkt. Der Garten, die Pflanzen, das war ihr Reich.«

»Sie müssen ja viel am Fenster stehen«, rutscht mir heraus. Aber ich kann mich kaum noch beherrschen.

Anstatt beleidigt zu sein, grinst Tomke mich breit an. »Ja, das gebe ich zu. Ich liebe es, zwischendurch am Fenster zu stehen. Aber nicht um meine Nachbarn zu beobachten. Das ist für mich wie meditieren. Und es hat eine ganze Zeit gedauert, bis ich kapiert habe: Birthe putzt die Haustür. Es muss Donnerstag sein. Sie muss nach einem Hausarbeitsplan gearbeitet haben. Immer wieder im Kreis.«

Ich umklammere die Tischkante. Meine Hände sind feucht.

»Ja, das hat sie gemacht. Und abends hat sie ihre erledigten Arbeiten abgehakt. Das ist ein Erfolgserlebnis und keine Macke. Birthe hat eben das Zeitmanagement verstanden.«

Tomkes grüne Augen sehen mich nachdenklich an.

»Sie haben Ihre Freundin dafür bewundert?«

Ich denke an Mia. Hätte sie mich bewundert? Oder bemitleidet? Die Vorstellung, mitleiderregend gewirkt zu haben, ist neu und mehr als unangenehm.

»Sie hatte halt ihr Leben im Griff«, sage ich ein wenig hilflos.

»Kann man das im Griff haben?«, fragt Tomke. »Ich meine durch ein blank geputztes Haus?«

Sie zieht ratlos ihre Schultern hoch und streicht mit der Hand durch ihr glänzendes rotbraunes Haar. »Na ja, ich kann nur von mir selbst ausgehen. Wie wohl jeder. Wenn mir Hausarbeit richtig Spaß macht, wenn mich die Ordnung und der Geruch von Reinigungsmitteln beruhigen, geht es mir in der Regel beschissen. Dann liebe ich das Organisieren rund um meine Pension. Ein Rettungsanker. Aber mehr nicht.«

Sie wirft einen scheuen Blick auf meine Mutter. Der stehen nun Tränen in den Augen. Die machen mich wütend.

»Ja, Birthe war sehr strukturiert. Aber sie hatte keine andere Chance«, sage ich mühsam beherrscht. »Birthe hat mit dem Haushalt ganz allein dagestanden. Ihr Mann war viel unterwegs und soll wohl auch echt … schlampig sein. Birthe hatte gar keine Wahl. Sie musste funktionieren. Oder alles wäre im Chaos geendet.«

»Da haben Sie allerdings nicht unrecht«, gibt mir meine Mutter mit leiser Stimme recht. »Mein Schwiegersohn hat die Ordnung wirklich nicht erfunden. Das ist selbst mir zu viel Tohuwabohu. Das war sicher nicht leicht für Birthe. Und Marietta hat auch eine ganz eigene Art, Ordnung zu halten. Überall liegen Bücher und fliegende Blätter herum. Wäsche dort, wo sie sich gerade auszieht. Aber«, sie überlegt einen Moment, »es geht ja nicht um Ordnung halten. Wem das wichtig ist. Bitte schön. Ich habe nur Angst, Birthe hatte nichts anderes. Sie hat ihre ganze Energie dafür verschwendet, hinter anderen herzuräumen.«

»Das war anstrengend«, gebe ich zu. »Wie ein nicht enden wollender Kreislauf.« Ich hätte gerne etwas von der Hausarbeit abgegeben. Aber Jonathan oder Marietta waren stärker. Immer, wenn ich ihnen eine Aufgabe übergeben wollte – und das waren weiß Gott kinderleichte – hatten sie ein Argument dagegen. Die Zeitungen möchte ich noch durchsehen, später kommen sie in den Papiermüll. Das Bad ist doch letzte Woche erst gründlich geputzt worden. Eine gewisse Flora ist gesundheitsfördernd. Die Wäsche will ich noch einmal anziehen. Die Dose kann ich für die Werkstatt gebrauchen. Das esse ich später noch. In Jonathans Zimmer hätte man auf seinen Essensresten, die er angeblich noch essen wollte, Kulturen züchten können. Die Küche räumen wir morgen auf. Jetzt ist Feierabend. Setz dich doch mal hin. Ha ha. Morgen. Am nächsten Morgen sind sie alle verschwunden. Und ich fange mit der zusätzlichen Arbeit vom Vortag an.

»Birthe hatte sehr wohl noch andere Interessen als Putzen. Sie hat ihren Garten geliebt und gut und gerne gekocht. Und sie mochte es, allein zu sein. Sie brauchte eben nicht viele Freunde. Nicht immer Trubel und Verabredungen. Wir haben uns deshalb auch selten gesehen. Wir haben uns geschrieben. Sehr intensiv«, betone ich.

Nun lächelt meine Mutter melancholisch.

»Schreiben. Ja, das kann ich mir bei Birthe gut vorstellen. Sie hat als Kind Gedichte geschrieben.«

Um ein Haar wäre mir »Ach ja, habe ich?« herausgerutscht. Ich kann mich nicht an eine poetische Ader erinnern. Und als Erwachsene habe ich so gut wie nichts mehr geschrieben. Auch wenig gelesen. Ja, liebe Mama. So gut kennst du mich.

»Beim Schreiben kann man sich auf Abstand halten«, sagt meine Mutter und nickt. »Also ich meine auf den, den man haben möchte. Denke ich jedenfalls. Ich habe keine Brieffreundin.« Bei den letzten Worten kommt sie ins Stottern und starrt verlegen in ihre Teetasse.

Auf Distanz seid ja eher du und Papa gegangen. Ihr habt mich hier allein zurückgelassen. Da hatte ich gerade meine Ausbildung beendet. Glaubst du, ich hätte das vergessen? Oder niemandem erzählt?

»Birthe und ich – wir haben uns alles erzählt. Das war das Besondere an unserer Freundschaft. Wir konnten uns alles erzählen. Wirklich alles.«

Meine Mutter beginnt wieder, in dem mittlerweile kalten Tee zu rühren. Sie hat den Wink verstanden. Birthe und Mia haben sich alles erzählt. Auch über die Vergangenheit.

»Und natürlich haben wir uns auch manchmal persönlich getroffen. Das waren Sternstunden.«

»Dann kennen Sie ja sicher auch meinen Schwiegersohn und Marietta«, sagt meine Mutter. Sie möchte das Gespräch eindeutig wieder in eine unverfänglichere Richtung lenken.

»Nein, die beiden habe ich nicht kennengelernt. Wir haben uns immer in meinem Ferienhaus in Schillig getroffen.«

Ich zögere. Aber die Frage will schon seit Längerem aus mir heraus.

»Wie geht es Birthes Mann? Nach ihrem Tod?«

»Das ist schwer einzuschätzen. Jonathan – er erscheint so, als würde für ihn das Leben fast normal weitergehen. Aber der Eindruck täuscht. Er redet nicht über seine Gefühle und er lebt – in einer anderen Welt. Er ist Lehrer. Und das mit Haut und Haaren. Er ist noch so einer, der sich selbst nach Jahren Berufserfahrung akribisch auf den Unterricht vorbereitet. Und jetzt in den Ferien arbeitet er an einer Chronik über das Wangerland und nun auch über Jever, glaube ich.

Das hilft ihm sicherlich. Er ist abgelenkt. Aber ... ich helfe gerne. Doch das ist kein Dauerzustand. Mein Mann hat sich den Oberschenkel gebrochen. Er braucht mich. Abgesehen davon möchte ich wieder nach Hause. Demnächst.«

Papa hat sich den Oberschenkel gebrochen, und meine Mutter bleibt hier. Was geht da in ihr vor? Sie kann ihn doch nicht einfach alleinlassen. Wer kümmert sich denn um Papa?

Als hätte Tomke meine Gedanken erraten, fragt sie: »Liegt dein Mann im Krankenhaus? Wer versorgt ihn denn? Das hast du mir gar nicht erzählt.«

»Nein, er war schon in einer Kur und ist nun bei Marion. Sie ist unsere – sie wäre unsere Schwiegertochter geworden. Und nun ist sie für uns wie eine Tochter.«

Alles in mir wird kalt. Als hätte jemand ein Eisfach geöffnet und mich davor gestellt. Wie eine Tochter. Ja, dann fahr doch wieder zurück und tue nicht so, als wäre es dir wichtig zu verstehen, was für ein Leben ich geführt habe. Willst du damit dein schlechtes Gewissen beruhigen? Hier allen zeigen, dass du eine gute Mutter warst. Darauf fällt nicht einmal Jonathan rein. Nur Tomke. Weil sie ein freundlicher Mensch ist und dich nicht kennt. Was Tomke wohl sagen würde, wenn sie die Wahrheit wüsste? Ihr habt mich nach Lars' Tod wie Luft behandelt. Eure eigene Tochter. Für euch gab es nur die Vergangenheit und Marion. Ihr habt mich allein zurückgelassen. Ihr habt sogar unser Haus verkauft. Mein Elternhaus. Ihr habt mich nicht einmal gefragt, wie ich dazu stehe. Ihr habt einfach Entscheidungen getroffen. Ich stehe auf. Der Stuhl kommt ins Wanken.

»Wollen Sie schon gehen?«, fragt meine Mutter. Ihr Bedauern hört sich echt an. Warum? Was will sie von mir? Der Freundin ihrer Tochter.

»Ja, ich muss«, sage ich.

»Alles Gute«, sagt Tomke herzlich. Das irritiert mich. Anscheinend wirke ich bedürftig für gute Wünsche. Ja, verdammt. So fühle ich mich auch. Ich bin auf dem Flur, als die Haustür aufgeschlossen wird. Marietta kommt herein.

»Das ist – das war eine Freundin von Birthe«, stellt meine Mutter mich vor.

Mariettas Haselnussaugen sehen mich aufmerksam an. Mein Mädchen. Du bist auch schmaler geworden. Ich würde dich am liebsten auf der Stelle bekochen.

»Hallo«, sagt sie freundlich. »Kommen Sie noch einmal wieder?«

Mir wird wieder wärmer. Sie wundert sich nicht, was für eine Freundin ich hatte. Sie ist offen und hätte mich gerne kennengelernt. Schade, dass Marietta nicht früher gekommen ist.

»Ich weiß nicht. Vielleicht. Kann sein …«, stottere ich und flüchte nach draußen. Ich habe Angst, sie sonst womöglich in den Arm zu nehmen. Mit zitternden Händen schließe ich das Fahrradschloss auf. Meine Augen brennen. Fang jetzt bloß nicht an zu weinen.

»Hallo! Warten Sie doch bitte!« Das ist meine Mutter. Was will sie? Nimm dein Rad und geh weiter. Geh einfach weiter, denke ich und bleibe stehen. Meine Mutter ist außer Atem, als sie mich erreicht.

»Bitte«, sagt sie und holt noch einmal tief Luft, »das ging so schnell. Ich weiß noch nicht einmal Ihren Namen.«

Ich zucke mit den Schultern. »Ist ja auch nicht wichtig«, nuschele ich und tippele von einem Bein auf das andere. Was will sie?

»Doch. Für mich schon. Sie sind die einzige Vertraute meiner Tochter gewesen. Ich war es leider nicht. Und deshalb machen Sie mir doch bitte die Freude. Ich möchte Sie noch einmal in Ruhe treffen. Heute war ich nicht vorbereitet. Und ich habe noch so viele Fragen. Bitte.«

Fragen? Was für Fragen hat sie. Ob ich ihr verziehen habe? Will sie das etwa wissen. Nein! Und noch mal nein! Ich werde ihr nicht die Absolution erteilen, damit sie beruhigt ihr Leben in Lüchow weiterführen kann. So leicht werde ich es ihr nicht machen. Ich antworte nicht.

»Bitte geben Sie mir Ihre Handynummer oder Ihre Adresse.«

Erst jetzt sehe ich, dass sie Zettel und Kugelschreiber in der Hand hält. Sie sieht mich freundlich an. Ihre grauen Augen glänzen wie Murmeln in der Sonne. Nein, denke ich. Warum sollte ich das tun? Warum sollte ich mich freiwillig noch mehr verletzen lassen? Und doch zieht meine Hand wie ferngesteuert das Handy hervor. Ich diktiere ihr die Nummer.

KAPITEL 15

Die Mittagssonne brennt. Es ist heiß. Ich ziehe die Strickjacke aus und stopfe sie in die Satteltasche. Was nun? Ich bin zu aufgewühlt, um gleich nach Hause zu fahren. Habe ich *nach Hause* gedacht? Das macht meine Verwirrung. Ich brauche ein kühles Plätzchen, um erst einmal durchzuatmen. An der katholischen Kirche stehen zwei Bänke im Schatten. Die Kirche strahlt wohltuende Ruhe aus. Sie hat einen sehr speziellen Baustil. Die geschwungene Form erinnert an einen riesigen Wal. Ich stelle das Rad ab und setze mich. Platz habe ich genug zur Verfügung. Hier ist niemand in der Mittagszeit. Ich lehne mich zurück und fühle meine Erschöpfung. Meine Augenlider drücken schwer nach unten. Ich könnte auf der Stelle einschlafen. Gleichzeitig halten mich wirre Fragen wach und unruhig.

»Günther. Bist du hier?«, frage ich leise.

»Ja, das weißt du doch.«

Das weißt du doch. Genau diese Antwort habe ich gebraucht. Sie tut gut wie eine liebevolle Umarmung.

»Danke. Ich wüsste sonst nicht, mit wem ich reden sollte.«

Ich genieße für einen Augenblick mit geschlossenen Augen die Gewissheit seiner Gegenwart.

»Das ist so schade«, sage ich aus dem Gefühl heraus.

»Was ist schade?«

»Na ja, du sagst doch, dass jeder einen Schutzengel hat. Und es ist unglaublich schade, wie wenige das wissen.«

»Die meisten haben es nur vergessen.«

»Ich werde dich nie vergessen.«

Günther lacht sein warmes Lachen. Es erinnert mich an das Lachen meines Vaters. Als kleines Mädchen habe ich ihm verliebt versprochen: Wenn ich groß bin, heirate ich dich. Er hat mich in den Arm genommen und gelacht: Mein kleines Mädchen, warte ab. Das wirst du dir ganz sicher noch anders überlegen.

Ich war traurig, wütend und empört zugleich. Mein Vater hat mein Herzensversprechen nicht ernst genommen. Er hat mich ausgelacht.

»Ich werde dich nicht vergessen«, wiederhole ich mit fester Stimme. Dieses Mal lacht Günther nicht.

»Warst du bei dem Gespräch dabei? Eben in der Küche mit meiner Mutter und Tomke.«

»Das war ich.«

»Und was sagst du dazu?«

»Sag mir, was du dazu sagst.«

»Mir fehlen dafür fast die Worte. Ich wäre nicht im Traum darauf gekommen, was für ein schräges Bild meine Mutter von mir hat. Und sie bildet sich sogar ein, es entspricht der Wahrheit. Wie kann sie das ernsthaft annehmen? Wir haben uns viel zu selten gesehen. Sie hat nur Momentaufnahmen von mir mitgekriegt. Und meine Nachbarin. Sie sagt selbst, sie kennt mich im Grunde nur vom Sehen. Das hat sie nicht davon abgehalten, ein Urteil abzugeben. Sie hat auch nicht gerade schmeichelhafte Dinge über mich gesagt. Warum machen sie das? Immerhin müssen sie annehmen, ich bin tot. Man neigt doch eher dazu, über Verstorbene etwas Nettes zu sagen. Manche werden nach ihrem Tod regelrecht in den Himmel gehoben. Als wären sie Heilige gewesen. So haben meine Eltern das im Nachhinein mit Lars gemacht. Nicht, dass sie ihn vorher nicht geliebt hätten. Sehr sogar. Aber sie hatten sich gerade in der letzten Zeit etwas voneinander entfernt. Seine Entscheidung für Neuseeland hat sie hart getroffen und enttäuscht. Nach seinem Tod war alles, was er getan hat, plötzlich nur noch wunderbar. Und mir werfen sie nun meinen Lebensstil vor. Das ist total anmaßend. Sie reimen sich mit ein paar Eckdaten mein Leben zusammen. Und für dieses Leben empfinden sie nichts weiter als Mitleid. Das muss man sich einmal überlegen. Mitleid. Ich habe ihrer Meinung nach an meinem Leben vorbeigeputzt. Ach und nicht zu vergessen: Ich Ärmste hatte keine Freunde.«

»Und hattest du welche?«

»Sicher! Hella und Inken. Fängst du jetzt auch noch an?«

Günther antwortet nicht.

»Waren die beiden auf meiner Beerdigung?«, frage ich.

»Ja, das waren sie.«

»Na sieht du«, sage ich triumphierend.

»Ist man befreundet, wenn man zu einer Beerdigung geht?«

»Was soll das?«, frage ich gereizt. »Ich brauche nicht noch mehr Seitenhiebe. Ich brauche deine Unterstützung.«

»Deren kannst du dir immer gewiss sein.«

Ich schnaufe ein wenig gekränkt und schweige einen Augenblick. Freundschaft. Waren Hella und Inken meine Freundinnen? Wo fängt Freundschaft an? Jedenfalls habe ich mit keinen anderen Frauen so viel Kontakt gehabt wie mit ihnen.

»Wir drei haben viel Zeit miteinander verbracht. Sehr viel«, sage ich laut.

»Was habt ihr denn unternommen?«

Ich runzele die Stirn. »Wir haben – wir haben im gleichen Büroraum gesessen.«

Wieder keine Antwort.

»Wir – wir waren Arbeitskolleginnen. Gut befreundete Arbeitskolleginnen.«

Günther schweigt. Das kenne ich mittlerweile. Er könnte mir ruhig ein wenig entgegenkommen. Erstens ist er mein Schutzengel, und zweitens befinde ich mich nicht gerade in der leichtesten Phase meines Lebens oder was immer das jetzt ist.

»Erzähl mir von ihnen«, fordert er mich auf.

»Da gibt es nicht so viel zu erzählen. Warum überhaupt? Soll ich dir etwas beweisen?«

»Auf keinen Fall. Ich möchte dir nur helfen, dich selbst zu verstehen.«

»Aha.«

Wir schweigen wieder eine Zeit lang.

»Na ja«, beginne ich zögernd, »außerhalb der Arbeitszeit habe ich mich mit Hella und Inken nicht getroffen. Das heißt, zweimal. Dabei hatten wir uns immer so viel zu erzählen. Gesprächsstoff ohne Ende. Die Pausen haben dafür nie gereicht. Wir hätten stundenlang weiterquatschen können. Deshalb haben wir uns irgendwann privat verabredet. Wir wollten gemütlich essen und ungestört reden. Ich werde nie vergessen, wie wir an dem Tisch gesessen haben. Eine Kerze brannte, in unseren Gläsern funkelte der Rotwein. Wir hatten alle Zeit der Welt und wir hatten – kein Gesprächsthema. Als hätten wir uns gerade eben erst kennengelernt. Schlimmer. Wir haben verklemmt gegenübergesessen und uns mit holperigem Small Talk über die Runden gerettet. Danach sind wir noch einmal zum Kramermarkt nach Oldenburg gefahren. Das war auch kein unvergesslich schöner Tag. Deshalb haben wir es mit privaten Verabredungen sein gelassen. Wir wollten unsere wunderbar leichte Atmosphäre im Büro nicht zerstören. Sie hat sich wieder eingependelt. Es war schön zwischen uns. Nach mehr hat keine mehr gefragt.«

»Hella und Inken vermissen dich.«

Ich lächele gerührt. »Danke, dass du das sagst.«

Der warme Wind streicht sanft über mein Gesicht.

»Sieht so aus, als hätte ich wirklich keine Freundinnen gehabt. Weißt du was, ich habe das nicht vermisst. Nur wenn ich jetzt darüber nachdenke, macht es mich ein wenig traurig. Vielleicht auch nur, weil meine Mutter das gerade traurig fand. Ich war schon als Kind eher der Einzelgänger. Nein, das stimmt nicht. Ich hatte Lars. Meinen großen Bruder. Er hat mich überall mit hingeschleppt, und seine Freunde waren auch meine. Wer seine kleine Schwester nicht akzeptiert hat, konnte gehen. Kann sein, dass ich deshalb nicht gelernt habe, mir selbst eine Freundin zu suchen. So wie die anderen Mädchen. Mit Klamotten tauschen, ständig zusammen klucken, am Wochenende bei der anderen schlafen und später über Jungs reden.«

Ich richte mich auf und strecke mich.

»Ja, später, als Lars tot war, hat mir eine Vertraute gefehlt. Ich hatte niemanden, bei dem ich mich ausweinen konnte. Ganz hart war das in der ersten Zeit, als meine Eltern nach Lüchow gezogen sind. Da war ich einsam. Da hätte ich meine Eltern gebraucht. Jetzt jammert meine Mutter, die arme Birthe. Sie haben mich hier alleingelassen, und sie hat mich nie gefragt, wie es mir geht. Man sollte sich um die Lebenden kümmern.«

»Da hast du recht«, sagt Günther. Das besänftigt mich. Wir schweigen erneut. Ich beobachte das Schilf. Sie haben es als Grundstücksbegrenzung angepflanzt. Die langen Halme lassen sich vom Sommerwind wiegen. Manchmal glitzern sie silbrig in der Sonne.

»Die Natur hat mich immer glücklich gemacht«, sage ich. »In meinem Garten konnte ich abschalten. Sogar Unkrautjäten hat mich entspannt.«

»Dein Garten war schön. Ich habe ihn gerne betrachtet. Die vielen Kräuter und Gemüsesorten. Ich habe sonst keinen ähnlichen Garten in der Deichstraße gesehen.«

»Nein, wahrscheinlich bauen nur eine Handvoll Menschen in Horumersiel Gemüse an. Wenn überhaupt. Die meisten haben unkomplizierte Blumen und Stauden, weil sie Wohnungen vermieten. In dem Punkt waren Jonathan und ich uns einig. Wir wollten nicht vermieten. Und ohne meinen Garten … nein, das ginge gar nicht. In meiner Kindheit in Tettens hatten wir immer Gemüsebeete und Obstbäume. Darum hat sich mein Vater gekümmert. Und Lars und ich haben ihm geholfen. Lars hat die Arbeit im Garten auch geliebt. Er war sehr bodenständig und ist selten verreist. Deshalb hat uns seine Entscheidung für Neuseeland komplett vor den Kopf gestoßen. Damit hat niemand gerechnet. Selbst mich hat er vor vollendete Tatsachen gestellt. Nach dem ersten Schock habe ich beschlossen, auch ein Jahr nach Neuseeland zu gehen. Gleich nach dem Abitur. Ich hatte schon einen Job auf einer Apfelplantage und hätte bei Lars gewohnt. Aber verstanden habe ich seine Pläne nicht. Er war – sein Verhalten war – fremd. Ja, fremd. Anders kann ich es nicht beschreiben. Ich wollte mit ihm in Neuseeland in Ruhe reden. Du weißt, dass es dazu nie gekommen ist.«

»Ja, das ist traurig. Er hat sich verschlossen und war nicht ehrlich.«

»Was heißt, er war nicht ehrlich?«, frage ich hellhörig. »Was willst du damit andeuten? Kennst du etwa den wahren Grund, weswegen er nach Neuseeland gegangen ist?«

»Ja.«

»Das ist … spann mich jetzt nicht auf die Folter. Sag es mir. Bitte!«

»Seine Entscheidung auf einen anderen Kontinent zu gehen, war vorrangig eine Flucht. Lars wollte sich entziehen.«

»Entziehen? Vor wem? Vor unseren Eltern? Sie hätten auch hier seinen Wunsch nach Selbstständigkeit unterstützt. Sie hätten alles für ihn getan. Sie können nicht der Grund gewesen sein.«

»Das ist richtig. Lars ist nicht vor euren Eltern geflohen.«

»Vor wem dann? Vor mir bestimmt nicht. Sonst hatte er auch mit niemandem Schwierigkeiten. Glaub ich, jedenfalls. Dann bleibt – nein – Marion?«

»Ja«, höre ich Günther sagen.

»Ja?«, wiederhole ich ungläubig. »Aber warum? Die beiden sind zusammen seit, ich muss überlegen, seit sie knapp vierzehn Jahre alt sind. Sie wollten heiraten.«

»Er hat es nicht übers Herz gebracht, ihr die Wahrheit zu sagen.«

»Die Wahrheit? Er wollte sich trennen? Er wollte Marion nicht mehr heiraten? Aber die beiden, sie waren das Traumpaar für mich. Nicht nur für mich. Auch für alle Freunde, für meine und Marions Eltern.«

»Genau. Und diese Erwartungshaltung war bedrückend, weil Lars für Marion nur noch freundschaftliche Gefühle empfunden hat. Marion hat nicht eine Sekunde an einer gemeinsamen Zukunft gezweifelt. Und Lars hat es nicht übers Herz gebracht, mit ihr zu reden. Schafszucht in Neuseeland. Das hat er als Lösung für sich und Marion gesehen. Er hat gehofft, die Entfernung und die Zeit würden schon alles richten. Abgesehen davon hat ihn Neuseeland fasziniert.«

»Warum hat er mit mir nicht darüber gesprochen? Lars und ich hatten kaum Geheimnisse voreinander. Das verstehe ich nicht.«

Ich schlucke hart, um nicht zu weinen. »Warum hat er sich mir nicht anvertraut? Wir hätten gemeinsam einen Weg gefunden. Einen anderen, als den Kontinent zu wechseln.«

»Er wollte mir dir reden. Später. Aber erst einmal wollte er nur fort. Er hat befürchtet, du könntest ihn umstimmen.«

Ich schlucke noch einmal. Lars. Er muss sich in seiner letzten Zeit total einsam gefühlt haben. Er hat mich gebraucht, und ich habe es nicht bemerkt. »Wahrscheinlich hat er das richtig eingeschätzt«, gebe ich leise zu. »Ich hätte ihn zum Bleiben überredet. Doch was wäre daran so schlimm gewesen? Ja, er hätte Marion wehtun müssen. Das wäre immer noch besser gewesen als einfach abzuhauen. Was hat Lars denn geglaubt? Er ist eine Zeit lang von der Bildfläche verschwunden und Marion sieht von alleine ein, es ist vorbei. Sie wäre nicht hier geblieben. Spätestens nach ihrer Ausbildung wäre sie ihm gefolgt. Dann hätte er in Neuseeland die gleichen Probleme gehabt wie hier.«

»Das stimmt. Aber so weit wollte er nicht denken. Erst einmal durchatmen. Und dann …«

Ich schüttele den Kopf. Es ist nicht zu fassen. Lars ist weggelaufen. Auf die Idee wäre ich niemals gekommen. Er war immer so ein verantwortungsbewusster Mensch. Ja, irgendwie richtig altmodisch und ritterlich. War er das wirklich? Oder habe ich ihn in meiner Liebe zu sehr verherrlicht? Das haben alle getan. Meine Eltern. Und Marion. Meine Güte, sie hat ihn in dem Bewusstsein verloren, dass er zu ihr gehört. Dass sie heiraten würden. Sie hat an eine gemeinsame Zukunft geglaubt. Zum ersten Mal empfinde ich mit Marion Mitleid. Lars hätte ihr reinen Wein einschenken müssen. Es wäre hart gewesen. Es hätte Tränen gegeben. Vielleicht auch Beschimpfungen. Aber es wäre ehrlich gewesen, und er hätte nicht ans andere Ende der Welt flüchten müssen.

»Ja«, sagt Günther. »Das wäre sicher gut gewesen. Aber quäl dich nicht mit solchen Gedanken. Wir können die Zeit nicht zurückstellen.«

»Das sagst du so. Aber seine Entscheidung hat auch mein Leben bestimmt. Ganz gravierend sogar. Und das meiner Eltern. Es wäre so vieles anders gekommen. Meine Eltern hätten in Marion nicht ihre zukünftige Schwiegertochter gesehen, und sie wären ziemlich sicher niemals nach Lüchow gezogen. Nein, ganz bestimmt nicht. Ich hätte keine Ausbildung beim Finanzamt angefangen und – stell dir vor, Marion hätte ihr Leben lang Lars hinterhergetrauert. Sie wäre ihm treu geblieben. Wie grausam. Zum Glück hat sie sich neu verliebt.«

»Marion hat sich zwar verliebt, geheiratet und eine Familie gegründet. Aber sie hat Lars nie vergessen. Er war die sogenannte große Liebe ihres Lebens. Es ist eine Liebe, die vom Alltag, den Kindern, dem Älterwerden nicht belastet wird.«

»Du bist schon – ein eigenartiger Engel«, sage ich verwundert.

»Wie meinst du das?«

»Na ja, wieso kennst du dich mit menschlichen Gefühlen so gut aus? Vom Beobachten? Wenn ich es nicht anders wüsste, würde ich denken, du bist ein Therapeut. Das habe ich übrigens im ersten Augenblick gedacht. Als wir uns da – oben begegnet sind.«

Günther lacht. »Beobachten ist sehr wichtig. Aber meinst du, ein Schutzengel bekommt vorher keine Ausbildung? Wie könnten wir Menschen begleiten und ihnen helfen, wenn wir ihr Handeln und ihre Gefühle nicht nachempfinden könnten?«

»Es wäre gut, wenn ihr euer Wissen einsetzen würdet. Zur richtigen Zeit. Warum wurde Lars nicht gewarnt? Seine Flucht und sein Tod verhindert? Das war so unnötig. Sag mir jetzt nicht, dass nichts unnötig ist.«

Ich schließe die Augen, um mich zu beruhigen. Kinderstimmen wehen vom Deichweg herüber. Fröhlich und sorgenfrei. Günther hat mir nicht geantwortet. Manchmal verstehe ich ihn nicht.

»Wie geht es dir?«, höre ich ihn fragen.

»Ich weiß nicht genau. Das mit Lars, das werde ich nicht so schnell verkraften. Warum hast du mir das eigentlich erzählt? Du bist doch sonst eher zurückhaltend mit Informationen.«

»Ich habe es dir erzählt, weil es für dich wichtig ist.«

»Wichtig für mich? Ich habe das Gefühl, es verwirrt mich nur noch mehr. Zurzeit erkenne ich keinen Sinn darin. Außer, dass es mir nachträglich wehtut. Einmal erzählst du mir sehr viel, und ein anderes Mal schweigst du. Ich verstehe zum Beispiel immer noch nicht, warum du mich gestern nicht gewarnt hast. Du wusstest, Pete ist der Unfallfahrer. Er ist der Mann, der für meine verfahrene Situation verantwortlich ist. Das Treffen hat mich fertiggemacht. Tut es immer noch. War die Begegnung auch wichtig für mich?«

»Ja.«

»Aha. Und mit welchem Ziel? Soll ich für ihn etwa Verständnis aufbringen? Ihm verzeihen? Das ist zu viel verlangt. Das kann ich dir gleich sagen. Ich hoffe, er wird – ach egal. Ich hoffe, ich werde ihn nie wiedersehen.«

Günther bleibt mir einmal wieder eine Antwort schuldig und schweigt. Ich auch. Besser so. Ich brauche eine Pause. Nichts denken. Nur Ruhe. Ich lehne mich auf der Bank zurück und schließe die Augen.

KAPITEL 16

Stille. Nein, ich höre Musik im Hintergrund. Jemand spielt auf einem Klavier. Eine einschmeichelnde, sanfte Melodie. Das darf nicht wahr sein! Bin ich wieder …? Habe ich meine Prüfung nicht bestanden und muss jetzt oben bleiben? Am liebsten würde ich die Augen geschlossen halten. Zögernd öffne ich sie.

Vor mir auf dem Rasen sehe ich zwei Kinder. Das eine dreht sich mit ausgebreiteten Armen im Kreis, das andere betrachtet mich mit ungenierter Neugierde. Im Hintergrund stehen eine Frau und ein Mann. Wahrscheinlich die Eltern. Sie geben sich Mühe, mich zu ignorieren. Ich fahre mir über den Kopf und fühle Mias Stoppelhaare. Ein Glücksgefühl durchströmt mich. Ich lebe. Ich bin nur eingeschlafen. Halb liegend auf der Bank vor der Kirche. Ich kann mir vorstellen, wie das ausgesehen hat. Ich richte mich auf. Das Kind starrt mich nicht mehr an und spielt mit dem anderen.

Wieder ist ein Klavier zu hören. Lauter als zuvor. Kommt die Musik aus der Kirche? Nein. Sie kommt eindeutig aus meiner Tasche. Das Handy. Ein klassisches Stück. Das hätte ich nicht von Mia vermutet. Aber was weiß ich denn schon von ihr. Ich zerre das Handy hervor. Ein Anruf von Frauke steht auf dem Display. Ich stöhne leise auf. Damit war zu rechnen. Sie ist Mias Mutter. Aber nicht jetzt. Am liebsten würde ich auf lautlos schalten und den Anruf ignorieren. Und dann? Sie würde wieder anrufen. Passen wird es mir nie. Resigniert nehme ich das Gespräch an.

»Hallo«, melde ich mich.

»Hallo, Mia. Hier ist Frauke. Wir sind gerade in Horumersiel. Ein Außentermin. Und wir dachten – hast du nicht Lust, mit uns zu Mittag zu essen?«

Ich schlucke. Nein, habe ich nicht. Und noch weniger Lust habe ich auf eine Unterhaltung mit euch. Die wird garantiert anstrengend sein. Ich überlege fieberhaft, mit welcher Entschuldigung ich mich herauswinden kann. Mir fällt partout keine ein. Vielleicht ist es gut so. Ich werde mich mit ihnen treffen. Das käme früher oder später eh auf mich zu. Und ein Außentermin hört sich nach knapper Zeiteinteilung an. Mittagessen und gut. Das muss ich aushalten. Auf jeden Fall ist das besser als ein Besuch von ihnen bei mir im Ferienhaus. Im Restaurant sitzen wir zwischen vielen Menschen. Das wird entspannter sein. Soweit das möglich ist.

»Ja, das passt«, antworte ich. »Ich wollte auch gerade essen gehen.« Prompt meldet mein Magen laute Zustimmung.

»Wo bist du denn? Wir würden gern im ›Leuchtfeuer‹ essen.«

»Ja, das ist in Ordnung. Ich komme.«

»Sollen wir dich nicht abholen?«

»Nein, nicht nötig. Ich bin mit dem Rad unterwegs.«

»Du fährst Rad?«, fragt sie in einer Stimmlage, als hätte ich eine Weltumsegelung angekündigt. Konnte Mia etwa auch kein Rad fahren? Das wäre ja …

»Ja, aber nur ganz kleine Touren. Ich bin ein bisschen eingerostet«, sage ich und lache unsicher.

»Ein guter Vorsatz, auf jeden Fall. Wirklich. Nur – du bist gerade aus dem Krankenhaus entlassen. Nach einem sehr – ungewöhnlichen Unfall. Und Sport war für dich immer …«

»Ich weiß«, unterbreche ich sie schnell. »Aber ich habe mir vorgenommen, von nun an mehr für meine Gesundheit zu tun.«

Frauke antwortet nicht, und ich fange an zu schwitzen.

»Der Unfall hat mich irgendwie wachgerüttelt. Ich möchte einiges ändern.«

»Das freut mich«, sagt Frauke. Ich höre ein Lächeln in ihrer Stimme. »Aber bitte übertreib nicht, du neigst …« Sie holt tief Luft. »Lass dir Zeit. Wir werden erst in einer halben Stunde im Restaurant sein.«

»Bis dahin.«

Ich stehe auf. Die Leggins kleben an der Haut. Sie sind zu warm bei dem Wetter. Aber ich mag sie nicht ausziehen. Mit nackten Beinen ist das Kleid entschieden zu kurz. Ich drehe das Rad in Fahrtrichtung und radele langsam los. Zum Glück weht ein angenehmer Wind. Er kühlt beim Radeln mein verschwitztes Gesicht. Am liebsten würde ich immer so weitertreten. Ganz langsam und ohne Ziel.

»Hoffentlich gibt es keinen Sturm«, höre ich im Vorbeifahren einen Mann zu seiner Frau sagen. Ich muss lächeln. Von einem Sturm sind wir weit entfernt. Schon gar nicht bei so einem wolkenlosen Himmel. Lars hat immer gesagt: Wind ist erst, wenn die Schafe keine Locken mehr haben. Lars. Der nächste Gedanke elektrisiert mich. Sollte Lars auch – wie ich? Vielleicht bin ich ihm längst begegnet, ohne es zu ahnen?

»Günther, sag mal – also Lars, ist er auch zurückgekommen? So wie ich, meine ich. Du hast angedeutet, dass ihr das öfter so wie mit mir praktiziert.« Die Worte platzen regelrecht aus mir heraus.

»Nein, das ist er nicht«, antwortet Günther. Das ist er nicht, denke ich. Warum ich und er nicht? Nach welchen

Gesetzen funktioniert das? Ich schüttele den Kopf und lasse die Gedanken wieder fliegen. Günther schweigt. Das ist gut so. Für solche Fragen haben wir jetzt keine Zeit. Ich werde gleich Mias Eltern treffen. Dafür brauche ich meine ganze Aufmerksamkeit.

Die Deichstraße verläuft in einer Rechtskurve hoch in den Ort. Mit einer erheblichen Steigung. Keine Chance hochzuradeln. Ich muss absteigen und schieben. Selbst dabei geht meine Atmung zu schnell. Meine Güte, Mia. Was hast du mit deinem Körper angestellt?

Es ist Mittagszeit. In Horumersiel herrscht Hochbetrieb. Selbstverständlich auch im »Leuchtfeuer«. Die gemütliche Außenterrasse ist gut besucht. Es riecht verführerisch nach frisch Gebratenem. Ich bleibe unschlüssig stehen. Sind Mias Eltern schon da? Ich spüre, wie mich verstohlen abschätzende Blicke treffen. Es kostet mich Überwindung, nicht an meinem Kleid herumzuzupfen. Wo ist Frauke? Ich kann sie nicht entdecken. Hoffentlich hat sie ihren Mann nicht allein vorgeschickt. Ich kenne ihn nicht. Imke Krarr, die Inhaberin vom »Leuchtfeuer«, kommt mit einem schwer beladenen Tablett aus dem Restaurant. Wir haben zweimal gemeinsam einen Yogakurs belegt. Ich schenke ihr ein strahlendes Lächeln. Sie erwidert es mit professioneller Freundlichkeit. Wieder überkommt mich ein Gefühl der Unsichtbarkeit. Imke erkennt mich nicht. Natürlich nicht.

»Moin«, grüßt sie. »Suchen Sie einen Platz?«

Ich schüttel den Kopf. »Nein, danke. Ich bin verabredet.«

In dem Augenblick sehe ich sie. Weiter hinten neben dem Strandkorb ist Frauke aufgestanden und winkt mir zu. Erleichtert bahne ich mir einen Weg durch die Tische. Frauke kommt mir ein paar Schritte entgegen. Sie trägt ein schlichtes schmal geschnittenes Sommerkleid. Trotz der Hitze sitzt ihre Frisur. Ihre Eleganz ist beeindruckend und macht mir mein schräges Outfit bewusst. Frauke scheint davon unbeeindruckt. Sie umarmt mich zur Begrüßung. Unsere Körper berühren sich nicht. Und dann sehe ich Georg. Er ist schätzungsweise um die Sechzig. Gepflegter Kurzhaarschnitt in einem attraktiven Silbergrau. Das Gesicht leicht gebräunt. Ein gut aussehender Mann. Er trägt ein leichtes, hellblaues Sommerhemd. Sein Blazer hängt ordentlich über einem freien Stuhl. Als ich am Tisch ankomme, steht er auf und begrüßt mich. Freundlich und distanziert. Keine Umarmung. Er gibt mir lediglich die Hand.

»Schön, dass du Zeit hast«, sagt er. Es klingt echt und gleichzeitig wie eine Floskel einem Geschäftspartner gegenüber. Zeit. Mia. Sie hatte davon sicher mehr als ihre erfolgreichen Eltern. Aber er bedankt sich bei ihr. Wie wir drei wohl auf die anderen Gäste wirken? Wohl kaum wie Eltern und Tochter. Eher: Ein gut situiertes Ehepaar kümmert sich um einen – Freak. Einen Sozialfall. Mias Eltern wirken gelassen. Sie sind diese Konstellation gewohnt. Hut ab. Mir wäre es unangenehm gewesen, mich hier mit Mia zu treffen. Schon während ich das denke, ist mir meine rückblickende Selbsteinschätzung peinlich.

Eine Bedienung kommt an unseren Tisch. Sie muss eine Urlaubsvertretung sein. Ich kenne sie nicht. Sie reicht uns Speisekarten.

»Möchten Sie schon ein Getränk bestellen?«

»Ja, gerne«, antwortet Frauke. »Für mich ein großes stilles Wasser. Für dich auch Georg?« Er nickt kaum merklich.

»Und was möchtest du trinken?«, wendet sich Frauke an mich. Nun kann ich einen Hauch Unsicherheit in ihrer Stimme hören. Was erwartet sie? Was hätte Mia sich bestellt? Wein oder sogar ein härteres Getränk? Ich habe vorhin am Telefon gesagt, dass ich mehr auf meine Gesundheit achten will. Für den Einfall beglückwünsche ich mich im Nachhinein.

»Für mich auch ein großes Wasser«, sage ich.

Bevor ich mich in die Speisekarte vertiefe, bemerke ich einen verstohlenen Blickwechsel zwischen Frauke und Georg. Sie wundern sich. Ich erinnere mich an Günthers Worte. »Ist dir nicht auch schon mal ein Mensch wie ausgewechselt vorgekommen?«

Ja, und trotzdem habe ich keine Sekunde an die Möglichkeit gedacht, es könnte wirklich ein anderer in dem Körper stecken. Also warum sollten Mias Eltern auf die Idee kommen? Sie sind, soweit ich das einschätzen kann, eher sachliche Menschen. Die Überlegungen entspannen mich ein wenig.

»Ich nehme Zander und Salat. Keine Kohlenhydrate. Sonst werde ich müde«, sagt Frauke und sieht Georg abwartend an.

»Ich nehme auch nur einen Salat, aber mit Pute«, entscheidet er.

Die Bedienung wendet sich mir zu.

»Zander und Salat hören sich gut an«, sage ich. »Das nehme ich, aber mit Kartoffeln.«

»Pommes?«, wirft Georg ein. Er fragt das, als wäre ich ein kleines Mädchen und Pommes die einzige Möglichkeit, Kartoffeln zu essen. Ich nehme unwillkürlich eine aufrechtere Haltung an.

»Nein, Pommes wären mir zu schwer. Ich nehme Kartoffeln. Mit zerlassener Butter, damit ich das Fett selbst dosieren kann.«

Um Georgs Lippen spielt der Ansatz eines Lächelns. Es wirkt spöttisch.

»Bist du jetzt auf dem Gesundheitstrip?«, fragt er, als wir wieder allein am Tisch sind. Ich ziehe die Stirn in Falten. Warum redet er mit mir wie mit einem launischen Teenager? Ich bin – Mia ist eine Frau von vierzig.

»Ich kann Mias Einstellung nur begrüßen«, mischt sich Frauke ein und nickt mir ermutigend zu. »Du wirst schon bald merken, wie gut es tut, sich gesund zu ernähren. Auch psychisch«, fügt sie leise hinzu.

Ich antworte nicht. Sie trauen mir beide nicht. Sie werten meinen Vorsatz, mehr auf meine Gesundheit zu achten, als Laune. Ein neuer Trip. Wieder einmal. Selbst wenn Mia oft ihre Meinung geändert hat. Das Verhalten ihrer Eltern ärgert mich. Sie geben Mia keine Chance. Sie hätten es nicht mehr gemerkt, wenn ihr etwas ernst gewesen wäre.

Unsere Getränke werden serviert. Frauke trinkt einen Schluck und sieht mich dann freundlich an.

»Wir haben die Papiere so weit vorbereitet. Es bedarf nur noch eurer Unterschrift. Das heißt, Florian hat schon unterschrieben.«

Ich sehe sie ratlos an.

»Eure Scheidungsunterlagen«, ergänzt sie mit einer Spur Ungeduld in der Stimme.

Die Scheidung. Stimmt. Und Florian hatte es eiliger zu unterschreiben als Mia. Das ist gut. Dann habe ich keinen Versöhnungsversuch zu befürchten.

»Schade, dass ihr euch nicht doch – noch mal …« Frauke bricht ab und trinkt einen Schluck Wasser. Ich senke den Blick und trinke ebenfalls.

»Einem Mann wie Florian wirst du wohl kaum noch

einmal begegnen«, höre ich Georg sagen. »Dabei war diese Ehe – wir hatten kurz gehofft, du hast dich gefangen.«

»Wie gefangen?«, frage ich. Die Art, wie Georg mit mir redet, macht mich wütend.

»Wir dachten, du wärst endlich auf den Boden der Tatsachen gelandet. Du hast einen tüchtigen und überaus freundlichen Architekten geheiratet. Wir dachten, deine flippige Zeit ist endlich vorbei.«

»Bitte, Georg«, sagt Frauke sanft tadelnd. »Mia hat eine schwere Zeit hinter sich, und ich finde …«, sie zögert. »Ich freue mich über deine Vorsätze. Wenn wir dich in irgendeiner Weise dabei unterstützen können, sag es.«

Unser Essen wird serviert. Es sieht verlockend aus. Appetitlich arrangiert. Leider ist mir der Appetit vergangen. Am liebsten würde ich aufstehen und gehen. Ich zwinge mich, sitzen zu bleiben und zu essen. Aber ich nehme mir vor, noch eine Beleidigung und ich werde kommentarlos verschwinden. Für Mias Eltern scheint unsere Begegnung im Normbereich zu verlaufen. Diskussion beendet, bevor sie begonnen hat. Mia muss sich nicht mit ihnen auseinandergesetzt haben. Ihr Protest hat sich auf ihr Äußeres beschränkt. Und auf ihr Leben. Gegen sich selbst. Mein Blick verweilt kurz an den Narben an meinem Handgelenk. Georg isst konzentriert und schweigsam. Mit kleinen emsigen Kaubewegungen. Frauke ist ebenfalls still und nur mit ihrem Essen beschäftigt. Sie arrangiert kleine Portionen auf ihre Gabel. Mit einer Hingabe, als erfordere es ihr ganzes Denken. Ich muss an Marietta denken. Sie hat es gehasst, wenn wir schweigend gegessen haben. Sie wollte sich dabei unterhalten. Sonst wäre es eine reine Energieaufnahme. Und sie hatte immer ein Thema parat. Ihr Anspruch war manchmal anstrengend, weil ich nicht ungestört meinen Gedanken nachgehen konnte. Die schon einen Schritt weiter waren bei Dingen, die ich noch erledigen wollte. Deshalb fand ich es entspannter, wenn Jonathan und ich allein essen konnten. In dem Punkt waren wir uns einig. Während der Mahlzeit hatten wir keine Gespräche. Hinterher allerdings auch nicht. Wenn wir mit dem Essen fertig waren, sind wir nicht sitzen geblieben. Auf einen kleinen Plausch. Jeder hat sich schnell wieder in seine Ecke verzogen. Jonathan hat weiter an seiner Chronik gearbeitet, und ich habe aufgeräumt oder war bei den Pflanzen. Es hat mich nie gestört. Oder doch? Ja, ich habe mich zwischendurch einsam gefühlt. Jonathan vielleicht auch.

»Möchtest du ein Dessert?«, fragt mich Frauke und legt ihr Besteck sorgsam auf den Teller zurück.

»Nein, danke«, sage ich.

Georg hat ebenfalls aufgegessen. Er lehnt sich auf seinen Stuhl zurück und betrachtet mich eindringlich. Mir wird unter seinem Blick mulmig. Was will er?

»Wie stellst du dir das jetzt vor?«, fragt er.

»Wie meinst du das? Was soll ich mir vorstellen?«, stottere ich.

»Ich meine, wie stellst du dir deine Zukunft vor?«

Zukunft, denke ich. Gute Frage. Vor mehr als zwanzig Jahren hat mir mein Vater die gleiche Frage gestellt. Wesentlich freundlicher, aber genauso desinteressiert. Lars war tot und meine Eltern zeigten kein großes Interesse, sich mit mir über meine Zukunft auseinanderzusetzen. Ich habe es ihnen leicht gemacht. Um sie zu trösten. Ihnen zu helfen. Bei ihnen zu sein. Ich habe eine Ausbildung beim Finanzamt in Wilhelmshaven angefangen. Dem Arbeitsplatz meines Vaters. Aber meine Eltern haben meine Entscheidung lediglich zur Kenntnis genommen. Völlig ungerührt. Kein Fünkchen der Freude. Als wären beide Kinder gestorben.

Vielleicht könnte ich Mias Eltern begeistern. Eine Ausbildung in eurer Kanzlei, lieber Georg. Das könnte ich mir vorstellen. Nein, wahrscheinlich wären sie entsetzt. Zusammen mit mir arbeiten? Nein, zu viel Nähe. Wer weiß, was ihre unberechenbare Tochter dort für einen Unsinn verzapfen würde. Für einen kleinen Moment reizt mich der Gedanke, es auszuprobieren. Der Versuchung widerstehe ich. Was soll das? Ich werde nicht um ihre Anerkennung oder sogar Liebe buhlen. Den Fehler mache ich kein zweites Mal.

»Du kannst zum Beispiel wunderbar nähen«, schlägt Frauke vor. Sie hat ihre Hand auf den Arm ihres Mannes gelegt. »Könntest du dir vielleicht vorstellen, eine kleine Boutique zu führen? Dein – Geschmack ist ungewöhnlich. Das könnte sogar ankommen.«

Nähen? Nein! Ich kann noch nicht einmal eine Hose kürzen. Mia konnte wirklich super nähen. Aber ich? Niemals. Oder doch? Immerhin stecke ich in Mias Körper. Ich müsste es ausprobieren. Nein. Um ehrlich zu sein, habe ich dazu keine Lust. Selbst, wenn Mia mir ihre Fähigkeit vererbt hätte. Aber wozu dann? Die Frage habe ich mir seit zwanzig Jahren nicht mehr gestellt. Ich bin eine Meisterin im Verdrängen geworden. Was könnte ich beruflich machen? Wieder ins Finanzamt. Auf keinen Fall. Außerdem müsste ich als Mia dort mit einer Ausbildung beginnen. Nein. Das Thema ist beendet und hat mir nie Spaß gemacht. Eine andere Ausbildung? Ja, warum nicht. Mias Eltern sind ja ganz wild darauf, mich zu unterstützten. Aber was? Wofür interessiere ich mich? Ich habe viel Erfahrung mit Pflanzen. Andere sagen, ich hätte einen grünen Daumen. Und ich koche sehr gut und gerne.

»Ich würde gerne etwas mit Ernährung machen. Oder mit Pflanzen.«

»Mit Ernährung oder mit Pflanzen«, wiederholt Georg aufgebracht. »Geht es auch ein ganz klein bisschen konkreter?« Er schüttelt resigniert den Kopf. »Aber was verlange ich. Entschuldigt mich.« Er steht auf und geht anscheinend zur Toilette.

Ich starre verlegen auf meinen Teller. Kein Wunder, dass Mia sich nicht gegen Georg durchsetzen konnte. Dabei muss ich zugeben, irgendwas mit Ernährung oder Pflanzen ist wirklich eine diffuse Aussage. Verträumt und kindlich. Ich hebe wieder den Kopf.

Frauke zieht bedauernd ihre Schultern hoch. »Nimm es nicht tragisch. Du weißt doch, wie Georg ist. Er meint es nicht so. Er würde alles für dich tun. Aber er ist halt genauso stur wie du. Er kann nicht akzeptieren, dass du so gar keinen Ehrgeiz hast. Dich kein bisschen anpasst. Du wehrst dich mit Händen und Füßen gegen jede Art von Leistungsdruck. Aber ganz ohne geht es in unserer Gesellschaft nicht. Wir – würden dir gerne helfen. Das weißt du. Aber du musst uns schon anzeigen, wie.«

Ich deute ein Nicken an. Ich möchte hier weg. Georg kommt zurück, und ich stehe auf.

»Wird Zeit«, sage ich unbeholfen. Die beiden scheinen das genauso zu sehen. Georg verabschiedet sich von mir genauso freundlich, wie er mich begrüßt hat. Als wäre nichts gewesen. Frauke drückt mich ein wenig näher an sich.

»Melde dich«, sagt sie.

KAPITEL 17

Ich schließe mein Rad auf und schiebe. Arme Mia. Ihre Eltern haben nichts von ihrem Wesen verstanden. Gar nichts. Sie sind genauso freundlich, wie sie distanziert sind. Als wäre ich eine ihrer Klientinnen. Sie würden alles für mich tun, um mich zu verteidigen. Sie würden auch eine Kaution hinterlegen, um mich aus dem Gefängnis auszulösen. Mit Sicherheit haben sie auch das Ferienhaus in Schillig gekauft. Um ihr Gewissen zu beruhigen, weil sie unfähig sind, Gefühle zu zeigen. Manche Menschen sollten wirklich keine Kinder bekommen. Ich muss an meine Eltern denken. An die Zeit, als sie noch Eltern waren. Sie waren liebevoll. Ich hatte eine wirklich schöne Kindheit. Mit viel Lachen und Leichtigkeit im Haus. Meine Eltern haben mich nie unter Leistungsdruck gesetzt. Sie haben erzählt, als kleines Mädchen hätte ich oft gestottert. Aber der Kinderarzt war locker und sagte, sie hat einen älteren Bruder und will mithalten. Das schafft sie eben noch nicht. Warten Sie ab. Das haben sie, und ich kann mich kaum noch erinnern, dass ich gestottert habe. Oder als ich aufs Gymnasium wollte. Das war meine Entscheidung. Dabei waren vor allem meine Mathenoten nicht berauschend. Aber meine Eltern haben mich bei meinen Plänen unterstützt. Wir waren alle vier leidenschaftliche Spieler. So herrliche Spieleabende. An diese sorgenlose Zeit habe ich lange nicht gedacht. Ich hatte sie fast vergessen. Ja, wir hatten wirklich viel Spaß. Bis Lars gestorben ist. Danach war alles anders. Als wäre ich mit ihm gestorben. Vielleicht sollte ich meine Mutter noch einmal besuchen. Aber ich befürchte, dafür ist es zu spät.

Ich schiebe das Rad bis zum Marktplatz. Neben der Bücherinsel gehe ich in den Supermarkt. Ich muss mir unbedingt etwas Frisches kaufen. Und Kaffee und Milch für morgen früh. Ich erstehe auch eine schöne Tasse und eine Müslischale aus feinem Porzellan. Sie sind mit filigranen Schilfpflanzen bemalt. Mia hat in dem Ferienhaus nur einen einzigen dicken Keramikbecher. Schwarz. Das passt nicht zu ihrem Farbenfrohsinn. Aber anscheinend hat sie kaum Geschirr gebraucht. Außer Gläser.

Der Rückweg bringt mich an die Grenze meiner Kondition. Der Schweiß bricht aus allen Poren. Dicke Perlen hängen schwer über den Augenbrauen. Mein Herz schlägt viel zu schnell. Ich konzentriere mich auf meine Atmung, schalte in den untersten Gang und trete so langsam wie möglich. Wie die ganz Alten. Standbild auf Fahrrad, habe ich immer gedacht und mich gewundert, dass sie bei der Geschwindigkeit das Gleichgewicht halten können. Die Inselstraße in Schillig erscheint mir ohne Ende. Als hätte man sie in meiner Abwesenheit verlängert. Meine Beine zittern, als ich endlich absteigen kann. Ich lehne das Rad an die Hauswand. Keine Energie mehr, um es abzuschließen. Trinken. Ich muss dringend etwas trinken. Meine Zunge klebt unter dem Gaumen. Ich lasse in der Küche den Wasserhahn laufen und trinke gierig. Viel zu schnell und mir wird schwindelig. Ich zwinge mich, ruhig zu atmen. Mein Herzschlag beruhigt sich. Ich lasse mir noch ein Glas volllaufen und trinke es mit Bedacht. Schluck für Schluck.

Ich würde so gerne mit Günther reden. Fast hätte ich gedacht, dem einzigen vernünftigen Menschen. Aber ich bin zu müde. Erst einmal eine Runde ausruhen. Auf der Terrasse steht ein Liegestuhl. Ich polstere ihn provisorisch mit Sofakissen aus und ziehe ihn in den Schatten. Kaum, dass ich liege, bin ich fest eingeschlafen.

Durchdringendes Geschrei weckt mich. Ich blinzele. Möwen. Ihr lärmendes Gegeifer schmerzt in den Ohren. Sie müssen unmittelbar in meiner Nähe sein. Ich stöhne resigniert und stehe auf. Und richtig. Das Feld vor dem Ferienhaus ist von suchenden weißen Seevögeln übersät. Anscheinend haben wir gerade Hochwasser und sie können auf der Meeresseite keine Beute machen. Ich strecke mich. Warum müssen diese Vögel immer so einen ohrenbetäubenden Lärm machen? Ich gähne herzhaft und trotte zur Toilette. Auf dem Weg durchs Wohnzimmer sehe ich die Uhrzeit. Wow. Ich habe über eine Stunde geschlafen. Gut, dass mich die Schreihälse geweckt haben. Sonst könnte ich nachts nicht schlafen. Das wird mir sowieso schwerfallen. Ich bin es nicht gewohnt, nachts allein in einem Haus zu sein. Wieder zurück, spielt mein Handy seine Klaviermusik. Ein Anruf von Sandra steht auf dem Display. Ich zögere. Mias Freundin. Ihre einzige Freundin. Vielleicht sollte ich mich vorher informieren, wie die beiden miteinander umgegangen sind. Aber ich traue mich nicht, Günther mal eben eine Frage zuzuwerfen und von ihm eine schnelle Antwort zu fordern. Was soll's. Ich nehme das Gespräch an.

»Da bist du ja. Ich wollte schon auflegen«, ruft Sandra. Sie hört sich erleichtert, aber mehr erfreut an. Ohne den geringsten Vorwurf. Immerhin habe ich mich seit der SMS heute Nacht nicht gemeldet. Das fühlt sich schon mal gut an.

»Ja, da bin ich«, sage ich.

»Und wo bist du?«

»In Schillig«, antworte ich schneller, als ich denken kann. »Aber ich brauche erst einmal die Zeit nur für mich. Um runterzukommen«, schicke ich hastig hinterher.

»Ganz allein?«, fragt Sandra ein wenig skeptisch.

Um ein Haar hätte ich geantwortet: Nein, Günther ist auch da.

»Ja, aber das tut mir gut. Im Augenblick. Ich habe keine Beschwerden. Und wenn, ich bin hier nicht aus der Welt.«

»Ganz ehrlich?«

»Ja, ganz ehrlich.«

»Na dann ist es ja gut. Ich habe heute nämlich keine Zeit. Ich bin bis morgen in Bremen.«

So ganz überzeugt hört sie sich noch nicht an. Die Vorstellung, dass ich allein bin, gefällt ihr anscheinend nicht.

»Na ja, wenn du dich stark genug fühlst«, sagt sie noch immer zurückhaltend. »Aber ich wollte dich wenigstens hören. Ich habe gerade eine halbe Stunde Pause. Was machst du? Kannst du schon ein bisschen nach draußen gehen?«

»Bislang war ich nur mit dem Rad unterwegs.« Das sollte sich lustig anhören.

»Du fährst Rad?«

Sie hört sich ähnlich fassungslos an wie Frauke.

»Ja. Aber ganz langsam und nur kleine Runden. Was ist daran so umwerfend?«

»Du bist nie Rad gefahren. Also nicht in den letzten fünfzehn Jahren. Und jetzt nach so einem Sturz. Darfst du das denn?«

»Es bekommt mir.«

Eigenartigerweise geht mir ihre Fürsorge nicht auf die Nerven. Ich empfinde sie sogar als angenehm.

»Ich habe mir vorgenommen, in Zukunft gesünder zu leben.«

Sandra lässt sich Zeit mit der Antwort.

»Das freut mich.«

Das hört sich nicht ironisch an. Wie bei Mias Vater. Sandra glaubt mir anscheinend ohne Vorbehalt.

»Meine – Eltern nehmen mir den Vorsatz nicht ab. Sie denken, es ist gerade ein neuer Trip von mir.«

Sandra antwortet nicht.

»Ich habe sie heute getroffen. Wir haben im ›Leuchtfeuer‹ Mittag gegessen. Sie sind ...« Mir fehlen für einen Augenblick die Worte, um sie treffend zu beschreiben.

»Ja, sie sind«, ergänzt mich Sandra. »Und das waren sie schon immer. Aber sorry, erzähl weiter.«

»Vor allem Georg. Den scheint mein Unfall überhaupt nicht beeindruckt zu haben. Ich habe einen Sturz aus der dritten Etage überlebt. Na und. Er fragt mich nur, wie ich mir die Zukunft vorstelle. Nach der Scheidung. Dabei hätte ich tot sein können.«

»Das stimmt«, sagt Sandra leise. »Und freust du dich?«

»Worüber?«

»Dass du lebst?«

»Ja, natürlich. Ich – ich wollte noch nicht sterben.«

»Jetzt würde ich dich gerne umarmen.«

Ich starre auf die Narbe an meinem Handgelenk.

»Dann feiern wir von jetzt an den Unfalltag als deinen zweiten Geburtstag«, höre ich Sandra sagen.

»Das machen wir«, sage ich. Dabei sind wir dann richtig nahe an der Wahrheit, denke ich. »Schade, dass das Frauke und Georg nicht so sehen.«

Nun stöhnt Sandra leise auf. »Ach Mia, wann hörst du damit endlich auf? Nimm endlich deine Eltern so, wie sie sind. Sie hätten kein Kind kriegen sollen. Das wissen wir beide. Aber dann warst du da, und sie haben versucht zu geben, was sie geben konnten. Eines ist mal sicher, du bist ihnen genauso fremd wie sie dir. Für sie ist Karrieremachen das Lebensziel. Leistung erbringen. Das ist weiterkommen in ihrem Sinne. Du machst sie hilflos. Sie haben keine Ahnung, wie sie mit dir umgehen sollen. Aber es geht nicht um deine Eltern. Es geht um dich. Nimm deine Eltern nicht weiter als Entschuldigung, dass du mit deinem Leben nichts anfangen kannst.«

Das sind klare Worte. Hat jemals jemand so mit mir gesprochen? Ja, Lars. Wenn ich mich verbockt hatte und nicht runterkam. Dann hat er auch Tacheles mit mir gesprochen. Ja, und selbst hat er sich ohne Aussprache aus dem Staub gemacht. Er hat nur zum Abschied gesagt: »Kleine, wir müssen bald mal in Ruhe reden.« Das habe ich auch vergessen. Er wollte es mir also erzählen. Er brauchte nur noch Zeit. Die er nicht hatte.

»Mia, die halbe Stunde ist herum«, höre ich Sandra. »Ich rufe morgen wieder durch. Ich habe dich lieb. Wir sehen uns übermorgen.«

KAPITEL 18

Die Sonne ist schon in den Westen gewandert. Der Himmel ist wolkenlos. Es wird einen fantastischen Sonnenuntergang geben. Ich könnte ihn von der Terrasse aus bewundern. Aber am Meer wird der untergehende Sonnenball wie zum Greifen nahe sein. Der Strand ist von hier gleich um die Ecke. Und einen Moment bewegen und durch den Sand laufen werden mir guttun.

Ich ziehe einen bunten Pullover aus kühler Baumwolle über. Von Mia selbst gestrickt. Die Farben leuchten. Irgendwie machen sie mich froh. Ja, das bunte Muster gefällt mir. Kann sich mein Geschmack innerhalb der kurzen Zeit geändert haben? Oder habe ich mich nur nie getraut?

Ich wähle den Weg zwischen der Jugendherberge und dem Rotkreuzkurheim. Ein paar Jungen, schätzungsweise zwölf oder dreizehn Jahre alt, schreien mit röhrenden, sich überschlagenen Stimmen. Sie klettern am Zaun hoch und springen rüber. Und wieder zurück. Sie platzen fast vor Energie. Dann sehe ich ein paar Mädels, die über das Gelände flanieren. Scheinbar völlig desinteressiert und gelangweilt. Ich muss lächeln. Manches ändert sich nicht. Die Jungen strampeln sich im Testosteronrausch ab, um zu beeindrucken. So war es schon immer. Die Vertrautheit der Szene legt sich beruhigend über meine Sinne und gibt mir das Gefühl, wirklich hier zu sein.

Ich steige langsam auf die Deichkrone und bleibe stehen. Der Anblick ist traumhaft schön und drängt alle zweifelnden Gedanken für einen Augenblick zur Seite. Der Himmel beginnt sich langsam rötlich zu verfärben und reflektiert im Sand, dem Schilf und dem Wasser. Den kleinen Seen, die sich zwischen den Naturdünen und dem Deich gebildet haben. Ein Dorado für Wasservögel. Langsam gehe ich auf der anderen Seite den Deich herunter. Ich folge einem Trampelpfad, der durch die Naturdünen zum Strand führt. Der Wind hat abgenommen. Ein ungewöhnlich milder Abend am Meer. Ich setze mich in eine Dünenmulde. Der Sand ist noch von der Sonne aufgewärmt. Ich ziehe Schuhe und Strümpfe aus und male mit den Füßen kleine Kreise in den Sand. Unter der Oberfläche ist der Sand angenehm kühl.

»Gut gegen Sonnenbrand«, hat Lars gesagt und mich eingebuddelt, bis nur noch der Kopf herausguckte. Mit Sonnenhut und Brille. Ich mochte das, weil ich Lars vertraut habe. Er hat immer nur eine dünne Schicht um mich herumgebaut, und ich hätte mich jederzeit befreien können. Ich habe mich wie ein wertvolles Kunstwerk gefühlt, wenn er die Sandhülle auch noch mit ein paar Muscheln dekoriert hat. Das Meer beginnt, sich gerade wieder zurückzuziehen. Die gefräßigen Möwen sind sofort zur Stelle und warten auf Wattwürmer, die sich zu langsam und nicht tief genug eingegraben haben. Oder hilflose Krebse. Ich stehe auf, recke die Arme und atme tief durch. Ja, hier gehöre ich hin. Das ist mein Zuhause. Das Meer. Aber wer bin ich? Soll ich ein Mischprodukt aus Mia und Birthe bleiben? Immerhin gehören sie jetzt beide zu mir. Aber das ist mir zu viel. Wie haben die da oben sich das gedacht?

»Günther?«

»Ja.«

»Tut mir leid, dass ich mich heute noch gar nicht gemeldet habe.«

»Kein Problem. Du bist allein zurechtgekommen. Das ist gut.«

»Na ja, irgendwie möchte ich dich auch nicht immer nur ansprechen, wenn ich Hilfe brauche. Stört dich das nicht?«

Günther lacht leise.

»Wenn du zwischendurch mal an mich denkst, ohne Anlass, freue ich mich.«

Ich lächele. Das ist eine typische Güntherantwort.

»Du warst ja heute immer dabei, oder?«

»Meistens.«

»Was heißt meistens? Ich dachte, du bist immer bei mir.«

»Immer, wenn du mich brauchst.«

Ich muss an meinen Unfall denken, und sofort liegt mir eine passende Bemerkung auf der Zunge. Ich verkneife sie mir. Kein Streitgespräch. Nicht jetzt. Ich möchte mit Günther reden. Ganz ruhig. Vielleicht sollte ich mich dabei ein bisschen bewegen. Beim Laufen konnte ich immer besser denken. Ich steige die Düne herunter. Schuhe und Strümpfe lasse ich in der Mulde liegen. Ich hole sie auf dem Rückweg. Es sind viele Spaziergänger unterwegs. Verdauungsspaziergang mit Sonnenuntergang. Mein schweifender Blick bleibt an einer Frau hängen. Ihre Haltung. Das Haar. Ja, das ist Marietta. Sie ist nicht allein. Neben ihr geht ein Mann. Sein halblanges Haar weht im Wind und gibt sein Gesicht frei. Das ist jetzt nicht wahr. Das ist – das ist der Mann. Das ist Pete. Warum um alles in der Welt trifft er sich mit Marietta? Was will er von ihr? Erklärt er ihr vielleicht gerade, ich wäre ihm mehr oder weniger mit Absicht vor das Auto gelaufen? Das darf nicht wahr sein!

Irgendwer versucht, mit mir zu sprechen. Günther? Nein, nicht jetzt. In meinem Kopf pocht das Blut. Ich laufe los. Blindlings, ohne nachzudenken. Wütend. Empört. Ich sehe Mariettas Lächeln. Das wirkt so vertraut. Kennen die beiden sich schon länger? Sind sie …? Nein, das kann nicht sein. Er ist viel zu alt. Er könnte ihr Vater sein. Völlig außer Atem erreiche ich sie.

»Hallo, Mia«, grüßt Pete überrascht.

»Von wegen Hallo«, keuche ich und ringe nach Luft. »Was willst du von Marietta?«

Seine Augenlider flattern. Ich spüre den fassungslosen Blick von Marietta und sehe sie direkt an.

»Dieser Mann hat deine – Mutter über den Haufen gefahren. Er ist schuld, dass sie tot ist. Hat er dir das schon erzählt?«

Marietta antwortet nicht. Sie starrt mich nur weiterhin völlig entgeistert an.

»Mia, bitte«, höre ich Petes Stimme. Sie klingt verzweifelt. Aus den Augenwinkeln sehe ich, wie er einen Schritt auf mich zugeht. Seine Hand versucht meinen Arm zu berühren. Ich wehre sie mit einem heftigen Schlag ab.

»Hau ab und lass Marietta in Frieden. Du musst allein mit deinen Schuldgefühlen klarkommen. Schämst du dich nicht, das Mädchen damit zu belasten?«

Seine Augen verdunkeln sich. Meine Worte haben ihn getroffen. Gut so. Er wirft Marietta einen warmen entschuldigenden Blick zu. Dafür könnte ich ihn ins Gesicht schlagen.

»Ich melde mich«, sagt er sehr leise. Dann dreht er sich um und entfernt sich mit schnellen Schritten. Nach ein paar Metern beginnt er zu laufen. Marietta steht noch immer wie festgenagelt neben mir und starrt mich an. Ich suche nach Worten. Bevor mir etwas einfällt, dreht sie sich um und geht.

KAPITEL 19

Nein! So können wir nicht auseinandergehen. Wir müssen miteinander reden. Ich setze mich in Bewegung und laufe ihr hinterher. Dabei verwünsche ich Mias miese Kondition.

»Bitte! Bitte bleib stehen! Bitte!«, japse ich.

Sie verlangsamt ihren Schritt und bleibt wirklich stehen. Vielleicht aus Mitleid, weil sie meinen keuchenden Atem hört. Aber sie kehrt mir den Rücken zu. Wartet, was ich zu sagen habe.

»Es tut mir leid«, beginne ich. »Das war ein Überfall. Aber – ich – meine Gefühle sind mit mir durchgegangen, als ich euch gesehen habe. Dieser Mann, er ist schuld, dass ich – dass meine Freundin nicht mehr lebt. Und ich verstehe nicht, was er von dir will.«

Ich zittere am ganzen Körper und lasse mich einfach in den Sand gleiten. Marietta dreht sich um und sieht zu mir herunter. Sie sieht plötzlich sehr groß und erwachsen aus.

»Beruhigen Sie sich«, sagt sie spröde. Sie hat mir meinen Auftritt noch nicht verziehen. Kein Wunder.

»Birthe war meine beste Freundin«, jammere ich unbeholfen.

»Birthe hat nie was von Ihnen erzählt.«

Ich hebe nervös beide Hände und lasse sie wieder sinken. Reflexartig fülle ich sie wie Schaufeln mit Sand.

»Keine Ahnung, warum sie mich verschwiegen hat. Aber wir kennen uns wirklich schon lange und sehr gut.«

Das ist nicht gelogen. Meine Stimme beruhigt sich.

»Das können nicht viele von Birthe behaupten.«

»Was?«

»Sie sehr gut zu kennen.«

»Wahrscheinlich«, gebe ich zu. Ich bin erleichtert, dass Marietta mit mir spricht. »Na ja, was heißt sehr gut. Wir waren eben sehr vertraut.«

Marietta tänzelt von einem Bein auf das andere. Will sie schon wieder weglaufen? Ich kann sie nicht daran hindern. Da setzt sie sich neben mich. Mir wird warm vor Freude. Sie bleibt. Sitzt neben mir. Diesen Moment möchte ich genießen. Nicht die Situation mit Fragen verderben. Aber ich kann mich nicht beherrschen.

»Und hast du verstanden? Dieser Mann war der Unfallfahrer.«

»Ja, das hat er mir erzählt.«

»Und?«, frage ich. »Warum triffst du dich mit ihm?«

Sie sieht mich eindringlich an. Diesen prüfenden, nachdenklichen Blick von ihr kenne ich gut.

»Sie sind auch traurig, deshalb ist es okay, wenn Sie das fragen. Sonst ginge es Sie ehrlich gesagt nichts an«, sagt sie ruhig.

Ich muss schlucken. Das ist meine Marietta. Ernsthaft und direkt.

»Ja, ich bin traurig. Und ich würde mich freuen, wenn du mich duzen würdest.«

Über Mariettas Gesicht huscht ein kleines Lächeln. »Gut. Das fällt mir bei dir nicht schwer.«

Ich streiche mir automatisch über den Stoppelschnitt.

»Das war eine Phase. Ein Trennungsschnitt«, erkläre ich ungefragt.

Marietta nickt verständnisvoll, als wüsste sie, was ich meinte.

»Ja und wieso triffst du dich dann mit ihm? Was will er von dir?«

Marietta schaut aufs Meer. Die Antwort scheint ihr nicht leichtzufallen.

»Ich habe Pete schon vor dem Tod meiner Mutter kennengelernt.«

Ein warmer Schauer geht durch meinen Körper. Sie sagt nicht Birthe. Sie sagt: meine Mutter. Dafür könnte ich sie sofort küssen. Ja, das bin ich und das bleibe ich.

Erst jetzt dringen die anderen Worte in mein Bewusstsein. Sie kennt Pete schon länger. Also doch. Das gibt es nicht. So viel Zufall ist zynisch. Darauf soll Günther mir eine vernünftige Antwort geben. Wenn er kann. Ist Marietta in ihn verliebt? Wie kann ich sie das am besten fragen? Ohne, dass sie aufsteht und geht.

»Ich würde dich gern auf ein Getränk einladen«, sage ich. »Aber ich habe für den Spaziergang kein Geld eingesteckt.«

»Ich auch nicht. Aber wir sitzen hier doch gut.«

Wir schweigen einen Augenblick. Wir beobachten einen Tanker, der Richtung Jadeport einfährt. In meinem Kopf rattert es. Marietta hat Pete schon getroffen, als ich noch gelebt habe. Mir ist nicht aufgefallen, dass sie … Habe ich so wenig auf sie geachtet?

»Birthe hat dich sehr gern gehabt«, sage ich, ein wenig wie eine laute Bestätigung für mich selbst. »Und du sie sicher auch?« Blöde Zusatzfrage. Mein Herz schlägt hart gegen die Brustwand.

»Sehr gern gehabt«, wiederholt Marietta nachdenklich und wiegt meine Worte ab. Mir wird heiß. Ich bete, dass sie nicht sagt: Das ist schön, aber ich konnte sie nicht so gut leiden. Wir haben eben zusammengewohnt. Bitte sag das nicht.

»Ich habe sie auch sehr gern gehabt«, antwortet sie und ich atme aus. »Doch im Grunde – im Grunde weiß ich sehr wenig von Birthe. Sie hat keine Gespräche zugelassen. Also richtig nahe. Sie war ja auch immer beschäftigt. Sogar beim Essen.«

Marietta lächelt zurückblickend. »Also sie hat sich dabei keine Zeit zum Reden genommen. Und hinterher ist sie nie sitzen geblieben. Sie hat immer gleich abgeräumt. Oder wenn ich sonst mal was erzählt habe, dann hat sie nur im Türrahmen gestanden und zugehört. Wie intensiv sie zugehört hat, weiß ich nicht. Sie hat immer nur genickt und mich freundlich angesehen. Irgendwie war sie nicht richtig anwesend. Jedenfalls hatte man dieses Gefühl. Deshalb glaube ich Pete. Ich kann mir vorstellen, dass Birthe nicht geguckt hat und ihm einfach vor das Auto gelaufen ist. Warum sollte er mich anlügen?«

Ich spüre, wie sich mein Magen zusammenkrampft. Das hat er super hingekriegt. Marietta ist auf seiner Seite.

»Weil er verzweifelt eine Verbündete sucht, damit es ihm nicht so schlecht geht«, sage ich heftiger als beabsichtigt. Aber die Wut greift wieder nach mir. Ich bin den Urteilen der Lebenden hilflos ausgeliefert und habe keine Möglichkeit, mich zu wehren.

»Pete hat nicht versucht, mich zu überzeugen«, antwortet Marietta ganz ruhig. »Es geht ihm einfach beschissen. Keine Ahnung, wie er mit seiner Schuld klarkommt. Damit belastet er mich nicht.«

Es bleibt wieder eine Zeit lang still zwischen uns. Keine gute Stille. Der Faden der Verbundenheit. Ich möchte ihn wieder finden und greifen. Aber ich kann kaum denken. In mir wütet Trotz. Keine Ahnung, wie er mit seiner Schuld klarkommt, wiederhole ich in Gedanken. Der Arme. Alles in mir weigert sich, auch nur den Ansatz von Verständnis für ihn aufzubringen. Immerhin bin ich gestorben und nicht er. Aber ich lebe. Ohne mein Zutun schieben sich Günthers Worte in den Vordergrund: Es bestand für mich kein Grund zum Eingreifen. Du wolltest …

Wollte ich? Kann das sein? War ich lebensmüde? Ich kann mich nicht erinnern.

»Kannst du dir vorstellen, dass Birthe mit Absicht vor das Auto gelaufen ist?«, frage ich leise. Meine Stimme zittert bedenklich. Ich kann nichts dagegen tun.

»Nein«, antwortet Marietta bedächtig. Und noch einmal: »Nein.« Dieses Mal vehementer. Für ihren entschiedenen Widerspruch hätte ich sie gerne umarmt.

Sie zieht die Stirn in Falten und legt wie schützend ihre Arme um den Oberkörper.

»Das heißt, ich habe noch nicht über die Möglichkeit nachgedacht. Das wäre furchtbar traurig.«

Ich sinke in mich zusammen. Warum zweifeln alle an mir? Niemand, der bislang für mich ohne Wenn und Aber in die Bresche gesprungen wäre. Habe ich so unentschlossen gewirkt?

»Aber das hätte man doch bemerkt«, sage ich. »Ihr habt zusammengelebt. Ich bin sicher, Birthe war mit ihrem Leben zufrieden.«

»Zufrieden. Ja. Das kann sein. Aber glücklich? Ich weiß es nicht. Birthe hat sich nicht sehr wichtig genommen. Sie hat Papa und mich versorgt. Und das Haus. Sie ist zum Finanzamt gefahren. Aber ihr Job war nicht gerade eine Herausforderung. Das hat sie mal durchblicken lassen. Sie ist nie ausgegangen. Hat wenig gelesen. Keine Ahnung. Ich kann mir nicht vorstellen, dass das glücklich macht. Außer dem Garten. Der hat ihr große Freude gemacht. Das hat man ihr angemerkt. Sogar das Unkrautjäten. Dabei ist das eine öde Arbeit, oder? Und ihr Joggen. Das war ihr auch sehr wichtig. Ja, und gekocht hat sie gern. Sehr gut übrigens. Aber wie sich Birthe wirklich gefühlt hat, ich weiß es nicht. Sie war im Grunde immer gleich gelaunt. Ihre ewige Freundlichkeit hat mich manchmal genervt.«

Marietta weicht beschämt meinem erstaunten Blick aus. Kann Freundlichkeit nerven? Warum wird mir das vorgeworfen? Sind launische Menschen größere Sympathieträger? Das ist ungerecht.

»Birthe war ein sehr ausgeglichener Mensch und völlig zufrieden.« Ich habe das starke Bedürfnis für mich einzustehen.

Marietta zuckt mit den Achseln. »Kann sein. Wenn du das sagst. Du hast Birthe gut gekannt. Wahrscheinlich am besten, wenn ihr euch so intensiv geschrieben habt, wie Oma Lisa erzählt hat.«

Habe ich Birthe am besten gekannt? Das bezweifele ich immer mehr.

»Nein, so ganz glücklich war sie nicht.« Verwundert höre ich meinen Worten hinterher. Habe ich das wirklich gesagt? »Aber wer ist das schon?«, schwäche ich meine Worte erschrocken ab. Marietta hakt nicht nach. Sie scheint mit ihren Gedanken woanders gelandet zu sein. Worüber denkt sie nach?

»Und du?«, frage ich. »Wie geht es dir? Du hast gerade Abi gemacht, nicht wahr? Birthe war sehr stolz auf dich. Bist du mit Pete eigentlich fest zusammen?«

Der letzte Satz rutscht mir ohne Vorwarnung heraus. Oh Birthe, du warst schon diplomatischer. Marietta sieht mich irritiert an. Es würde mich nicht wundern, wenn sie aufsteht und geht. Sie bleibt sitzen.

»Wie zusammen?«, fragt sie, als wären die Worte nicht klar verständlich. »Du meinst …?« Nun lächelt sie schwach. »Nee, das zwischen ihm und mir ist – das ist beruflich.«

»Beruflich? Wie das?« Nun bin ich verblüfft.

»Pete ist Meeresbiologe im Senckenberg-Institut in Wilhelmshaven. Und ich habe mich dort um ein Praktikum beworben und tatsächlich einen Platz bekommen. Für eine Expedition. Drei Monate mit dem Schiff unterwegs. Schon nächsten Monat. Ich habe mich total gefreut und wollte es zu Hause erzählen, aber dann … dann ist Birthe verunglückt. Und nun weiß ich nicht.«

Ihre Stimme ist immer dünner geworden. Sie hält den Kopf gesenkt. Ohne nachzudenken, lege ich meinen Arm um ihre Schulter. Marietta lässt die Berührung zu.

»Aber nun weißt du nicht?«, wiederhole ich leise.

»Ich möchte immer noch mit. Und dafür schäme ich mich. Ich kann doch nicht mit dem Unfallfahrer auf eine Expedition gehen. Deshalb haben wir uns getroffen. Pete hat gesagt, das müsste ich entscheiden. Er würde meine Entscheidung akzeptieren. Meine Entscheidung. Als ob ich eine Wahl hätte. Pete wird nach dem Prozess fahren. Er muss raus. Erst mal von hier weg.«

»Und er rechnet nicht damit, dass er vielleicht eine Gefängnisstrafe bekommt?«

»Nein, es gibt zum Glück zwei Zeugen, die seine Aussage bestätigen.«

Ich muss hart schlucken, bevor ich sprechen kann. »Die bestätigen, dass ihm Birthe vor das Auto gelaufen ist?«

»Na ja, jedenfalls haben sie gesehen, dass sie nicht geguckt hat und er keine Chance hatte zu bremsen. Jedenfalls nicht früh genug.«

In meinem Kopf kreiselt es. Vor das Auto gelaufen. Bin ich das wirklich?

Mariettas Oberkörper kommt eine Tendenz näher in meine Richtung. Sie sucht eindeutig Hilfe. Ich muss mich zusammenreißen.

»Ich kann Papa doch jetzt nicht alleinlassen«, höre ich sie leise sagen.

Ich habe das intensive Gefühl eines Déjà-vus. Ich kann meine Eltern nicht alleinlassen. Das habe ich auch vor zwanzig Jahren gedacht. Mich verantwortlich gefühlt. Und ich habe auf das Praktikum in Neuseeland verzichtet. Das wäre in Ordnung gewesen. Immerhin ist in dem Land mein Bruder tödlich verunglückt. Was viel schlimmer war, ich habe nicht mehr geschaut, wofür ich mich interessieren könnte. Mir keine Zeit gelassen. Geholfen hat mein Verzicht niemandem. Weder meinen Eltern noch mir. Meine Eltern haben mein Opfer überhaupt nicht wahrgenommen. Sie haben mich sogar alleingelassen. Meine Geschichte darf sich bei Marietta nicht wiederholen. Ich muss eine Möglichkeit finden, um mit Jonathan zu sprechen. Er muss Marietta ermutigen. Irgendwie kriege ich das hin.

»Meine Oma meint auch, dass ich erst mal bei Papa bleiben sollte«, höre ich Marietta.

»Welche Oma?«, frage ich hellhörig.

»Papas Mutter. Sie sagt, ich könnte Papa in der Situation nicht alleinlassen. Ohne eine Frau im Haus.«

»Ohne eine Haushälterin meint sie wohl«, sage ich empört und habe das dumpfe Gefühl, ich bin diese Haushälterin jahrelang gewesen.

»Warum kümmert sich seine Mutter nicht um ihn?«, frage ich. Dabei kenne ich die Antwort. Barbara gibt nur Ratschläge aus sicherer Entfernung.

»Meine Oma ist nicht gerade der Typ Hausfrau.«

»Aber du? Bist du das? In deinem Alter. Lass dir das nicht einreden, hörst du. Ich kann mir nicht vorstellen, dass das im Sinne von deinem Vater ist. Von Birthe ganz bestimmt nicht.«

Marietta sieht mich nachdenklich an. »Meinst du, Birthe würde das verstehen? Immerhin wäre ich mit dem Mann unterwegs, der sie totgefahren hat.«

Totgefahren. Der Gedanke tut weh. Verstehe ich das? Ja und nein. Für Pete geht das Leben weiter. Wohlgemerkt sein Leben. Und ich? Ich bin in einem Verwirrspiel gelandet. Aber es geht nicht um mich. Es geht um Mariettas Zukunft. Und die werde ich ihr nicht verbauen.

»Mit einem Verzicht machst du den Unfall nicht ungeschehen. So hätte das Birthe gesehen. Da bin ich sicher.«

Ich sehe Marietta fest an. Sie schenkt mir ein scheues Lächeln. Ach Mädchen, ich habe dich lieb. Das habe ich nie gesagt. Nicht direkt jedenfalls. Gleich wirst du gehen. Und ich habe keine Ahnung, wie ich dich wiedertreffen kann. Lass dich nicht beirren. Schon gar nicht von Barbara. Dieser egoistischen Person, die nur von anderen Menschen Selbstlosigkeit erwartet. Wahrscheinlich hat sie sich in ihrer exzentrischen Erstschwiegertochter wiedergesehen und sie deshalb so bewundert.

»Ich würde gern deine Handynummer haben«, sage ich aus dem Gefühl heraus.

Marietta sieht mich nachdenklich an. Ihr klarer Blick macht mich verlegen. Mein Vorstoß war zu schnell. Eindeutig. Das wird Marietta auch denken.

»Kannst du haben, wenn du mir auch deine gibst«, sagt sie zu meiner Erleichterung. Sie holt ihr Handy aus der Jackentasche. Zum Glück habe ich Mias vor dem Spaziergang in die Hosentasche gesteckt.

KAPITEL 20

Marietta

Schon ein bisschen schräg diese Mia. Und mit ihr war Birthe befreundet. Eng befreundet, hat Mia gesagt. Das ist abgefahren. So unterschiedlich, wie die beiden sind. Ganz ehrlich, so eine Freundin hätte ich Birthe nicht zugetraut. Mia ist so spontan. Sie ist mir einfach hinterhergelaufen und hat Pete fertiggemacht, weil sie mich vor ihm warnen oder beschützen wollte. Dabei muss es ihr egal gewesen sein, dass sie sich lächerlich macht. Und das war peinlich. Echt. Ich dachte erst, die ist total durchgeknallt. Birthe hätte das nie gemacht. Sie hat sich möglichst aus allem rausgehalten. Diskussionen haben sie total nervös gemacht. Unterschiedliche Meinungen austragen, das war für sie streiten. Sie war ein Harmoniefan. Auch wie sie sich angezogen hat. Irgendwie immer gleich. Und Mia sieht aus wie ein bunter Vogel. Schade, dass Birthe sie nie eingeladen hat. Ihre Freundin. Ich habe noch nicht mal gewusst, dass Birthe überhaupt eine Freundin hatte. Ob Papa das wusste? Sie haben sich intensiv geschrieben, sagt Mia. Wann? Ich habe Birthe selten an ihrem Schreibtisch sitzen gesehen. Er war immer aufgeräumt. Ich dachte, sie hat ihn nur als Deko stehen. Vielleicht hat sie sich nachts mit Mia geschrieben? Was weiß ich denn von Birthe? Ich habe sie gern gehabt. Sie war ein lieber Mensch. Und sie war immer für uns da. Nicht wie meine richtige Mutter. Birthe hätte uns nie alleingelassen. Sie war fast immer zu Hause. Und sie hat ständig irgendwas gemacht. So an Handgriffen. Keine Ahnung. Aufgeräumt und sauber gemacht. Sie hat behauptet, Ordnung halten würde ihr Spaß machen. Blödsinn. Das glaube ich einfach nicht. Wie kann es Spaß machen, wenn man jede Kleinigkeit sofort in den Schrank zurückstellt. Obwohl man alles am nächsten Tag genau an der Stelle wieder braucht. Erst einmal klare Flächen schaffen, das war einer ihrer Lieblingssprüche. Das würde Ruhe in den Raum bringen. Papa und mir ist ihre Aufräumerei auf den Geist gegangen. Das war ungemütlich. Aber sie hat nie aufgegeben, uns von ihrem Ordnungssinn zu überzeugen. Von der Richtigkeit. Wenn wir am Tisch sitzen geblieben sind, hat sie um uns herumgewischt. Kein tolles Gefühl. Da kommt man sich schlecht vor. Wer Ordnung hält, ist immer ein wenig mehr im Recht. Wenn wir uns aufgerafft und ihr geholfen haben, waren wir sauer auf sie. War auch nicht schön.

Manchmal hat sie es nicht ausgehalten und heimlich in meinem Zimmer sauber gemacht. Nie viel, aber ich habe es natürlich gemerkt. Ich war wütend und gekränkt. Das sind Übergriffe, habe ich getobt. Wie fändest du das, wenn ich das in deinem Zimmer tun würde? Aber mit Birthe konnte man nicht streiten. Sie hat mich dann mit großen leidenden Augen angesehen und sich entschuldigt und gesagt, sie könnte meine Wut verstehen. Nach so einem Zwischenfall hat sie einen Bogen um mein Zimmer gemacht. Manchmal dachte ich, sie hat es wirklich akzeptiert oder sogar verstanden. Bis sie den nächsten Anfall bekam. Dann mussten Papa und ich echt aufpassen, was sie verschwinden ließ. Wenn ich sie gefragt habe, ob sie nichts Schöneres zu tun hätte, als hinter uns herzuräumen, war sie beleidigt. Aber sie ist nie unfreundlich geworden. Das war ihre härteste Waffe. Diese Freundlichkeit hat mich manchmal wahnsinnig gemacht. So ausgeglichen kann einfach kein Mensch sein. Ach Birthe, tut mir leid. Wenn ich könnte, würde ich versuchen dich besser zu verstehen. Ich habe mir nie viel Mühe damit gegeben. Du warst eben da und gut. Ich habe dir nur meine Gedanken vorgetragen. Dabei wusste ich, du hörst nicht richtig zu. Das war mir egal, denn ich konnte beim Reden meine Gedanken sortieren. Irgendwie war das gemein. Ich habe dich wie ein Medium genutzt. Wenn ich noch einmal mit dir reden könnte, würde ich dich fragen: Was hattest du für Träume? Was hast du vermisst? Du hast so wenig von dir erzählt. Nur um Papa und mich herumgetanzt. Und nun bist du tot. Das ist immer noch total unwirklich. Weiß auch nicht, warum. Irgendwie denke ich, du kommst jeden Moment wieder. Hängst deine Jacke ordentlich an die Garderobe, packst in der Küche deine Tasche aus und fängst an zu kochen. Aber dann steht da Oma Lisa und ist traurig. Sie fährt übermorgen. Schade, dass sie so weit weg wohnt.

Mia sagt, Birthe hätte nicht gewollt, dass ich auf das Praktikum verzichte und bei Papa bleibe. Ich weiß nicht, was sie so sicher macht. Aber sie hat Birthe wohl besser gekannt als wir. Ich muss mit Papa reden. Vielleicht sieht er das ganz anders, als Barbara mir einredet. Da hat Mia recht. Aber ich muss Papa auch ehrlich sagen, wer Pete ist.

KAPITEL 21

Ich sehe Marietta hinterher, bis ihre schlanke Gestalt von den Sanddünen verschluckt wird. Dieses ungewöhnliche Mädchen hat mich gern gehabt. Sehr gern, hat sie gesagt. Ich liebe sie. Aber auch sie zweifelt, dass ich wirklich glücklich war. Wirklich glücklich. Marietta ist jung und dementsprechend absolut in ihren Gefühlen. Wirklich glücklich.

Auf jeden Fall werde ich einen Weg finden, um Marietta bei ihren Zukunftsplänen zu unterstützen. Alle denken, ich war die vertrauteste Freundin von – mir. Sie wundern sich, aber sie glauben mir. Das ist eine gute Ausgangsposition. Ich brauche nur einen Grund, um mich mit Jonathan zu verabreden. Und dann könnte ich, ohne mit der Tür ins Haus zu fallen, auf Marietta zu sprechen kommen. Mir wird schon etwas einfallen.

Die Sonne verschwindet als roter Ball am Horizont. Sie taucht Sand, Meer und Himmel in ein märchenhaft schönes Licht. Die Engel backen Kekse, hat meine Mutter gesagt, wenn ich als Kind den Sonnenuntergang bestaunt habe.

Ich gehe langsam am Strandsaum zurück. Wie viele andere Menschen, die bei den warmen Temperaturen die Abendstimmung genießen. Sie schlendern händchenhaltend oder sitzen am Dünenrand. Einige haben eine Flasche Wein dabei. Sie wirken – glücklich. Aber vielleicht bilde ich mir das nur ein, weil jeder behauptet, dass ich es nicht war. Ich weiß es nicht mehr. Ich weiß gar nichts mehr.

Ohne einen Menschen, der zu mir gehört. Das einzige ruhige Gefühl gibt mir das Meer. Die vertraute Umgebung.

»Was meinst du, Günther?«, murmele ich. »Sind diese Menschen hier alle glücklich?«

Günther lässt sich Zeit, und ich denke schon: Wieder einmal keine Antwort.

Da sagt er: »Das ist nicht wichtig für dich.«

Ich ziehe meine Stirn in Falten.

»Was heißt nicht wichtig. Anscheinend ist es aber für alle anderen wichtig, wenn sie über mich reden. Ich würde gerne verstehen, warum bei mir alles anders ist. Warum ich keine Erinnerungen hinterlassen habe. Keine, die nur so aus den Menschen heraussprudeln, wenn sie an mich denken. Sie haben Probleme, mich zu beschreiben. Es fehlen ihnen die Worte. Und sie vermissen mich nicht. Also nicht so, wie ich gedacht habe. Alles geht ohne mich weiter. Ich habe Marietta und Jonathan nie alleingelassen. Weil ich dachte, sie brauchen mich. Aber das war ein Irrtum. Immer wieder Irrtum. Meine Eltern haben mich nicht gebraucht und … weißt du was. Das verbindet mich mit Mia. Sie vermisst auch niemand. Ihre Eltern melden sich nur aus Pflichtgefühl. Weil Eltern das eben machen. Immerhin ist Mia ihr einziges Kind. Mias Mann macht anscheinend drei Kreuze, dass er sie los ist. Aber stimmt, sie hat Sandra. Ja, sie hat eine Freundin. Da irre ich mich doch nicht, oder? Die beiden sind sich nah. Sie kennen sich schon lange, stimmt's?«

»Ja, die beiden verbindet eine tiefe Freundschaft. Sie kennen sich seit ihrer frühesten Kindheit. Mia hat viele Wochenenden in Sandras Elternhaus verbracht. Sandras Eltern haben Mia sogar mit in den Urlaub genommen. Die beiden sind wie Schwestern aufgewachsen.«

»Dann hatte Mia also Nestwärme.«

»Ja, sie ist dort immer willkommen gewesen.«

»Dann verstehe ich nicht, warum Mia überhaupt nicht mit ihrem Leben klargekommen ist.«

»Es geht hier nicht um Mia«, sagt Günther freundlich, aber in seiner Stimme schwingt ein Hauch ungewohnter Strenge mit.

»Aber Mia würde auf jeden Fall von einem Menschen vermisst. Von ganzem Herzen. Darum beneide ich sie gerade.«

»Und was vermisst du?«

»Ich?« Sein Themenwechsel bringt mich durcheinander.

»Ja du.«

»Das kann ich nicht spontan beantworten.«

»Versuch es.«

»Ich vermisse meinen Tagesablauf.«

»Mehr nicht?«

»Doch. Vor allem vermisse ich das Gefühl, im richtigen Leben zu sein. Ich fühle mich total entwurzelt. Jeder Windstoß kann mich weiterschubsen. Ich habe ihm nichts entgegenzusetzen. Ich würde gerne wissen, in welches Leben ich gehöre. Im Moment sieht es so aus, als wäre in keinem Platz für mich.«

KAPITEL 22

Ich öffne die Haustür, und augenblicklich überkommt mich eine tiefe Müdigkeit. Sie lässt keinen Raum mehr für quälende Zweifel. Nur ein angenehm wattiges Gefühl und den Wunsch möglichst schnell ins Bett zu kommen. Ich freue mich auf den Schlaf wie auf eine liebevolle Umarmung.

Auf zum Federball! Auch ein beliebter Spruch meiner Mutter, wenn ich mich abends bettfein machen sollte. Im Nachthemd, mit geputzten Zähnen, durfte ich noch einen Moment im Wohnzimmer sitzen. Mein Vater hat mir oft etwas vorgelesen. Meine Mutter hat währenddessen in der Küche hantiert. Ab und zu hat sie zu uns ins Zimmer geschaut und gelächelt. Lars war schon auf seinem Zimmer. Er war für die Geschichten zu groß. Was waren das für Geschichten? Die Kinder von Bullerbü. Und die über die Streiche des frechen Jungen. Michel aus Lönneberga, der immer in den Schuppen eingesperrt wurde und dort Tiere aus Holz geschnitzt hat. Und der kleine Vampir. Den habe ich geliebt. Mit ihm wäre ich gern befreundet gewesen. Nur vor seiner Familie hat es mich gegruselt.

Ich trinke noch ein Glas Wasser und putze mir sträflich nachlässig die Zähne. Einen Schlafanzug. Die Auswahl ist groß. Ein ganzer Stapel. Ich greife wahllos nach einem. Es ist ein Nachthemd. Der hellblaue Stoff ist mit kleinen Äpfeln und Birnen bedruckt und fühlt sich wunderbar zart an. Er streicht sanft über meine Haut.

Ich kuschele mich in das Bettzeug. Es riecht nicht mehr fremd. Die Fenster und sogar die Terrassentür habe ich auf Kipp gelassen. Das habe ich nicht einmal in der Deichstraße gemacht. Nachts waren die Fenster und Türen verschlossen. Jonathan hat das nicht gefallen. Manchmal ist er heimlich aufgestanden und hat ein Fenster geöffnet. Und ich habe es, wenn er wieder eingeschlafen war, erneut geschlossen. Seit einem Jahr haben wir getrennt geschlafen. Warum wollte ich unbedingt alles geschlossen haben? Der Ruhe wegen? Das war in der Deichstraße eine unnötige Vorsichtsmaßnahme. Man hört dort nur den Wind. Manchmal ein paar Spätheimkehrer und bei Sonnenaufgang die Seevögel. Weit genug entfernt, als dass ihr Lärm zu schrill ins Haus dringen könnte. Als Kind habe ich immer mit geöffneten Fenstern geschlafen. Selbst im Winter. Mein Vater hat deswegen mit mir geschimpft. Die Wände würden zu sehr auskühlen und die Energiekosten, das waren seine Argumente. Sie haben mich nicht erreicht. Wenn mein Vater gegangen war, habe ich das Fenster wieder geöffnet. Lars war auf meiner Seite und hat mich dafür gelobt. Er hat mir erklärt, die kalte Luft härtet gegen Erkältungen ab. Ich fand mich großartig, wenn meine Nasenspitze eiskalt war und mein Körper unter zwei Decken vor Wärme dampfte.

Nun genieße ich den leichten Luftzug, der durch das Haus weht. Es wird langsam Nacht. Die Straßenlaterne vor dem Haus brennt bereits. Ihr Licht fällt durch die sanft hin und her schaukelnden Rollolamellen. Kinderstimmen. Ganz in der Nähe. Sie klingen aufgeregt. Überdreht. Die Kinder jagen einander oder spielen Verstecken. Normalerweise müssten sie zu dieser Uhrzeit längst im Bett sein. Wenigstens im Haus sein. Aber nun sind sie im

Urlaub. Ferien. Ein Ausnahmezustand. Sie dürfen auch bei einbrechender Dunkelheit noch draußen sein. Denn hier am Urlaubsort, in der Idylle, gibt es keine Gefahren. Glaubt man. Die Stimmen der spielenden Kinder im Ohr schlafe ich ein.

Ein Traum. Ich habe Besuch von einer fremden Frau. Gleichzeitig erscheint sie mir seltsam vertraut. Der Widerspruch irritiert mich. Woher könnte ich sie kennen? Es will mir nicht einfallen. Im nächsten Augenblick befinde ich mich mit ihr im Supermarkt. Mitten in Horumersiel. Wir haben eingekauft, und nun will sie von mir wissen, wie sie man schnellsten von hier aus auf die Autobahn kommt.

»Tut mir leid«, sage ich. »Ich kenne mich im Ort nicht gut aus.«

»Aber du wohnst doch hier.« Sie ist erstaunt, und ich wundere mich, dass sie mich mit der größten Selbstverständlichkeit duzt.

»Ich bin hier nur noch selten.« Meine Unwissenheit ist mir peinlich. Trotzdem steige ich zu ihr ins Auto. Wir halten nach Hinweisschildern Ausschau. Vergeblich. Ich habe das Gefühl, wir fahren im Kreis. Jonathan. Natürlich. Er wird uns helfen können. Ganz sicher. Ich rufe ihn an.

»Das tut mir leid«, sagt er. »Ich kann dir nicht weiterhelfen. In dem Teil von Horumersiel war ich lange nicht mehr. Sehr lange nicht. Ich kann mich beim besten Willen nicht erinnern.

Ich starre fassungslos auf das Handy. Hier endet der Traum.

Als ich aufwache, ist es morgens. Helle Streifen tanzen über das Bett. Sonnenstrahlen bewegen sich im Rhythmus des Rollos. Meine Hand tastet nach dem Handy. Kurz nach sechs. So früh. Auf die andere Seite drehen? Dann werde ich in einen unruhigen Morgenschlaf sacken und mich hinterher erschlagen fühlen. Jetzt bin ich ausgeschlafen, und ich mag den Morgen. Entschlossen stehe ich auf.

»Du bist eine Lerche.« Meine Mutter hat mich oft für diese Eigenschaft gelobt, weil ein Morgenmuffel in der Familie reichte. Das war Lars. Er musste mehrmals geweckt werden, bis er sich aus den Federn quälte. Meistens hatte er keine Zeit mehr zum Frühstücken. Das hat meine Mutter regelmäßig in Rage gebracht und ihr gleichzeitig leidgetan. Sie hat geschimpft und ihm dabei Brote für die Schule geschmiert.

Ich gehe in Mias kleine Küche. Wie gut, dass ich gestern noch eingekauft habe. Zum Tagesanfang gehören für mich ein Milchkaffee und eine Schale Müsli. Was Mia wohl zum Frühstück gegessen hat? Oder ist sie bis mittags im Bett geblieben? Das könnte passen. Ich weiß es nicht. Was weiß ich überhaupt von ihr? Von Mia, der Frau, in deren Körper ich stecke. Mias Mappe. Die habe ich ganz vergessen. Ich hole sie und setze mich mit Kaffee und Müsli an den Esstisch. Aber nach dem einen Gedicht gibt es keine weiteren Eintragungen. Nur mit Bleistift gezeichnete Gänseblümchen. Davon allerdings sehr viele. Mia hat Kränze aus diesen Blümchen und ganze Wiesen davon gemalt. Enttäuscht lege ich die Mappe zurück und gehe auf die Terrasse. Die Luft ist angenehm frisch und klar. Ich hole mir eine Fleecedecke und mein Frühstück und gehe nach draußen. Auf den Grashalmen und Blättern glitzert Morgentau in der Sonne. Ich trinke einen Schluck Kaffee und atme tief durch. Wie lange ist das her, dass ich mir für so einen Moment Zeit genommen habe? Eine gefühlte Ewigkeit. Vom Weckerklingeln an waren meine Arbeitsabläufe am Morgen straff durchorganisiert. Marietta wecken. Fenster öffnen. Nach unten und die Kaffeemaschine anstellen. Den Tisch hatte ich immer schon am Abend gedeckt. Duschen. Jonathan zum Aufstehen mahnen. Darauf hat er immer seelenruhig gewartet. Deshalb kann ich nicht verstehen, dass er mich an meinem letzten Morgen nicht geweckt hat. Ein Wunder, dass er überhaupt ohne mich aufgestanden ist und nicht bis in die Puppen verpennt hat. Aber er ist aufgestanden und hat mit Marietta gefrühstückt. Ohne mich. Als wäre das völlig normal. Aber das war es ganz und gar nicht. Denn selbst an meinen freien Tagen habe ich meinen gewohnten Rhythmus eingehalten. Ich bin aufgestanden und habe die Zeit genutzt für den Großeinkauf, den Garten und das, was im Haus liegen geblieben ist. Ich habe diese Struktur gemocht. Ja, das habe ich. Aber jetzt, wenn ich hier so sitze. Den Becher mit Kaffee in den Händen. Den Blick in die Weite und die herrliche Luft einatmend. Dann muss ich mir eingestehen, das ist schön. Die Zeit hätte ich mir öfter nehmen sollen.

»Ein schöner Morgen, nicht wahr?«, sage ich und erschrecke mich im gleichen Augenblick. Ich rede einfach drauf los, ohne Günther vorher begrüßt zu haben. Ohne vorher überhaupt groß an ihn gedacht zu haben. Ich hatte seine Gegenwart vergessen.

»Guten Morgen übrigens«, schicke ich schnell hinterher.

»Guten Morgen«, antwortet er freundlich wie immer. »Ja, es ist wirklich ein sehr schöner Tagesanfang.«

»Ich fühle mich gerade sehr wohl«, gestehe ich ihm.

»Darüber freue ich mich …«

Ich muss lächeln. Es tut so gut, dass er sich mit mir freut und nicht beleidigt ist, wenn man ihn mal für einen Augenblick vergisst. Er ist wirklich ein Engel. Mein Engel. Was er bleibt. Auch wenn ich ihn mal für längere Zeit vergessen würde. Oder?

»Du bleibst doch immer bei mir?«, spreche ich meine Bedenken laut aus.

»Ja, das war ich von Anfang an und werde es auch bleiben.«

»Das glaube ich dir mittlerweile. Obwohl ich mich nicht an dich erinnern kann. Ich meine, vor dem Unfall.«

Günther antwortet nicht.

»Jetzt weiß ich sogar, wie du aussiehst. Leider konnte ich den Augenblick nicht genießen. Ich war viel zu verwirrt. Und ehe ich mich orientieren konnte, warst du unsichtbar. Aber es ist sehr schön, deine Stimme zu hören und mit dir reden zu können.«

Günther antwortet noch immer nicht. Ich überlege, und der nächste Gedanke macht mich unruhig.

»Dabei bleibt es doch? Oder gibt es noch mehr Veränderungen?«

»Ja, die könnte es geben«, sagt Günther bedächtig.

»Welche?« Nun sitze ich kerzengerade. »Bist du etwa irgendwann ganz verschwunden?«

Ich höre meine Stimme. Sie klingt wie die von einem kleinen erschrockenen Mädchen. Kein Wunder. Günther ist zurzeit mein einziger Vertrauter. Wie soll ich ohne ihn klarkommen?

»Nein, ich verschwinde nicht.« Günther lacht. Ich möchte immer dieses Lachen hören können.

»Ich werde bei dir bleiben. Das habe ich dir doch versprochen. Allerdings ...«

»Was heißt allerdings?«, rufe ich ungeduldig dazwischen.

»Allerdings könnte es sein, dass du dich immer verschwommener an mich erinnern wirst. Kindern geht es ähnlich. Bis auf wenige Ausnahmen. In den ersten zwei, manchmal drei Lebensjahren können sie uns sogar sehen.

Wir machen ihnen keine Angst. Unsere Gegenwart ist für sie völlig normal. Wenn sie älter werden, verblassen wir. Sie können sich nur verschwommen an etwas erinnern, das sie nicht in Worte fassen können. Vielleicht eine Sehnsucht. Das Gefühl von Zuhausesein. Wenn sie erwachsen sind, wundern sie sich über sogenannte Zufälle. Oder sie nennen es Déjà-vu. Irgendwo tief drinnen haben sie eine Ahnung. Aber sie kommt ihnen zu fantastisch vor. Die meisten Menschen vergessen uns über die Jahre ganz.«

»Aber ich bin erwachsen. Ich werde dich nicht vergessen. Niemals!«

»Vielleicht. Das wäre schön.«

»Da gibt es kein vielleicht«, entgegne ich entschieden. Wie kann Günther das in Frage stellen?

KAPITEL 23

Ich gehe ins Haus, um mir noch einen Kaffee zu holen. Auf dem Wohnzimmertisch piepst das Handy. Eine Nachricht. Erst den Kaffee. Dann lesen. Ich nehme das Handy mit nach draußen. Beim Lesen muss ich den Kaffeebecher auf den Terrassenboden abstellen. Meine Hände zittern. Ich nehme das Handy in beide Hände und lese den Text noch einmal. Kein Zweifel. Das ist eine Nachricht von Jonathan.

»Entschuldigen Sie, dass ich Ihnen einfach so schreibe. Ich bin oder war Birthes Mann. Es wäre sehr wichtig für mich, wenn Sie sich mit mir treffen würden. Heute hätte ich den ganzen Tag zur Verfügung. Ich freue mich, wenn ich von Ihnen höre. Freundliche Grüße, Jonathan Schmidt.«

Jonathan will sich mit mir treffen. Falsch. Er will sich mit Mia treffen, und das ist ihm wichtig. Sehr sogar, denn es passt nicht zu ihm, dass er einer völlig fremden Frau schreibt und sie um ein Treffen bittet. Warum will er das?

»Warum will Jonathan sich mit Mia treffen?«, frage ich laut.

Günther antwortet nicht. Mittlerweile habe ich verstanden, dass ich dann nicht weiter nachzubohren brauche. Er wird schweigen. Und er hat in dem Fall recht. Unnötig zu grübeln, warum Jonathan sich mit Mia treffen will, denn es passt perfekt in meine Pläne. Und ich brauche mir keinen Grund für ein Treffen aus den Fingern zu saugen. Das ist ein Geschenk. Ein glücklicher Zufall. Oder? Egal. Ich werde Jonathan treffen. Nur das zählt.

»Hallo«, tippe ich. »Wir können uns gerne heute treffen. Um 11.00 Uhr im ›8 Grad Ost‹ in Schillig?«

Kaum, dass meine Nachricht gesendet ist, kommt eine Antwort zurück.

»Das passt. Bis gleich und danke.«

Bis gleich? Ich sehe auf die Uhrzeit. Schon halb zehn! Das geht doch gar nicht an. Wo ist die Zeit geblieben? Ich springe hektisch auf. Was zuerst? Anziehen. Nein erst duschen. Gedanken ordnen. Wie soll ich mich ihm gegenüber verhalten? Was ist mir wichtig? Vielleicht sollte ich mir Stichworte aufschreiben? Unsinn. Das schaffe ich nicht mehr. Erst einmal duschen und abregen.

Das gleichmäßige Prasseln des Wassers auf meinen Körper lässt mich ruhiger werden. Als ich den Kopf schampooniere, muss ich tief seufzen. Ach Mia, warum so ultrakurz? Nach dem Abtrocknen creme ich mich sorgfältig ein. An den Armen hat die Haut schon ein lichtes Braun angenommen. Nur von einem Tag. Mia muss eindeutig eine Zimmerpflanze gewesen sein.

Ich stehe vor dem Kleiderschrank. Das Wetter scheint wieder sommerlich heiß zu werden. An passender Kleidung für diese Temperaturen mangelt es nicht. Obwohl Mia anscheinend nicht viel draußen war, hat sie leichte, bunte Sommerkleider geliebt. Ein grasgrünes Kleid wirkt auf den ersten Blick überraschend schlicht. Ich ziehe es heraus und muss lächeln. Es ist ganz und gar nicht schlicht. Das hätte mich auch gewundert. Auf den Stoff hat Mia Luftballons aus anderen grünen Stoffen genäht. An jedem Ballon hängen bunte, geflochtene Bänder. Ich zucke mit den Schultern und ziehe es an. Jonathan trifft sich mit Mia und nicht mit mir. Das Kleid geht bis knapp an die Knie. Ich gebe mir einen Ruck. Die Beine bleiben nackt. Es ist zu warm für Leggins. Außerdem möchte ich Sonne auf der Haut spüren. Dazu schwarze Sandalen. Sie sind nur dezent mit bunten Steinchen verziert.

Als ich das Rad aufschließen will, überrollt mich eine Welle mit heftigem Lampenfieber. Durchatmen. Beruhigen. Mir wird nichts passieren. Ja, gleich werde ich Jonathan wiedersehen. Aber Jonathan wird keine Ahnung haben, wer ich bin. Er wird Mia gegenübersitzen. Genau das wird er denken. Denken müssen. Er hat sich mit Mia verabredet. Die Tatsache darf ich nicht vergessen.

Wann haben wir uns das letzte Mal in einem Restaurant getroffen? Das ist lange her. Ganz am Anfang. Als wir uns kennengelernt haben. Da sind wir essen gegangen. Am Südstrand in Wilhelmshaven. Nicht sehr oft. Dann hat Jonathan mir von seiner Tochter erzählt. Von da an war für mich selbstverständlich: sein Kind gehört dazu. Ich habe beide zu mir eingeladen. Meine Wohnung war klein, aber sie hatte einen sehr schönen Balkon. Ich habe leckere Menüs in der winzigen Küche gezaubert. Jonathan war total begeistert. Marietta auch. Das hat mich stolz gemacht. Ich war die Frau, die Wärme und Gemütlichkeit verbreiten konnte. Ihnen Geborgenheit geben. Von diesem Anspruch bin ich nicht wieder runtergekommen. Vielleicht hätte ich … Genervt unterbreche ich mich selbst. Lars hat immer gesagt: Hätte, hätte, Fahrradkette.

Ich stehe auf und radele langsam los. Der Fahrtwind ist sanft und kühlt mein erhitztes Gesicht. Ich fahre über den Deich. Dieses Mal muss ich nur das letzte Drittel vom Rad absteigen. Wenn meine Kondition sich so schnell verbessert, kann Mia noch nicht allzu lange mit ihrer Gesundheit Raubbau getrieben haben.

Auf der Deichkrone bleibe ich wie immer einen Augenblick stehen. Ich werde mich nie an den Farben von Schilf, Wasser und Himmel sattsehen. Hier bin ich zu Hause. Hier gehöre ich hin.

Ich rolle mit dem Rad auf der anderen Seite runter und fahre vor dem Deich weiter. Zu dieser Uhrzeit ist gut was los auf dem schmalen Weg. Radfahrer, die eine kleine Runde drehen. Vielleicht bis nach Minsen oder bis nach Friederikensiel mit einer leckeren Pause in der Deichräucherei. Ein paar Jogger. Sie sind längst auf der Rückrunde. Ich schaue ihnen neidisch hinterher. Auf jeden Fall werde ich wieder mit dem Laufen anfangen. Es fehlt mir. Auf der Wiese vor dem Campingplatz lassen Kinder und auch Erwachsene ihre Drachen steigen. Ein wenig weiter sieht man das Restaurant. Es ist auf einen Außendeich gebaut, um es vor Überflutungen zu schützen. Bei seinem Anblick flammt das Lampenfieber erneut in mir auf. Ich schließe umständlich das Rad an. Zeit gewinnen. Die letzte Strecke werde ich zu Fuß gehen. Ich will nicht nach Luft hechelnd oben ankommen.

Dann sehe ich ihn. Jonathan. Er steht vor dem Eingang und wartet auf mich. Nein, auf Mia. Vergiss das nicht. Er trägt wie immer eine Jeans und das übliche Poloshirt. Das Haar akkurat geschnitten. Der Seewind kann seiner Frisur nichts anhaben. Während ich auf ihn zugehe, wird mir bewusst, dass er Mia nicht kennt. Und Mia kennt auch ihn nicht. Wie soll ich mich erkenntlich machen? Jonathan nimmt mir die Entscheidung ab. Als er mich erblickt, lächelt er mir freundlich entgegen. Ich erwidere sein Lächeln automatisch und verstehe. Meine Mutter wird Mias Aussehen beschrieben haben. Und bei den markanten Eckdaten ist das Erkennen keine Herausforderung.

»Hallo, ich bin Mia«, sage ich dennoch. Vor allem, weil mir nichts Besseres einfällt.

Er reicht mir die Hand. Ich spüre die Wärme seiner Haut. Er hat zarte Hände. Die Berührung wirkt auf mich wie ein kleiner Stromschlag. Diese körperliche Anziehungskraft verwirrt mich. Sie ist weit intensiver als unser letzter Sex. Wann hatten wir den eigentlich? Auch lange her. Mindestens zwei Jahre. Jonathan hatte sich den Unterschenkel gebrochen. Er hat sich gelangweilt und war übelst gelaunt. An Sex war in der Zeit nicht zu denken. Ich weiß noch, wie ich mir eingestanden habe, dass mir unsere Umarmungen nicht gefehlt haben. Schlimmer. Ich habe sogar Erleichterung verspürt. Eine Verpflichtung weniger. Das Gefühl hat mich beschämt. Dann war er wieder gesund. Und ich dachte, das stimmt einfach nicht, wie es bei uns läuft. Ganz ohne Sex. Das ist doch keine Beziehung. In irgendeiner Illustrierten habe ich etwas über Erhaltungssex gelesen. Einfach machen. Das wäre besser als gar nicht zusammen sein. Die Lust würde sich dabei wieder entwickeln. Hat sie aber nicht. Und wir sind Berührungen stillschweigend aus dem Weg gegangen. Die Entfernung hat nicht wehgetan. Nur jetzt, in dem Augenblick, in dem ich seine Hand in meiner spüre, habe ich Sehnsucht. Dabei weiß ich noch nicht einmal, ob Jonathan der Auslöser für mein plötzliches Verlangen ist. Ich schüttele im Geist den Kopf. Was für schräge Gedanken. Nach wem sollte ich Sehnsucht haben außer nach Jonathan?

»Ich bin Jonathan«, höre ich ihn sagen. »Wollen wir bei den Vornamen bleiben?«

»Ja, gerne.«

KAPITEL 24

Wir gehen in das Restaurant. Hier herrscht noch nicht viel Betrieb. An der beliebten Fensterseite sind Tische frei. Von dort hat man einen herrlichen Blick über die Drachenwiese, die Naturdünen und weiter hinten die Umrisse der Inseln. Gleich unten am Deichfuß haben Camper ihre Domizile aufgeschlagen. Eindeutig Stammcamper. Sie haben zur Seeseite einen robusten Windschutz mit etlichen Spannseilen festgezurrt. Sie wissen, dass dieses hochsommerlich ruhige Wetter eine Ausnahme ist. Das Meer kann ganz anders.

Jonathan setzt sich mir gegenüber und lächelt mich ein wenig unsicher an.

»Danke, dass Sie so spontan gekommen sind.«

»Gerne«, sage ich und hätte mir am liebsten auf die Lippen gebissen. Schon wieder dieses bescheuerte Modewort. Wie oft habe ich das am Telefon gesagt, wenn das Gespräch beendet wurde und ich etwas für den Anrufer erledigen musste. Dabei konnte selten die Rede von gerne sein. Im Grunde hat mich alles gelangweilt. Hat es das? Ich sehe, Jonathan wartet auf eine Antwort von mir, und schiebe den Gedanken beiseite.

»Birthe war meine Freundin. Meine beste. Dieses Treffen ist auch für mich wichtig.«

Jonathans Gesichtszüge werden ernster, traurig.

»Es ist – es ist sehr schwer, wenn man gar keine Möglichkeit hatte, sich zu verabschieden. Sich vorzubereiten. Ich bilde mir ein, dann wäre es ein wenig leichter. Dann blieben nicht so viele Fragen offen und man hätte die Zeit genutzt. Um etwas nachzuholen. Oder noch zu sagen. Aber ich weiß es nicht. Ich habe keinen Vergleich. Vielleicht ist ein Abschied auf Raten sogar schwerer«, sagt er leise. Nun sieht er mich direkt an. Seine Augen sind sehr hell. Das hat mich anfangs fasziniert. Später dachte ich manchmal, sie sind farblos. Ohne Ausdruck. Nun wirken sie wieder hypnotisch.

»Birthe war noch so jung«, redet er weiter. »Sie hat ganz sicher nicht mit ihrem Tod gerechnet. Na ja, wer tut das schon mit vierzig? Ausgerechnet an dem Tag hat sie verschlafen. Das ist ihr noch nie passiert. Irgendwie war verschlafen bei Birthe unvorstellbar. Deshalb haben wir sie auch nicht geweckt. Meine Tochter und ich. Wir haben ohne sie gefrühstückt. Darüber war Birthe wütend. Ja, richtig verletzt. Das kannten wir von ihr gar nicht. Also solche Gefühle. Sie war ein unglaublich freundlicher Mensch. An dem Tag ist sie ziemlich aufgebracht aus dem Haus gegangen.«

Er atmet tief durch. »Schade, dass sie nicht weitergeschlafen hat.«

Alles in mir öffnet sich. Wird weich und füllt sich mit Zärtlichkeit. Ach Jonathan. Du hast anscheinend nur auf einen Menschen gewartet, dem du vertrauensvoll dein Herz ausschütten kannst. Sonst wärst du misstrauischer, zurückhaltender, wie es sonst deine Art war. Du musst sehr traurig sein. Und du hast recht. Ich habe nicht mit meinem Tod gerechnet. Wer tut das schon? Stimmt. Vielleicht sollte man? Wir haben nie über Tod und Endlichkeit gesprochen. Ich dachte, du lehnst das ab. Gelogen. Ich wollte auch nicht darüber nachdenken. Dabei hätte ich es tun sollen. Immerhin habe ich die Unberechenbarkeit des Lebens schmerzhaft erfahren müssen. Ich habe einen geliebten Menschen verloren. Ohne jede Vorwarnung. Diese Erfahrung habe ich erfolgreich verdrängt. Ach Jonathan. Ich muss mich zusammenreißen, um nicht nach seiner Hand zu greifen.

»Ich glaube, zu dieser Uhrzeit ist hier noch Selbstbedienung«, sagt er. Ich sehe ihn verstört an. Für einen Augenblick habe ich vergessen, wo wir sind.

»Was möchten Sie trinken? Oder etwas essen?«

Er steht auf und sieht mich fragend an.

»Einen Milchkaffee«, antworte ich mechanisch. »Und danke, ich habe keinen Hunger.«

Jonathan macht sich auf den Weg. Ich sehe ihm hinterher. Seine Bewegungen sind mir durch und durch vertraut. Und doch muss ich ihm wie einen Fremden begegnen. Wie kann ich diese Entfernung jemals wieder überbrücken?

»Günther?«

»Ja, Birthe.«

»Könnte sich Jonathan nicht in Mia verlieben? Oder besser, in mich. Weil Mia ihn mehr und mehr an mich erinnert und Äußerlichkeiten unbedeutend werden.«

Günther antwortet nicht.

»Warum antwortest du nicht? Was stört dich?«

»Du möchtest, dass alles so wird, wie es war.«

»Ja, kannst du das nicht verstehen? Oder glaubst du, es macht mir Spaß, in diesem Gefühlschaos herumzuirren. Ich möchte wieder wissen, wer ich bin.«

»Das ist wirklich verständlich. Aber – dein Wunsch-Happy-End wird dir nicht weiterhelfen.«

»Was heißt nicht weiterhelfen? Was bedeutet das? Soll ich irgendwas lernen? Sag es mir. Jonathan vermisst mich. Er hat durch meinen Tod begriffen, wie sehr er mich liebt.

Das Gefühl habe ich lange vermisst. Und es wäre ein wunderbarer Anfang. Ein Neuanfang für Jonathan und mich. Kannst du da nicht ein wenig helfen?«

Günther lacht leise. »Ich glaube, du verwechselst mich. Ich bin keine Märchenfigur und habe keinen Zauberstab im Gepäck.«

Ernster fügt er hinzu: »Ich habe mich schon einmal eingemischt. Was dich und Jonathan betrifft. Er tut dir nicht gut. Und du ihm auch nicht. Aber das wolltest du nicht hören.«

Zum Glück kommt Jonathan gerade zurück. Sonst wäre ich mit Günther wieder mitten in einem Streit gelandet. Manchmal geht er mir auf die Nerven. Warum ist er sich so sicher, was gut für mich ist und was nicht? Ich denke, das kann ich immer noch selbst entscheiden. Sicher mache ich dabei Fehler. Aber das sind meine.

Jonathan hat sich auch einen Milchkaffee geholt. Dazu ein Croissant. Er streut sich großzügig Zucker über den Milchschaum. Darüber habe ich mich immer ein wenig aufgeregt. Zucker ist ungesund. Darauf hat er nie gehört. Gleich wird er den süßen Schaum ablöffeln. Dabei macht er leise Schmatzgeräusche. Die habe ich wie eine Provokation empfunden. Aber nun sauge ich die vertrauten Abläufe und Geräusche begierig auf. Egal, was Günther sagt. Ich werde einen Weg finden. Versprochen. Jonathan und ich werden wieder zusammenkommen. Viel näher und echter als je zuvor.

»Wollen wir uns nicht duzen?«, platzt es aus mir heraus.

Er hört auf, sich seinem Milchschaum zu widmen, und sieht mich überrascht an. Mir wird heiß. War das zu schnell? Lass dir Zeit, Birthe. Er braucht sie. Verständlicherweise.

»Warum nicht«, sagt er nach einer gefühlten Ewigkeit. Ich atme erleichtert auf.

»Sogar sehr gerne«, fügt er hinzu. »Das macht es für mich leichter. Es ist schon sehr seltsam, dass Birthe nie etwas von dir erzählt hat. Wann habt ihr euch getroffen? Birthe war selten allein unterwegs. Eigentlich nur zum Joggen. Und natürlich nach Wilhelmshaven zu ihrem Arbeitsplatz. Ich hatte wirklich keine Ahnung, dass Birthe überhaupt eine Freundin hatte.«

Überhaupt eine Freundin hatte, klingt es in mir nach. Wieso haben sich alle ein festes Urteil über mich gebildet? Birthe: zuverlässig – ordnungsliebend – freundlich – langweilig. Und ohne Freundin.

»Das verwundert anscheinend nicht nur dich«, sage ich. »Birthe und ich haben uns sehr selten getroffen. Und wenn, dann in meinem Ferienhaus hier im Norderneyweg. Das hat unsere Freundschaft nicht weniger intensiv gemacht. Wir haben uns regelmäßig geschrieben.«

In Jonathans Augen glimmt es auf. Das kenne ich. Dann ist er sehr aufmerksam. Könnte ihn Neugier an meinen Rechner führen? Mein Kennwort ist leicht herauszufinden. Lars und sein Geburtsdatum. Aber dort wird er keine Mails von Mia finden. Birthe könnte sie zum Sichern auf einen Stick gezogen haben. Genau. Das könnte ich ihm sagen, falls er nachfragt. Und ich möchte nicht, dass er sie nach ihrem Tod liest.

»Ja, schreiben kann ich mir bei Birthe gut vorstellen«, sagt Jonathan. »Dabei konnte sie ihre Zeit einteilen. Entscheiden, wann sie schreibt, wann sie liest.«

Er sagt das sehr liebevoll. Es gefällt mir trotzdem nicht. Ich war eine Zeiteinteilerin. Eine Planerin. Eine Versorgerin. Eine, die alles hingekriegt hat. Die nach Meinung der anderen nicht wirklich gelebt hat. Da sind sie sich einig. Aber niemand hat mich darauf angesprochen. Sie haben mich in meinem Trott weitermachen lassen. Wahrscheinlich war es einfach bequem mit mir.

Jonathan hat seinen Blick gesenkt. Er konzentriert sich, um sein Croissant mit der Spitze in den Kaffee zu tauchen und unfallfrei in den Mund zu bekommen. Die Stille zwischen uns macht mich kribbelig.

»Birthe fehlt mir«, sage ich und hoffe, er antwortet: »Mir auch. Sehr. Ich weiß nicht, wie es ohne sie weitergehen soll.« Auf die erlösenden Worte warte ich vergeblich.

»Ja, alles ist anders«, sagt er endlich. »Im Haus fühlt es sich – unwirklich an ohne ihre Anwesenheit.«

Ich höre sein Zögern. Was will er mir sagen? Er sucht augenscheinlich nach Worten.

»Es macht mich traurig. Vor allem für Birthe. Sie war einfach zu jung. Also nicht nur, was ihre Lebensjahre betrifft. Sie war – manchmal kam sie mir vor wie ein unbeschriebenes Blatt. Deshalb ist es unvorstellbar, dass sie schon sterben musste. Aber danach geht es wohl nicht. Das hört sich seltsam an, nicht wahr?«

»Ein bisschen.« Worauf will er hinaus? Ich merke, wie ich mich mehr und mehr verspanne. Als säße ich einem Arzt gegenüber und habe die vage Ahnung, dass er mir gleich eine unschöne Diagnose beibringen wird. Die Anspannung halte ich nicht aus. Wo ist meine Duldsamkeit geblieben?

Er richtet seinen Oberkörper auf, als müsste er sich wappnen. Er überlegt. Quält sich regelrecht und nach mir greift Angst. Wenn er über seine Gefühle für mich so lange nachdenken muss, will ich sie gar nicht mehr hören.

»Ja, ich vermisse sie. Und ich bin traurig, wenn ich an sie denke. Aber«, er sucht meinen Blick, »du kennst Birthe wahrscheinlich besser als jeder andere. Mich eingeschlossen. Leider. Ihr habt euch viel geschrieben.«

Er holt tief Luft und nimmt für die nächsten Worte Anlauf. »Hat sie nie etwas über uns, über mich, ich meine, unsere Ehe gesagt?«

Was soll das? Wir – du und ich – haben nie über unsere Gefühle füreinander gesprochen. Jedenfalls nicht die letzten Jahre. Und nun willst du hören, was Birthe einer Freundin anvertraut hat. Ist das der Grund für dieses Treffen?

»Wenig«, antworte ich spröde.

Jonathan nickt nachdenklich. »Na ja, es gab auch nicht viel über uns zu reden. Ich hatte nur gedacht, zu einer Freundin wäre sie ehrlicher gewesen. Die Wahrheit ist, wir haben uns schon lange auseinandergelebt. Wie man so schön sagt. Ich wusste es und habe geschwiegen. Kein Gespräch gesucht. Immer wieder verschoben. Es passte immer nicht, habe ich mir eingeredet. Dabei bin ich nur den bequemen Weg gegangen und habe mich in meine Welt zurückgezogen. Das tut mir am meisten leid. Ich habe Birthe die Chance vermasselt, ein neues Leben anzufangen. Ohne mich.«

Was redet er da? Das ist Unsinn. So war es nicht. Dabei ahne ich, er hat recht. Aber das würde bedeuten …

»Du hast Birthe nicht mehr geliebt?«

Er betrachtet mich und lächelt. Nur kurz. Es ist das nachsichtige Lächeln, das man einem Kind schenkt. Einem Kind, das nur an das Gute glaubt und dem man nun eine Illusion rauben muss.

»Geliebt«, sagt er und zieht das Wort dabei in die Länge, als würde er es zum ersten Mal gehört haben.

»Ich habe sie sehr gern gehabt.«

»Gern«, wiederhole ich tonlos.

Jonathan holt tief Luft. »Das hört sich nicht sympathisch an, ich weiß. Aber gelogen habe ich lange genug.«

»Gelogen«, wiederhole ich verzweifelt. Was wird das hier?

»Nein«, sagt Jonathan und verzieht das Gesicht zu einer Grimasse, als ob ihm jedes Wort Schmerzen bereitet. »Es ist wirklich schwer zu beschreiben. Birthes Disziplin, ihre Plansucht hat mich manchmal zum Wahnsinn getrieben. Dabei war ich mir bewusst, also meistens, wie ungerecht das von mir war. Denn genau diese Eigenschaften haben mich anfangs angezogen. Ich hatte bei ihr das Gefühl … – wie soll ich das ausdrücken? Ein Heimatgefühl irgendwie. Und Ruhe. Birthe schien alles im Griff zu haben, während mein Leben zu der Zeit chaotisch war.«

Ich kann ihn ein paar Sekunden nur fassungslos anstarren.

»Du hast also Birthe geheiratet, weil sie deine Welt in Ordnung gebracht hat?« Ich würge jedes Wort einzeln heraus und muss mich zusammenreißen, um nicht auf der Stelle loszuheulen. Es flimmert vor meinen Augen. Jonathan sieht mich prüfend an. Na und? Was hat er für eine Reaktion von mir erwartet? Ich bin Birthes Freundin und parteiisch. Was er da gerade in ein paar Sätzen von sich gegeben hat, ist herzlos. Eine pragmatische Entscheidung für eine praktisch veranlagte Frau.

»Nein, so war das nicht«, beteuert Jonathan. »Das musst du mir glauben.«

»Wie war es denn?«, frage ich fordernder, als es mir als Birthes Freundin zusteht. Aber das ist mir jetzt völlig egal.

»Natürlich habe ich mich in Birthe verliebt. Sehr sogar. An ihr war alles so klar und ehrlich. Meine erste Frau hat mich von einem Tag zum anderen verlassen. Nicht nur mich, sondern auch unsere Tochter. Das muss man als Mutter erst mal übers Herz bringen.«

Jonathan trinkt einen Schluck und schüttelt den Kopf.

»Sie ist einfach abgehauen. Ich habe sie nur noch einmal gesehen, als sie die Scheidungspapiere unterschrieben hat. Ich habe …«

»Birthe war also nach deiner unberechenbaren Exfrau ein willkommenes Ruhekissen.« Ich kann einfach nicht anders.

»Nein, so war es nicht!«, wiederholt Jonathan. Dieses Mal so laut, dass uns neugierige Blicke treffen.

»Ich habe Birthe an ihrem Arbeitsplatz kennengelernt«, erzählt er leiser weiter. »Finanzamt Wilhelmshaven. Ich brauchte eine Auskunft und wurde von Pontius zu Pilatus geschickt. Dann bin ich Birthe zufällig auf dem Flur begegnet. Sie war für mich überhaupt nicht zuständig. Aber sie hat meine Verzweiflung erkannt und mir weitergeholfen. Sie war so freundlich und hat eine unglaubliche Ruhe ausgestrahlt. Als gäbe es keine Probleme. Schon gar keine bürokratischen. Im Nachhinein weiß ich, dass ich mich in diesem Moment in sie verliebt habe. Wieder zu Hause habe ich mich geärgert, dass ich sie nicht spontan auf einen Kaffee eingeladen hatte. Das Gefühl unserer ersten Begegnung begann sich schnell zu verflüchtigen. Ich hatte einfach zu viel um die Ohren. Da half mir die nächste Zufallsbegegnung. Birthe ist mir in der Bücherinsel in Horumersiel über den Weg gelaufen. Wir haben beide ganz offen unsere Freude darüber gezeigt. Es war an dem Tag sehr warm, und Birthe hat mich gefragt, ob wir ein Eis essen wollen. Das hat mir imponiert. Eine Frau, die nicht darauf wartet, dass der Mann den ersten Schritt macht.«

Ja, ich fand Jonathan auch vom ersten Augenblick an sympathisch. Er hatte so einen jungenhaften Charme. Und wirkte ein wenig hilflos. Das hat mir gefallen. Bei den nächsten Treffen hat er mir ungeniert seine Bewunderung gezeigt. Er war verliebt in mich. Anscheinend über beide Ohren. Das hat mir noch mehr gefallen. Auch seine leicht verhuschte Art. Dann habe ich Marietta kennengelernt. Dieses nette dünne Mädchen mit den langen Haaren. Jonathan hatte das alleinige Sorgerecht. Das hat mir mächtig imponiert. Und das Wichtigste, die Erfüllung nach einer eigenen Familie war in greifbare Nähe gerückt. Es war, als hätten die beiden nur auf mich gewartet.

»Wir hätten uns mehr Zeit zum Kennenlernen lassen sollen«, höre ich Jonathan nachdenklich sagen. »Es ging alles viel zu schnell. Ich meine, zusammenziehen und gleich heiraten. Aber es fühlte sich so natürlich an. Als wären wir schon immer eine Familie gewesen. Meine Mutter hat mich in meinem Handeln bestätigt. Ihre Meinung war mir wichtig. Sie hat in Birthe die richtige Frau für mich gesehen. Und die richtige Mutter für Marietta. Meine Tochter brauchte wieder eine weibliche Bezugsperson. Eine zuverlässige. Und ich Ordnung.«

Jonathan versucht ein schiefes Grinsen. Es macht mich wütend.

»Du hast also eine Ersatzmutter und eine Haushälterin gesucht.«

»Nein. So einfach ist das nicht. Überhaupt nicht. Aber ich war – ich war zu dem Zeitpunkt noch gar nicht wieder beziehungsfähig. Ich hatte keine Ahnung, was ich wollte. Oder wen ich wollte. Und das war Birthe gegenüber unfair. Sehr unfair. Aber ich habe das nicht bewusst gemacht. Das habe ich erst im Nachhinein verstanden. Ich bin da reingerutscht. Ich habe Birthes Ordnungssinn, ihre klaren Strukturen mit Ausgeglichenheit und innerer Ruhe verwechselt. Aber sie hatte keine innere Ruhe. Genau aus dem Grund brauchte sie ja ihren strengen Plan. Sie hat behauptet, Ordnung halten mache ihr Freude. Ohne diese Ordnung würde sie sich gestresst fühlen. Und Marietta und ich sind das genaue Gegenteil. Uns stören keine herumliegenden Klamotten. Das muss tierisch anstrengend für Birthe gewesen sein.«

»Das war es«, sage ich leise. Jonathan sieht mich an und nickt.

»Das tut mir leid. Aber für uns war es auch anstrengend. Birthe hat uns mit ihrer vorgegebenen Gangart tyrannisiert. Und derjenige, der Ordnung hält, ist im Recht. Die, die Unordnung machen, sind die Chaoten, die Verantwortungslosen. Birthe hat die Verantwortung getragen und sich nichts abnehmen lassen. Wenn ich es mir recht überlege, kann ich mir gut vorstellen, wie es zu dem Unfall gekommen ist. Sie war zu spät dran. Das muss furchtbar für sie gewesen sein. Birthe ist noch nie zu spät zur Arbeit gekommen. Wahrscheinlich hat sie versucht, die Zeit einzuholen. Und bum.«

Er schweigt einen Augenblick, und mir fehlen die Worte. Sogar die Gedanken. In mir ist alles wie leer gefegt.

»Es tut mir leid. Ich wollte nicht schlecht über sie reden. Das hat sie nicht verdient. Ich hoffe sehr, dass es ihr jetzt gut geht. Dass sie zur Ruhe gekommen ist. Na ja«, er lächelt wieder verlegen, »das wissen wir nicht. Aber das ist eine schöne Vorstellung.«

Ich bin noch immer nicht in der Lage zu antworten.

»Was ist mit dir?«, fragt er. »Warum sagst du gar nichts? Tut mir leid, wenn ich so persönlich geworden bin. Aber ich wüsste nicht, mit wem ich sonst darüber reden könnte. Das ist der Grund, aus dem ich dich treffen wollte. Vielleicht auch in der Hoffnung, noch etwas über Birthe zu erfahren. Sehr egoistisch, nicht wahr? Tut mir leid. Es belastet dich.« Er schweigt beschämt.

»Birthe hätte das wirklich gerne gewusst«, bringe ich endlich heraus. »Deine Gedanken über sie. Zu Lebzeiten. Es ist so traurig, dass ihr – beide nicht miteinander geredet habt.«

Er nickt schuldbewusst und überlegt laut weiter: »Vielleicht wäre alles anders gekommen, wenn Birthe ein Kind bekommen hätte. Sie hat sich eins gewünscht. Das weiß ich. Aber ich wollte nicht. Auf keinen Fall. Ich konnte nicht noch einmal die Verantwortung für so ein hilfloses Wesen übernehmen. Deshalb – ich kann keine Kinder mehr zeugen. Dabei wäre das mit Birthe sicher anders gelaufen. Sie hätte sich um ein Baby gekümmert. Nicht wie meine erste Frau. Die konnte seelenruhig weiterschlafen, wenn Marietta geweint hat. Ich bin immer mit einem mulmigen Gefühl zur Arbeit gegangen. Ich habe der eigenen Mutter nicht zugetraut, dass sie auf unser Baby gut aufpasst.«

Ja, ich wollte immer Kinder. Es war hart, als Jonathan mir gestanden hat, dass er keine Kinder mehr bekommen kann. Aber da war ich schon zu verliebt, um ihn deshalb zu verlassen. Verliebt in ihn und in Marietta und das Gefühl, eine Familie gefunden zu haben.

»Vielleicht ist es auch alles gut so«, sagt Jonathan leise. Er starrt für einen Augenblick schweigend aus dem Fenster. Gut so, denke ich. Nein, das war es nicht. Bevor ich antworten kann, überlegt Jonathan weiter.

»Ich kann mir nicht vorstellen, dass Birthe glücklich war. So wie es mit uns in den letzten Jahren gelaufen ist. Wir haben wie zwei Singles unter einem Dach gelebt. Mehr eine Wohngemeinschaft als eine Beziehung. Geschweige denn eine Liebesbeziehung. Unsere Gespräche waren rein organisatorisch. Über Marietta oder Haushalt. Für mich war es glaube ich einfacher, weil ich meine Arbeit sehr mag, und in der Freizeit trage ich Daten für eine Chronik zusammen. Dafür bin ich auch viel unterwegs gewesen. Für mich war es okay. Aber Birthe muss sehr einsam gewesen sein. Hat sie wirklich nie etwas erzählt? Sie kann doch nicht – nein noch nicht einmal zufrieden gewesen sein.«

Hat sie etwas erzählt? War ich zufrieden? Ich weiß es nicht mehr. Ich weiß nur, dass ich das Leben, das ich geführt habe, nicht hergeben wollte. Ja, Jonathan hat im Grunde für sich gelebt. Er war viel in seinem Zimmer oder unterwegs. Aber er ist immer wieder zurückgekommen. Ich wusste, zu wem ich gehörte. Und ich habe mich verantwortlich gefühlt. Ich musste darauf achten, dass Jonathan und Marietta nicht im Chaos versinken. Gesund essen. Die Gedanken sind mir plötzlich peinlich. War ich einsam? Haben sie mit diesem traurigen Bild von mir recht? Hat meine Mutter recht? In meinen Augen fängt es an zu kribbeln. Bloß nicht. Ich kann nicht antworten. Mir fällt auch nichts Sinniges ein. Soll ich ihm sagen, dass Birthe wenig erzählt hat? Ziemlich unglaubwürdig für eine enge Freundschaft. Die ich dann wohl zu Birthe nicht hatte. Jonathan hakt nicht weiter nach.

Er vermutet wahrscheinlich, dass ich Birthes Geheimnisse nicht ausplaudern will. Richtig. Will ich auch nicht. Das waren Jahre meines Lebens. Die verrate ich nicht mal eben bei einem Milchkaffee.

Ich hole tief Luft. »Schade, dass ihr so feige gewesen seid.«

Jonathan weicht meinem Blick aus.

»Das ist sehr schade. Und ich kann nur sagen, dass ich es von Herzen bereue. Birthe hätte einen anderen Mann verdient gehabt. Einen richtigen Familienmenschen. Ich habe mich im Grunde bei ihr nur ausgeruht.«

Der letzte Satz fühlt sich an wie ein Schlag in die Magengrube. Ich möchte weg. Nichts mehr hören. Warum musste ich das überhaupt alles anhören? Das tut nur weh. Günther! Hilfe!

Marietta. Ich muss mit Jonathan noch über Marietta sprechen. Das habe ich ihr versprochen.

»Marietta war Birthe sehr wichtig. Sie hat deine Tochter geliebt.«

Jonathans Gesichtszüge entspannen sich. Werden weich und erinnern an den Mann, in den ich mich vor langer Zeit verliebt habe.

»Ich weiß«, sagt er.

»Deshalb möchte ich an Birthes Stelle Marietta helfen.«

»Wieso helfen?«, fragt er irritiert.

»Ich habe Marietta am Strand getroffen. Zufällig. Wir sind ins Gespräch gekommen. Deshalb weiß ich, dass sie deine Unterstützung braucht. Marietta möchte ein Praktikum beim Senckenberg-Institut in Wilhelmshaven machen. Das heißt, sie hat es schon in der Tasche. Ein kleiner Lotteriegewinn. Aber dafür muss sie ein paar Monate mit auf eine Expedition. Auf einem Schiff. Was sie auch gerne möchte. Aber nun glaubt sie, dass sie dich nicht so lange alleinlassen kann. Dieses Gefühl wird ihr übrigens mit Erfolg von deiner Mutter eingeredet. Dabei hat Marietta selbst schon genug Gewissensbisse und Zweifel. Denn der Projektleiter dieser Expedition war der Unfallfahrer.«

»Wie jetzt?«

»Es ist der Mann, der Birthe … dem sie vor das Auto gelaufen ist.«

»Oh Gott, das ist ja – warum redet Marietta nicht mit mir?«

»Über Probleme redet ihr anscheinend alle nicht gern. Jedenfalls wäre es nicht in Birthes Sinn gewesen, wenn Marietta auf diese Reise verzichtet. Das hilft niemandem. Du weißt sicher, dass Birthe selbst aus falscher Rücksichtnahme bei ihren Eltern geblieben ist.«

»Ja, ich weiß. Kanntest du Birthe eigentlich schon, bevor ihr Bruder verunglückt ist?«

Auf diese Frage bin ich nicht vorbereitet. Aber auf was bin ich schon vorbereitet? »Ja«, antworte ich verwirrt.

»Und was für ein Mensch war sie? Oder hat sie sich gar nicht verändert?«

»Das ist lange her«, versuche ich auszuweichen. Jonathan sieht mich mit brennendem Interesse an. Warum hat er mich das niemals gefragt? Oder hat er?

»Birthe war damals – mutiger. Ja, sehr viel mutiger.«

Jonathan nickt, als würden meine Worte seine Vermutung bestätigen.

»Ja, Lars' Tod war ein tiefer Einschnitt. Seitdem hat sie sich auch von ihren Eltern mehr und mehr entfremdet. Als wir uns kennenlernten, herrschte schon Eiszeit zwischen ihnen. Wie es dazu gekommen ist, darüber wollte Birthe nicht reden. Sie hat mir immer nur ausweichende Antworten gegeben. Aber dass ich so wenig über Birthe weiß, hat nicht nur an ihr gelegen. Ich habe schnell aufgegeben. Nicht mehr nachgefragt und Birthe so genommen, wie sie ist. Dabei habe ich im Grunde keine Ahnung, wie sie ist. Wie sie war.«

Ich starre einer Wolke hinterher. Sie sieht aus wie ein großer weißer Vogel. Die Flügel weit gespannt. Ich kann hier nicht mehr länger sitzen und mit Jonathan über mein Leben reden. Als wäre es das einer gemeinsamen Bekannten. Ich muss dringend nach draußen an die frische Luft.

»Ich gehe«, verkünde ich übergangslos. »Versprich mir, mit Marietta zu reden und sie zu ermutigen.«

Jonathan sieht mich nur verdattert an.

»Versprich es«, dränge ich.

»Ich verspreche es. Und danke, dass du …«

Seine letzten Worte erreichen mich nicht mehr. Ich bin längst losgelaufen. Hastig. Einer Flucht gleich.

KAPITEL 25

Jonathan

Das war eine absolute Schnapsidee von mir, denkt Jonathan und sieht ihr hinterher. Die Frau ist regelrecht vor mir geflüchtet. Ich bin ein Idiot. Was hat mich geritten, ihr so viel Vertrauliches zu erzählen? Beim ersten Treffen. Habe ich mir wirklich eingebildet, ich könnte versäumte Gespräche mit Mia nachholen? Einer mir völlig fremden Frau. Was für eine bescheuerte, naive Anwandlung von mir. Aber als ich von Mia gehört habe, musste ich mich mit ihr treffen. Da war eine diffuse Hoffnung. Es hat mich unwiderstehlich zu diesem Treffen gezogen. Vielleicht war es zum Teil meine Verwunderung, als Lisa mir von Mia erzählt hat. Ich habe in all den Jahren nie eine Freundin von Birthe kennengelernt. Oder mitgekriegt, dass sie mit einer telefoniert oder sich verabredet hat. Warum hat sie Mia geheim gehalten? War sie ihr peinlich? Könnte sein. Mia sieht schon recht exzentrisch aus. Das absolute Gegenteil von Birthe. Ob es Mia wie mir ergangen ist? Hat sie sich von Birthes klarem Wesen angezogen gefühlt? Und dann irgendwann hat sie auch begriffen, dass sie einer Fata Morgana aufgesessen ist. Vielleicht hat Mia deshalb so empfindlich reagiert. Sie hat sich durch meine Geständnisse ertappt gefühlt. Das könnte sein, denn sie war richtig wütend. Besonders meine Vermutung, dass Birthe blindlings vor das Auto gelaufen sein könnte. Da hat Mia sich angegriffen gefühlt, als ginge es um sie selbst. Aber es entspricht nun mal der Wahrheit. Birthe war gestresst. Unter Zeitdruck. Und das nicht nur an diesem Morgen. Gegen ihre Unruhe konnte sie nicht anjoggen. Oder planen. Im Gegenteil. Sie war meistens unkonzentriert, weil sie im Kopf immer schon einen Schritt weiter war. Wenn wir zusammen gegessen haben, hat sie im Geiste schon den Tisch abgeräumt und die Spüle angestellt. Wenn Marietta und ich noch sitzen bleiben wollten, muss das für Birthe wie Folter gewesen sein. Sie wollte aufräumen. Weitermachen. Immer weitermachen. Beim Frühstück hat sie manchmal laut überlegt, ob sie an dem Tag die Betten abziehen soll oder nicht und allen Ernstes eine Antwort erwartet. Selbst wenn wir zusammen waren, hatte ich immer das Gefühl, ich muss mich beeilen. Weil sie weiterwollte. Fertig werden. Und ich habe mich beeilt und die Lust verloren, mit Birthe zu schlafen. Es schien ihr nicht gefehlt zu haben. Jedenfalls hat sie nichts unternommen, um mir wieder nahe zu kommen. Ob es ihr jemals mit mir gefallen hat? Ich habe keine Ahnung. Mia weiß mehr von Birthe. Da bin ich mir sicher. Aber sie will nicht über sie reden. Sie muss sie sehr gern gehabt haben. Das habe ich auch. Ich habe sogar geglaubt, dass ich sie liebe. Aber das ist schon lange her. Da brauche ich mir nichts vorzumachen. Wenn ich die Zeit zurückdrehen könnte, wäre ich ehrlich zu Birthe. Auf die Gefahr hin, dass es sie verletzten würde. Aber für diese Einsicht ist es zu spät. Das muss ich einsehen. Ich war feige, und nun ist es zu spät. Nicht nachholbar. Ich kann lediglich Konsequenzen für die Zukunft ziehen. Mir ehrlich eingestehen, dass ich gerne allein lebe. Und die Nachteile des Alleinlebens akzeptieren. Das zu mir. Das wusste ich bereits. Das ist das Schlimmste. Ich wusste es. Sonst kämen die Gedanken nicht so klar. Nicht jetzt. Denn jetzt geht es um Marietta. Wie beschissen muss sie sich fühlen. Das arme Mädchen. Der Expeditionsleiter war der Unfallfahrer. Ich werde noch heute mit ihr sprechen. Dann hatte das Treffen mit Mia seinen Sinn.

KAPITEL 26

Ich taumele aus dem Restaurant. Verliere fast das Gleichgewicht. Auf der Terrasse sitzen Gäste in der Sonne. Sie begaffen mich. Ich biete ihnen eine willkommene Abwechslung. Sollen sie gaffen. Ich stolpere mehr als ich laufe nach unten bis zum Spielplatz. Dort zwingt mich die fehlende Kondition zum Stehenbleiben. Ich ziehe keuchend die frische Luft ein. Sie schmerzt in den Lungen. Ich will weiter. Weg von dem Spielplatz und dem lauten Treiben. Lachende, kreischende Kinder. Überall so viele Menschen. Es ist Hochsaison. Um diese Uhrzeit ist hier Alleinsein Luxus. Ich gehe langsam, bis ich ganz nah am Meer bin. Und habe Glück. Eine freie Bank. Ich lasse mich fallen. Völlig ausgepumpt, als hätte ich einen Marathon hinter mich gebracht. Der Seewind streicht mir liebkosend durchs Gesicht. Sein Trost gibt mir den Rest. Ich kann nichts mehr sehen. Tränen quellen mir aus den Augen. Immer mehr. Ich muss schluchzen, bis mich ein Weinkrampf heftig schüttelt. Ich kann nichts dagegen tun. Vorbeispazierende senken betreten die Blicke. Mein öffentlicher Gefühlsausbruch ist ihnen unangenehm. Das ist gut. So kommt niemand auf die Idee, mich zu fragen, ob ich Hilfe brauche. Was könnte ich antworten? Etwa, dass ich mein altes Leben zurückhaben möchte. Aber gleichzeitig zu begreifen beginne, dass mich niemand vermisst. Nicht genug, um mir zu helfen, dass ich den Weg zurückfinde. Das würde niemand verstehen. Wie sollten sie auch?

»Günther?«, schluchze ich.

»Ja, ich bin bei dir.«

Seine Antwort tut gut. Mehr als jemals zuvor. Er ist mein einziger Vertrauter. Ich fummele ein Taschentuch hervor und putze mir geräuschvoll die Nase.

»Weißt du, wie sich das anfühlt?«, fange ich mit heiserer Stimme an zu sprechen. »Als wäre ich ein Gespenst gewesen. Mich hat es nicht gegeben. Die Menschen, denen ich nah war, kommen ins Schleudern, wenn sie mich beschreiben sollen. Es fehlen ihnen die Worte. Es fallen ihnen nur lahme Nettigkeiten ein. Die ich übrigens nicht nett finde. Zuverlässig, ausgeglichen, um nicht »langweilig« zu sagen. Und das Schlimmste daran ist, ich kann mich selbst nicht mehr erinnern. Wie war ich? Da reiht sich ein Tag an den anderen. Ich kann sie nur vom Datum unterscheiden. Gezählte Tage. Keine gelebten. Eines weiß ich. Ich habe Sehnsucht gehabt. Eine diffuse, die ich nicht näher beschreiben könnte. Meistens habe ich sie ganz tief in mich vergraben. Nur manchmal, wenn ich nicht aufgepasst habe, kam sie an die Oberfläche. Ohne Voranmeldung. Dann hat sie mir fast die Luft abgedrückt. So weh hat sie getan. Vielleicht hätte ich Tagebuch schreiben sollen. Ich hätte mich für einen Augenblick auf mich einlassen müssen. Und es wäre jetzt eine große Hilfe, um mich im Nachhinein besser zu verstehen.«

Ich atme tief durch. Die Worte sind nur so aus mir herausgesprudelt. Günther lässt mir Zeit. Dann antwortet er: »Das könnte sein. Vielleicht auch nicht. Sicher ist, du hast kein Tagebuch geführt. Aus gutem Grund. Du wolltest dich nicht mit dir auseinandersetzen. Du hast viel für deine Ablenkung getan. Nur nicht zur Ruhe kommen. Ruhe hat dir Angst gemacht. Aber herumjammern hilft dir jetzt nichts. Du hast keine Generalprobe gelebt. Das war die Premiere. Und nun geht es weiter. Anders, aber es geht weiter.«

»Jetzt wirst du gemein. Und hart. Du musst doch am besten wissen, dass ich mit Veränderungen ein großes Problem habe.«

»Das weiß ich, Birthe. Und ich werde nur so hart, wie es gut für dich ist. Ich liebe dich.«

Seine letzten Worte lassen mich heftig schlucken. Ohne Erfolg. Die Tränen laufen wieder. Ich kann mich kaum beruhigen. Ich liebe dich. Wann hat diese Worte das letzte Mal jemand zu mir gesagt? Jonathan? Nein. Er war in mich verliebt. Das ist etwas anderes als Liebe. Er war ehrlich und hat es nie ausgesprochen. Das habe ich auch verdrängt. Er hat gesagt, wie sehr er mich bewundert. Meine Klarheit, die er wie eine Kraftquelle empfand. Das hat mir geschmeichelt. Und gereicht. Damals. Ich war das genaue Gegenteil von seiner ersten Frau. Jemand, auf den er sich verlassen konnte. Auch das hat mir gefallen. Ich wollte heiraten. Unbedingt. Und ich wollte eine Familie haben. Ein Zuhause.

Marietta. Sie liebe ich. Aber sie hat mich nur sehr gern gehabt. Das hat sie gestern ganz frei zugegeben. Und sie hat sich Sorgen um mich gemacht. Um mich. Dieses Kind. Sie hat gefühlt, dass ich verdränge und meine Zeit nicht lebe. Aber sie hat keinen Zugang zu mir gefunden. Das habe ich nicht zugelassen.

Was ist mit meinen Kolleginnen? Sie haben mich ganz sicher nicht geliebt. Ja, sie vermissen mich. Das glaube ich ihnen sogar. Obwohl sie nicht mich meinen, sondern meine Zuverlässigkeit. Meine Ausgeglichenheit. Mein stets offenes Ohr. Das haben sie manchmal gesagt, und ich habe es als Lob empfunden. Ich habe sie nie mit Problemen belastet. Wie auch? Ich habe meine nicht gekannt. Ihnen zuzuhören, das hat mich abgelenkt. Ich war fast enttäuscht, wenn sie gut drauf waren. Dann hatten wir keinen Gesprächsstoff. Und mir wurde für einen Augenblick unsere Entfernung bewusst. Zum Glück dauerte der Zustand nie lange. Sie hatten immer irgendein kleines Drama auf Lager.

Meine Mutter? Der Gedanke an sie gibt mir einen schmerzhaften Stich in der Herzgegend. Ja. Ich kann mich erinnern. Sie hat zu mir gesagt: Ich liebe dich. Immer wieder. Ich liebe dich, mein kleines Mädchen. Wenn sie mein Kleid glattgestrichen hat, bevor sie mich in die Kindergartengruppe schickte und alleinlassen musste. Vor der ersten Klassenfahrt hat sie mir die Worte ins Ohr geflüstert. Das hat wie ein Schutzzauber gewirkt. Später, als ich zum ersten Mal menstruiert habe. Ich war in Panik, obwohl ich aufgeklärt war. Meine Mutter hat mich in den Arm genommen. Oder als ich mit Uwe zusammengekommen bin. Da habe ich mit ihr auf dem Bett gelegen. Mitten am Tag. Und sie hat mir kleine Geheimnisse anvertraut. Von Frau zu Frau. Und mir gesagt, dass sie mich liebt.

Mein Vater. Er hat selten über seine Liebe zu mir gesprochen. Aber wenn, dann war es wunderbar. Wie ein unerwarteter warmer Regen aus Zärtlichkeit. Ich war geborgen. Und ich dachte, das geht nie vorbei.

Lars? Ja, Lars. Er hat gesagt: Ich liebe dich, meine Kleine. Bis bald. Das waren seine letzten Worte am Flughafen. Ich habe mit meinen Eltern gewartet, bis sein Flieger mit ihm abgehoben ist und am Horizont verschwand. Auf nach Neuseeland. In drei Monaten würde ich ihn wiedersehen. Das war unser Geheimnis. Ich würde für ein Jahr bleiben.

Die letzten Klausuren vor dem Abi liefen, und ich hatte keine Zeit, um Abschiedsschmerz aufkommen zu lassen.

Die beiden Männer in meinen Leben vor Jonathan. Uwe hat es nicht gesagt. Aber er hat mich geliebt. Eine Zeit lang. Das glaube ich immer noch. Erik hat es nach jedem Orgasmus gesagt. Ich mochte es nicht.

»Bleib immer bei mir, Günther«, sage ich leise.

»Das werde ich.«

»Ich würde mich so gerne an dich lehnen. Ein wenig mehr Nähe spüren als nur deine Stimme hören.«

»Das kannst du. Ich sitze neben dir auf der Bank. Versuch dir das vorzustellen.«

Ich schließe die Augen. Neben mir sitzt Günther. Ich sehe ihn, wie er lässig ein Bein über das andere geschlagen hat. Sein linker Arm ruht auf der Lehne hinter meinen Rücken. Ich lehne mich leicht zur Seite und spüre ihn. Das tut so gut. Sitzen bleiben. Nicht wieder die Augen öffnen. Als ich es dennoch tue, muss einige Zeit vergangen sein. Das Meer hat sich weit zurückgezogen. Kinder haben längst den freigelegten Boden erobert. Sie bauen eine Burg.

»Ich kann mich an nichts wirklich Sinnvolles in meinem Leben erinnern. Und irgendwie befürchte ich, dass sich das nicht ändern wird. Ich habe keine Idee.«

»Was hältst du denn für sinnvoll?«

»Das ist ja die Frage. Etwas, das Spuren hinterlässt. Sich lohnt. Also jetzt nicht materiell. Immerhin haben wir nicht viel Zeit, um etwas zu bewegen.« Ich stocke. »Wie viel Zeit habe ich eigentlich?«

»Die Frage kann ich dir nicht beantworten, und sie ist auch nicht wichtig.«

Ich atme tief durch. Wenn Günther sagt, das ist nicht wichtig, brauche ich mir keine Mühe zu geben, ihn davon zu überzeugen, dass die Antwort für mich durchaus wichtig wäre.

»Schau dir die Kinder dort an«, höre ich Günthers Stimme ganz nah an meinem Ohr. »Sie bauen eine Sandburg. Nicht irgendeine. Sondern eine, die so schön wie möglich und so stabil wie möglich wird. Dafür werden sie arbeiten, bis ihre Eltern sie zum Abendbrot reinholen. Sie sind vielleicht nicht den ersten Tag hier und wissen, dass die neue Flut ihr Kunstwerk zerstören wird. Das hält sie nicht davon ab, alles zu geben. Ihre Eltern wissen mit Sicherheit, dass die Burg nicht stehen bleibt. Aber auch sie erfreuen sich an dem Werk. Und was meinst du? Lohnt sich das? So viel Energie für nichts?«

Ich betrachte die Kinder. Sehe ihre vor Begeisterung glühenden Gesichter. Zwei Väter haben sich anstecken lassen und bauen mit. Spaziergänger betrachten die Baumeister lächelnd. Alle wissen von der nächsten Flut und stellen nicht die Frage, ob es sich lohnt. Ich lehne mich wieder fester an Günther.

»Moin!«

Ich zucke heftig zusammen. Die Frauenstimme ist dicht hinter mir und meint anscheinend mich. Ich drehe mich um. Es ist meine Nachbarin. Tomke Heinrich. Sie bockt ihr Fahrrad auf.

»Oh tut mir leid. Ich wollte Sie nicht erschrecken«, sagt sie und setzt sich unaufgefordert neben mich. Ich muss mich schwer zusammenreißen, um nicht zu schreien: Vorsicht! Sie erdrücken Günther. Aber er hat mit Sicherheit längst den Platz gewechselt. Wobei er wahrscheinlich nicht zu erdrücken ist.

Tomkes Augen streifen mein Gesicht. Ganz kurz, als wäre es ohne Absicht geschehen. Aber sie tut nicht so, als hätte sie nichts gesehen, oder schaut betreten zur Seite. Nein, sie sieht mich nun direkt an.

»Weinen Sie um Birthe?«, fragt sie mitfühlend. »Ihr Tod geht Ihnen sehr nahe, nicht wahr?«

Ich nicke. Ja, denke ich. Ich weine, um Birthe.

»Ich hätte mich mehr um sie kümmern müssen«, sage ich leise.

Tomke antwortet nicht. Schwächt meine Selbstanschuldigung nicht ab.

»Sie war eine perfekte Schauspielerin. Ich bin auf sie reingefallen«, sage ich.

Nun nickt Tomke.

»Ja, das war sie. Mich hat sie auch getäuscht. Dabei hatte ich schon meine Zweifel. Ich habe manches Mal gedacht, so diszipliniert kann kein Mensch sein. So funktioniert nur ein Roboter. Aber Birthe hat ihre Distanz verteidigt. Sie hat keine meiner Einladungen angenommen. Mal eben auf einen Tee. Das habe ich nicht nur einmal versucht. Irgendwann habe ich aufgegeben. Ist das in Ordnung, wenn wir uns duzen?«

Ich nicke. Immerhin habe ich mich vorher auch mit ihr geduzt. Die einzige Vertrautheit zwischen uns. Sie beruhte nur auf dem Nachbarschaftsstatus.

»Und du meinst, sie war unglücklich?«, höre ich Tomke fragen.

»Was heißt unglücklich. Sie war im Grunde gar nichts. Sie hat immer schön aufgepasst, dass sie in ihrem Fahrwasser bleibt. Ich habe sie auch in Ruhe gelassen. Es war bequemer, sie nicht anzusprechen. Ihr einfach zu glauben.«

Tomke betrachtet die spielenden Kinder.

»Das kann ich verstehen«, sagt sie nach einiger Zeit.

»Aber du – du sagst sicher immer geradeheraus, was du denkst.«

»Nee, tue ich nicht. Jedenfalls nicht schon immer. Das musste ich erst lernen, und glaub mir, ich habe ganz schön Lehrgeld gezahlt.«

Ein warmes Gefühl steigt in mir hoch. Tomke ist so ehrlich. Warum habe ich mich nie mit ihr getroffen? Vielleicht wäre ich dann …

»Hast du Lust, mit auf einen Tee zu mir zu kommen?«, höre ich sie da fragen.

Ja, ich würde gerne mitkommen. Noch nicht allein sein. Sorry, Günther. Tomke ist aus Fleisch und Blut, und ich fühle mich wohl in ihrer Gegenwart. Aber meine Mutter wohnt bei ihr. Jonathan möchte ich so schnell auch nicht wieder begegnen. Und Marietta würde vielleicht denken, ich beobachte sie. Wegen Pete. Ich stöhne leise auf. Könnte. Könnte. Und was möchte ich? Tomkes Einladung annehmen.

»Ja, eigentlich sehr gerne.«

»Und uneigentlich?«

Ich muss lächeln. »Uneigentlich auch. Danke, ich komme gerne mit.«

KAPITEL 27

Ich gehe mit Tomke ins Haus. Dabei wird mir noch einmal bewusst, dass ich sie nie besucht habe. Nicht ein einziges Mal. Dabei sind wir schon so lange Nachbarinnen. Und Tomke ist ein offener, herzlicher Mensch. Sie hat mich nicht nur einmal auf eine Tasse Tee eingeladen. Ich habe immer abgelehnt. Warum? Meine Entschuldigungen klingen im Nachhinein für mich selbst mehr als lahm. Der Zeitpunkt passte nicht, weil eine spontane Einladung meinen Rhythmus durcheinanderbrachte. Das hat mich sofort unruhig gemacht. Tomke hat irgendwann aufgegeben, mich zu sich rüberzulocken. Das hat mich erleichtert – und gleichzeitig enttäuscht. Manchmal, am Abend, wenn ich zu ihr rübergeschaut habe und eine Lampe auf ihrem Flur warmes Licht verbreitet hat. Dann habe ich mich über mein Zaudern geärgert und konnte mich selbst nicht verstehen.

Der Flur ist schmal geschnitten. Ähnlich wie bei uns. Die Wände sind mit zarten Grüntönen gestrichen. Eine Garderobe aus freundlichem hellen Holz. In der Ecke eine Stehlampe mit einem orangefarbenen Schirm. Gleich rechts führt eine Holztreppe in den ersten Stock. An ihrem Fuß stehen ein Koffer und eine Reisetasche.

»Birthes Mutter reist morgen früh ab«, erklärt Tomke ungefragt. »Das ist wohl mein Schicksal. Immer, wenn ich mich an einen Menschen gewöhnt habe, reist er weiter.«

Ihr lakonisches Lächeln kann nicht über ihre Traurigkeit hinwegtäuschen. Das erstaunt mich. Sicher, ich weiß,

Tomke ist Witwe. Aber sie strahlt so viel Zufriedenheit aus. Ich hätte nie vermutet, dass sie sich einsam fühlt und gerne mit jemandem zusammenleben würde. Und wenn ich das wäre? Der Gedanke trifft mich wie ein Blitz. Geld genug habe ich. Ich könnte mich bei Tomke einmieten und wäre auch nicht mehr allein. Und gleich nebenan leben die Menschen, die … die was? Mir wichtig sind? Vielleicht. Aber bin ich ihnen wichtig? Nein, so verlockend der Gedanke auch ist, es wäre eine Sackgasse. Irgendwie habe ich das Gefühl, dass Günther gerade zustimmend nickt.

Tomke führt mich nicht in das Wohnzimmer, sondern in eine kleine Küche. Sie ist funktionell eingerichtet und wirkt dennoch gemütlich. Auf dem Fensterbrett stehen Kräuterkästen. Auf dem Herd Töpfe. Pfeffer, Salz und Öle griffbereit. In dieser Küche wird nicht nur Tee getrunken, sondern gekocht.

»Möchtest du erst ein Glas Wasser?«, fragt Tomke. »Den Tee setze ich gleich auf.«

»Ja, gerne Wasser. Um ehrlich zu sein, nur Wasser. Für Tee ist es mir heute zu warm.«

Tomke lächelt. »Ich kann immer Tee trinken. In jeder Lebenslage. Setz dich doch.«

Es gibt zwei Stühle zur Auswahl, die an einem schmalen Tisch stehen. Ich wähle den am Fenster, lehne mich zurück. Tomke reicht mir ein Glas Wasser. Ich trinke langsam und beobachte ihre Vorbereitungen. Sie kocht genau wie meine Mutter das Wasser in einem Kessel und nimmt lose Teeblätter und keine Beutel. Allerdings benutzt sie nicht die winzigen Finkennäpfe. Sie hat reelle Pötte. Ich sitze da und sauge ihre Bewegungen in mich auf, als sähe ich einen entspannenden Film. Wir reden nicht. Das ist angenehm. Tomke lässt mich einfach hier sitzen und stellt mir keine Fragen. Jemand klopft an die Küchentür.

»Komm rein«, sagt Tomke und gießt weiter konzentriert das sprudelnde Wasser in die Kanne.

Es ist meine Mutter. Wir starren uns einen Augenblick wortlos an. Ich bilde mir für den Bruchteil einer Sekunde ein, sie erkennt mich. Dann senkt sie verlegen den Blick, und das unwirkliche Gefühl löst sich auf. Sie hat mein verweintes Gesicht gesehen. Das ist alles. Und sie wird annehmen, dass ich mich gerade bei Tomke ausspreche.

»Ich wollte nicht stören«, sagt sie folgerichtig und beginnt schon den Rückzug anzutreten.

»Du störst nicht. Oder?« Tomke sieht mich fragend an. Ich zögere. Stört mich meine Mutter? Ich wollte Tomke nichts Bewegendes erzählen. Was sollte ich auch? Ich wollte nur ein wenig zur Ruhe kommen. Aber meine Mutter? Ich schüttele dennoch den Kopf. Meine Mutter scheint mir nicht zu glauben. Und sie hat recht. Ihre Gegenwart bringt mich durcheinander. Und das nicht erst seit heute. Ich verkrampfe mich seit zwanzig Jahren, wenn ich sie sehe. So klar habe ich das nie erkannt. Ich habe so viel schöne Energie für die Abwehr verbraucht. Aber nun steht sie vor mir und weiß nicht, wer ich bin. Morgen wird sie abreisen. Und meine Chance, ihr die Fragen zu stellen, die mir schon so lange auf der Seele brennen, ist vertan. Wahrscheinlich für immer. Denn ich wüsste keinen Grund, aus dem ich sie in Dannenberg besuchen sollte. Ich muss mich bewegen. Entscheiden. Jetzt. Ich bin Birthes Freundin. Sie hat mir alles erzählt. Und ich werde meine Mutter endlich fragen, warum sie mich hier alleingelassen haben. Warum sie Marion mehr lieben als ihre Tochter. Warum sie mich meiden, als hätte ich Lars auf dem Gewissen. Irgendwie bin ich plötzlich sicher, dass diese Fragen für mich der Dreh- und Angelpunkt sind. Um die geht es. Oder? Günther? Sie sind wichtig, nicht wahr?

»Ja, sie sind wichtig.«

Okay. Mein Schutzengel gibt mir grünes Licht. Antwortet sogar klar. Also los, Birthe. Trau dich. Was soll passieren? Noch mehr Verletzungen? Geht nicht. Ich hebe meinen Kopf und sehe meine Mutter fest an.

»Sie stören nicht. Ganz im Gegenteil. Haben Sie einen Augenblick Zeit? Für mich. Ich habe – ein paar Fragen an Sie.«

Meine Mutter sucht Tomkes Blick. Als erwarte sie von ihr eine Antwort. Tomke hält sich raus. Sie kümmert sich um den Tee.

»Ja, ich habe Zeit«, antwortet meine Mutter bedächtig. »Es ist alles gepackt.« Sie streckt sich. »Und ich wollte Sie – ich habe auch noch ein paar Fragen, die ich – die habe ich Birthe nicht gestellt. Immer verschoben. Und nun … Was haben Sie für Fragen an mich?«

»Birthe hat mir viel erzählt. Und ich würde gerne verstehen, warum Sie sich – also Birthe und Sie – warum Sie sich so fremd geworden sind.«

Das linke Auge meiner Mutter beginnt nervös zu zucken. Schlechtes Gewissen, denke ich. Da muss sie jetzt durch.

Jetzt mischt Tomke sich doch ein. »Aber nicht hier zwischen Tür und Angel. Ich habe das Gefühl, ihr braucht dafür beide einen Sitzplatz. Ihr könnt in die kleine Stube gehen. Da ist es gemütlicher. Und es wird sich leichter reden, wenn ihr euch duzt. Mia und ich tun das bereits.«

Wir antworten nicht. Nicken nur wie folgsame Kinder.

»Ich stell euch alles zurecht. Ihr wollt sicher allein sein«, sagt Tomke.

Meine Mutter und ich wechseln einen geradezu entsetzten Blick miteinander.

»Nein, bleib bitte dabei«, sage ich, und meine Mutter nickt heftig. Ganz klar. Die Vorstellung, allein miteinander zu sein, macht uns beiden Angst. Tomke packt kommentarlos ein Tablett. Sie lässt sich keine Irritation anmerken. Wahrscheinlich macht das die jahrelange Erfahrung als Pensionswirtin. Ich möchte nicht wissen, wie viel Gäste sich schon bei ihr ausgesprochen oder sogar ausgeheult haben.

Die kleine Stube hat ihren Namen zu Recht. Es ist ein urgemütliches Zimmer. Eine Zweisitzercouch, ein zierlicher Holzschreibtisch, zwei bequeme Stühle mit Armlehnen und ein kleiner runder Tisch. Dominiert wird alles von einem Gummibaum. Er ist schon betagt und steht in einem riesigen Tontopf. Seine Ranken hat Tomke an der Wand entlang geführt. Sie umarmen fast den ganzen Raum. Vor dem Fenster hängt ein Hauch von Gardine. Rechts und links Stores in einem warmen Orange. Das Fenster zeigt zum Nachbarhaus. Zu unserem Haus. Vor hier aus kann ich wunderbar in meinen Garten sehen. Falsch. Das ist nicht mehr mein Garten. Er gehört Jonathan und Marietta. Der Gedanke fühlt sich noch immer wie ein scharfes Messer im Bauch an. Tomke stellt ein Tablett mit zwei Teepötten, einer Schale Kekse und ein großes Glas Wasser auf den Tisch. Dann holt sie die Teekanne und setzt sich ein wenig abseits an den Schreibtisch. Meine Mutter entscheidet sich für das Sofa, und ich nehme den zweiten Stuhl.

Niemand sagt ein Wort. Wir beobachten so konzentriert, wie Tomke Tee einschenkt, als hätten wir diesen Vorgang noch nie im Leben gesehen. Ich zwinge mich, meinen Blick auf meine Mutter zu richten. Sie ist alt geworden, denke ich wieder. Das Gesicht so klein. Und sie hat abgenommen. Auf dem Sofa wirkt sie bemitleidenswert zerbrechlich. Ist sie diesem Gespräch gewachsen? Diesen nachträglichen, viel zu späten Anschuldigungen. Was machen die noch für einen Sinn? Ich unterdrücke ein Stöhnen. Was soll mein Zögern schon wieder? Eben in der Küche war ich von der Wichtigkeit überzeugt. Ich habe sogar die Unterstützung von Günther gefühlt. Ich räuspere mich, trinke einen Schluck Wasser. Meine Mutter sieht mich erwartungsvoll an.

»Vielleicht – vielleicht steht es mir gar nicht zu, Fragen zu stellen. Immerhin geht es um Birthes Leben, und sie ist tot«, sage ich unsicher. Bei dem Wort tot habe ich das Gefühl, würgen zu müssen. Das ist eine Lüge. Ich weiß es besser. Birthe ist nicht gestorben. Sie ist nicht verschwunden. Sie sitzt hier. Dir gegenüber. Mit ihrer ganzen Vergangenheit. Und ihren Fragen.

»Das müssen Sie, ich meine, das musst du entscheiden«, sagt meine Mutter leise. »Ich kann nur betonen, wie wichtig das für mich wäre. Du bist der einzige Mensch, der weiß, was in meiner Tochter vorgegangen ist. Ich habe mir immer ein Gespräch mit ihr gewünscht. Ein Gespräch, das diese Verspannungen gelöst hätte. Die ich ja auch gefühlt habe. Aber immer, wenn ich es mir vorgenommen hatte, war Birthe besonders kühl und abweisend. Als hätte sie es geahnt. Sie ist mir aus dem Weg gegangen. Das konnte sie gut. Sie war immer beschäftigt, und wir – also mein Mann und ich – haben uns nicht willkommen gefühlt. Deshalb haben wir uns auch im ›Leuchtfeuer‹ einquartiert. Birthe ist mir fremd geworden.« Sie holt tief Luft. »Ich kann mir vorstellen, wie sich das anhört. Aber auch die eigene Tochter kann einem fremd werden.«

Ich setze mich gerade auf. Das kriegt sie ja wieder wunderbar hin. Gerade noch war sie ansatzweise ehrlich, und nun ist sie das alleinige unverstandene Opfer. Ihre Tochter hat sich von ihr abgewendet. Arme Frau. Böse Tochter. Mein gerade noch aufkeimendes Mitgefühl ist wie weggeblasen. Nein, ich werde sie nicht schonen.

»Vielleicht hört sich das jetzt hart an, aber mein Mitleid mit dir hält sich in Grenzen. Ich habe hautnah mitgekriegt, wie sehr Birthe gelitten hat. Unter eurer Gleichgültigkeit. Eure sparsamen Besuche, wie Fremde. Freundliche Fremde, aber nicht von Eltern. Ihr habt euch für Birthes Leben nicht mehr interessiert.«

Meine Stimme kippt in der Tonlage mehrmals bedenklich hin und her. Aber ich bin so wütend. Ich brauche meine ganze Beherrschung, um ihr nicht meine Worte an den Kopf zu schreien. All die Worte, die sich über die Jahre angesammelt haben.

»Ihr habt Birthe kühl und abweisend empfunden? Hast du schon mal darüber nachgedacht, dass das ihr Selbstschutz war. Aber sie hat immer auf ein Gespräch gewartet. Dafür hättet ihr den Anfang machen müssen. Immerhin seid ihr die Eltern. Auf die Idee seid ihr nicht gekommen. Euer Leben war wieder im Lot. Irgendwann. Durch Marion und ihre Kinder. Als würde es Birthe nicht geben.«

Meine Stimme versagt, und ich zittere am ganzen Körper. Bloß nicht weinen. Ich starre auf den Fußboden. Laminat. Ich verfolge mit den Augen die Maserungen. Ich weiß nicht, wie lange ich das getan habe, bis ich wieder hochschauen kann. Meine Mutter weint. Ihre Augen sind riesige dunkle Seen. Lautlos kullern daraus Tränen über ihre Wangen. Das ist unfair. Hör auf zu weinen. Wie soll ich meine Fragen loswerden, wenn du weinst? Sie nehmen mir das Gefühl, im Recht zu sein, und rauben mir den Mut. Ich atme tief durch.

»Es macht wenig Sinn, nur mit Vorwürfen zu beginnen«, höre ich Tomkes ruhige Stimme. Ich sehe sie irritiert an. Ihre Gegenwart hatte ich vergessen. »Das gilt für euch beide. Birthe und Lisa sind sich anscheinend beide fremd geworden. Und sie haben sich die Welt der anderen zurechtgereimt. Ohne zu wissen, wie es wirklich in ihrem Inneren aussah. Dabei weiß irgendwann keine mehr, wer sich zuerst zurückgezogen hat. Und ein Missverständnis reiht sich an das andere. Wie ist Birthe denn überhaupt darauf gekommen, dass ihre Eltern sie nicht mehr lieben?«

Der letzte Satz lässt meine Mutter laut aufschluchzen.

»Das ist so traurig. Warum hat sie nie etwas gesagt? Wie kommt sie überhaupt auf die Idee, wir könnten sie nicht mehr lieben?«

Wie wohl, denke ich. Und sofort ist meine Wut wieder da. Meine Mutter will doch nicht im Ernst erzählen, sie hätte nichts gemerkt. Sie müssen ihr Handeln zu einem gewissen Maß reflektiert haben. Sie waren vorher auch keine Dumpfbacken. Am liebsten würde ich jetzt kein Wort mehr sagen. Sie mit ihrem Selbstmitleid einfach sitzen lassen. Aber das habe ich schon zu lange getan. Ich muss jetzt reden.

»Es begann an dem Tag, als ihr Bruder tödlich verunglückt ist«, beginne ich, als müsste ich einer Fremden unsere gemeinsame Geschichte erzählen. »Ein grausamer Tod. Ohne Voranmeldung. Einfach aus dem Leben gerissen. Birthe war traumatisiert vor Schmerz. Die beiden haben sich sehr geliebt. Geschwister, die immer zusammengehalten haben. Und dann war er weg. Für immer. Was glaubst du, wie es da in ihr ausgesehen hat? Was sie gebraucht hat? Euch! Sie wollte mit euch gemeinsam trauern, in euren Armen mit euch weinen. Vielleicht irgendwann reden. Aber als sie nach Hause kam, habt ihr sie gar nicht wahrgenommen. Als wäre sie zu einem Geist geworden. Die Einzige, die ihr gesehen habt, war Marion. Mit ihr habt ihr getrauert. Sie habt ihr in den Arm genommen. Mit ihr habt ihr geweint. Und Birthe alleingelassen. Den Schmerz kann man im Nachhinein kaum beschreiben. Davon hat Birthe sich nie erholt. Er hat ihr Leben bestimmt.«

Der Schmerz hat ihr Leben bestimmt, wiederhole ich in Gedanken. Das habe ich nie so klar gesehen. Warum habe ich ihn so lange zugelassen?

»Das stimmt«, höre ich meine Mutter leise zugeben. »Die beiden waren wie Pech und Schwefel. Lars hat Birthe von Anfang an überall mit hingeschleppt. Seine kleine Schwester war ihm nie peinlich. Und doch, selbst seiner geliebten Birthe hat er vor seiner Abreise nicht die Wahrheit gesagt.« Sie zögert. »Das glaube ich jedenfalls.«

Durch meinen Körper schwappt eine heiße Welle. Kleine Schweißperlen bilden sich auf meiner Stirn. Was heißt, Lars hat auch Birthe nicht die Wahrheit gesagt? Wissen meine Eltern doch, dass Lars vor einer festen Bindung mit Marion davongelaufen ist? Warum haben sie Marion dann trotzdem wie eine Schwiegertochter behandelt? Mehr noch, wie ihre Tochter. Oder vielleicht gerade deshalb? Aber Günther hat gesagt, Marion wüsste es nicht. Im Grunde niemand. Ich konzentriere mich. Doch in dem Durcheinander von Gefühlen, die hier im Raum herumschwirren, kann ich Günther nicht erreichen.

»Nein, Birthe wusste nicht, warum Lars nach Neuseeland wollte«, taste ich mich vor. »Das war schon eine

Wende, mit der sie nie gerechnet hatte. Aber sie hat seinen Mut bewundert und mit ihm Pläne geschmiedet. Sie wollte nach dem Abitur für ein Jahr auf eine Apfelplantage nach Neuseeland. Zu Lars. Das hatten die beiden heimlich abgemacht.«

Obwohl ich mich bemühe, so sachlich wie möglich zu klingen, schwingt ein gewisser Triumph mit. Denn meine Mutter hatte von unseren Plänen keine Ahnung. Sie zuckt sichtlich zusammen.

»Birthe wollte auch nach Neuseeland?«, fragt sie ungläubig. »Davon hat sie nie etwas erzählt. Birthe wollte auf einen anderen Kontinent? Sie ist nie gerne gereist. Zu Hause – das war für sie hier. Das Meer und die Küstenlandschaft. Aber das habe ich von Lars auch gedacht. Anscheinend habe ich meine Kinder nicht gut gekannt.«

Sie sagt das traurig ohne Selbstmitleid.

»Wer kann schon in andere hineinschauen. Selbst wenn es die eigenen Kinder sind. Bei denen fällt es noch schwerer, einen klaren Blick zu bewahren«, mischt sich jetzt Tomke mit ihrer ruhigen Stimme ein.

»Kann sein«, sage ich. »Leider habe ich keine Kinder und kann das nicht beurteilen. Aber Birthe hat darauf gewartet, von ihren Eltern gesehen, richtig erkannt zu werden. Wahrscheinlich wartet jeder Mensch darauf.«

Tomke lächelt mich liebevoll an. Das fühlt sich wie eine Ermutigung an, um weiterzusprechen. Ich wende mich wieder meiner Mutter zu.

»Das stimmt schon. Birthe war sehr heimatverbunden. Aber auf das Abenteuer Neuseeland hat sie sich gefreut. Sie wäre ja nicht allein gewesen. Lars hat auch das Wangerland geliebt. Er wäre nicht für immer weggeblieben. Er wäre zurückgekommen. Das war jedenfalls sein Plan, glaube ich. Aber zu dem Zeitpunkt hatte er Gründe, um so weit wegzugehen.«

Einen Moment ist es still. »Birthe kannte die Gründe?«, fragt meine Mutter schließlich mit heiserer Stimme.

»Ich weiß nicht, ob wir die gleichen meinen«, weiche ich einer konkreten Antwort aus. Was weiß meine Mutter? Weiß sie etwa, dass Lars sich von Marion trennen wollte und zu feige für eine Aussprache war?

»Lars und Marion«, beginne ich zögernd.

»Ja, was ist mit ihnen? Hat Birthe sich durch ihre Liebe ausgeschlossen gefühlt?«

»Unsinn«, werde ich sofort wieder unwirsch. »Ausgeschlossen hat sie sich nur von euch gefühlt.«

»Das tut mir von Herzen leid«, sagt meine Mutter, und es hört sich ehrlich an. »Aber an die Zeit, eine lange Zeit kann ich mich kaum erinnern. Eigentlich gar nicht. Wir haben nur aus Schmerz bestanden. Alles andere, selbst Birthe, das kann durchaus sein, war weit entfernt. Marion hat es uns leicht gemacht. Sie hat uns einfach in den Arm genommen. Ich weiß nicht, aber das ging mit Birthe nicht. Und Marion hatte ihren Lebenspartner verloren. Sie wollten heiraten.«

Sie weiß es also nicht, denke ich und bin froh, dass ich vorsichtig geblieben bin.

»Ich habe zum großen Glück noch kein Kind verloren«, höre ich Tomke sagen. »Will ich mir auch gar nicht zu lebhaft vorstellen. Da tut einem alles weh, schon bei dem Gedanken. Aber ich kann mir gut vorstellen, dass man in dem Schmerz nicht alles richtig macht. Nicht zu allen Menschen gerecht ist. Selbst wenn es das eigene Kind ist, das noch lebt. Das muss sich furchtbar anfühlen. Aber es müsste doch irgendwann nachvollziehbar sein. Verzeihbar.«

»Für eine gewisse Zeit«, gebe ich ihr widerstrebend recht. »Vielleicht. Das mag noch sein. Das wäre wohl auch so gewesen. Aber der Abstand zwischen Birthe und ihren Eltern ist immer größer geworden. Lars' Tod war nur der Anfang. Meine – also Birthes Eltern haben sie überhaupt nicht mehr gesehen. Sie haben nicht mal registriert, dass Birthe ihnen zuliebe auf ein Studium verzichtet hat. Sie hat eine Ausbildung beim Finanzamt angefangen. Beim Finanzamt! Wenn sie ihre Tochter nur ansatzweise wahrgenommen hätten, dann hätten sie nur den Kopf geschüttelt. Sie wussten, dass Birthe sich nie für einen Schreibtischjob interessiert hat. Und dann zum Finanzamt. Ausgerechnet. Das hätte sie zum Grübeln bringen müssen. Birthe wollte ihnen eine Freude machen. Und für dieses Opfer wollte sie wahrscheinlich geliebt werden.«

Ja, das wollte ich wohl, denke ich traurig. Ein dummes, unnötiges Opfer.

»Das ist … das ist – mir fehlen dafür die Worte«, stammelt meine Mutter. »Das haben wir wirklich nicht geahnt. Wir waren überzeugt, dass sie sich für den Beruf entschieden hat. Also aus Interesse. Menschen, besonders junge, ändern manchmal ihre Ansichten. Und sie erschien plötzlich so gefestigt. Wir dachten, das ist ihr Weg. Vielleicht, weil wir es uns gewünscht haben. Und deshalb …«

Sie kann nicht weitersprechen. Aber ich. Jetzt oder nie.

»Und so ging es weiter. Ihr habt das Elternhaus verkauft und seid Marion hinterhergezogen. Ausgerechnet nach Lüchow-Dannenberg. Das war die größte Verletzung für Birthe. Kein Elternhaus mehr. Ohne sie vorher zu fragen. Verkauft. Peng. Nur Marion hinterher. Eurer neuen Tochter.«

Meine Mutter schüttelt so heftig den Kopf, dass mir vom Zusehen schwindelig wird.

»Nein!«, ruft sie erregt. »So stimmt das alles nicht. So stimmt das überhaupt nicht. Warum hat Birthe nie gefragt? Mein Gott, warum nicht?«

»Was hätte sie denn fragen sollen? Liebt ihr Marion mehr als mich? Warum zieht ihr weg und lasst mich allein? Bitte, bitte, habt mich wieder lieb. Ich vermisse euch.«

»Auch wenn sich das unglaubwürdig anhört. Wir waren fest davon überzeugt – nein wir haben überhaupt deshalb so gehandelt. Für Birthe. Damit sie aus allem herausgehalten wird. Sie hatte auch einen festen Freund zu dem Zeitpunkt. Wir haben uns kaum noch gesehen. Sie war ja ausgezogen. Sie brauchte uns nicht. So kam das für uns rüber. Wenn wir geahnt hätten, dass Birthe nicht an ihrem Beruf hängt, dann hätten wir ganz anders …«

Sie bricht ab.

»Sag nicht, dann wärt ihr hiergeblieben?«

»Nein, das konnten wir nicht. Aber wir hätten sie gefragt, ob sie nachkommen will.«

»Wie? Nach Lüchow-Dannenberg? Warum konntet ihr nicht hierbleiben? Wegen Marion. Gib es einfach zu.«

Ich verschränke meine Arme vor der Brust. Sie hätten mich mitgenommen. Wie gnädig. Aber sie wären auf jeden Fall Marion hinterhergezogen.

Tomke reicht meiner Mutter eine Tasse mit Tee.

»Einen Moment mal Pause«, sagt sie. In ihrer Stimme liegt Strenge. Sie will meine Mutter schützen. Kein Wunder. Ich muss auf Tomke brutal wirken. Aber ich kann jetzt nicht zurück. Ich will endlich aus dem Mund meiner Mutter hören, dass sie sich für Marion entschieden haben.

Die Hände meiner Mutter zittern. Von Tomke trifft mich ein warnender Blick. Ich öffne den Mund, aber es kommt kein Ton heraus. Mein Mut beginnt zu schwinden. Ich stöhne resigniert auf.

»Okay, wir können auch aufhören. Letztendlich bringt es ja auch nichts, sich mit Vorwürfen zu bombardieren. Der Zeitpunkt zum Reden ist verpasst. Sich etwas nachträglich aufzulisten, wird nichts mehr ändern. Birthe ist nun mal nicht mehr hier.«

Meine Mutter hat mit spitzen Lippen einen Schluck Tee getrunken. Sie schließt kurz die Augen. Das lässt sie noch elender aussehen. Sie wird jetzt ja wohl nicht in Ohnmacht fallen. Ohne nachzudenken, stehe ich auf, setze mich neben sie und lege meinen Arm um ihre Schulter. Ihre Nähe verwirrt mich noch mehr. Es ist ewig her, dass wir uns körperlich berührt haben. Meine Mutter wirft mir einen nachdenklichen, längeren Blick zu. Und wieder überkommt mich das eigentümliche Gefühl, sie erkennt mich. Was natürlich nicht möglich ist.

»Ich bin froh, dass Birthe so eine Freundin gehabt hat«, sagt sie leise. Ihre Stimme klingt warm. »Das macht es ein klein wenig leichter. Und nein, wir hören nicht auf. Ich werde jetzt die ganze Geschichte erzählen. Das hätte ich längst schon tun sollen. Aber ich dachte, Birthe wird kein Verständnis dafür haben. Sie war so korrekt. Und wir wollten das Andenken an Lars nicht zerstören.«

Ich rücke ein wenig zur Seite. Was kommt jetzt? Die ganze Geschichte? Welchen Teil davon sollte ich noch nicht kennen? Das können nur Rechtfertigungen sein. Die will ich nicht hören. Das sind nur erneute Verschleierungen. Aber ich bleibe sitzen und lasse sie reden.

»Ja, als Lars verunglückt ist, haben wir nicht überlegt,

wie es Birthe geht. Wie schmerzhaft das für sie gewesen sein muss, das haben wir nicht bedacht. Wenn wir überhaupt denken konnten. Wir waren wie betäubt. Und wir hatten das Gefühl, Marion braucht uns noch mehr. Nein, nicht mehr. Das ist nicht richtig ausgedrückt. Aber Marion hatte einen ähnlichen Verlust erlitten. Sie hat den Mann verloren, mit dem sie ihr Leben verbringen wollte. Und sie hat unsere Liebe einfach eingefordert. Sie hat sich in unsere Arme gestürzt und mit uns geweint. Was hätten wir machen sollen? Birthe hat sich im Hintergrund gehalten. Wir konnten ihren Schmerz nicht erkennen. Und wir hatten keine Energie, um darüber nachzudenken. Ich kann nicht genau sagen, wann wir wieder angefangen haben, unsere Umwelt wahrzunehmen. Doch ich kann es. Das war der Tag, als die Rechnungen kamen. Vom Dachdecker und vom Heizungsinstallateur. Wir hatten vor Lars' Tod aufwendige Renovierungsarbeiten vornehmen lassen. Kein Luxus. Sie waren dringend notwendig. Der Dachstuhl war marode, und die Heizungsanlage hätte den nächsten Winter nicht überstanden. Wir hatten einen Bausparvertrag über 80.000 DM zugeteilt bekommen. Nun wollten wir die Rechnungen begleichen, aber auf dem Konto war kein Geld mehr. Lars hatte das Geld vor seiner Abreise abgehoben, sagte man uns. Wir standen wie vom Donner gerührt vor der Bankangestellten. Die hat natürlich gemerkt, dass wir keine Ahnung von der Kontoaktion hatten, und es war ihr sichtlich unangenehm. Aber von Seiten der Bank war alles rechtens gelaufen. Lars hatte Verfügungsrecht über unsere Konten. Falls wir mal nicht in der Lage sein sollten … Wir wären nicht im Traum auf die Idee gekommen, dass er uns … – wie ein Dieb. So einen Vertrauensbruch hätten wir Lars niemals zugetraut. Die Tatsache hat uns am härtesten getroffen. Und wir konnten ihn nicht mehr fragen, was in ihm vorgegangen war. Wieso? Warum? Das war entsetzlich. Wir sind dann zum ersten Mal nach dem Unfall seine Papiere gründlicher durchgegangen. Irgendwo musste das Geld doch geblieben sein. Vielleicht hatte er in Neuseeland Land gekauft? Er wollte ja eine Schafzucht gründen. Aber das hatte er nicht. Er hat dort als Angestellter auf einer riesigen Farm gearbeitet. Wir haben bis heute keine Ahnung, wo er das Geld gelassen hat. Vielleicht hat er es einfach verloren. Er muss es in bar bei sich gehabt haben. Oder es wurde ihm gestohlen. Da gibt es viele Möglichkeiten, aber wir haben irgendwann aufgehört zu rätseln. Es blieb verschwunden. Und selbst wenn es auch wieder aufgetaucht wäre … Lars hätte es nicht wieder lebendig gemacht.«

Meine Mutter macht eine Pause. Ich sitze stocksteif da. In meinem Kopf schwirrt es. Lars hat sich nicht nur von Marion weggelogen. Er hat auch unsere Eltern beklaut. Das passt absolut nicht zu ihm. Was muss nur in ihm vorgegangen sein?

»Er wollte das Geld ganz sicher zurückgeben«, sage ich mit heiserer Stimme. »Also wie ich ihn durch Birthes Erzählungen einschätze. Er wird einen Plan gehabt haben. Er konnte ihn nur nicht mehr durchführen.«

Meine Mutter nickt. Sie schenkt mir einen dankbaren Blick. »Das glauben wir auch. Aber es ändert nichts an der Tatsache, dass wir die Handwerker nicht bezahlen konnten. Einen erneuten Kredit hat man uns in der Höhe nicht bewilligt. Unser Haus war längst noch nicht schuldenfrei. Und den bewilligten Bausparvertrag mussten wir ja auch noch abbezahlen.«

»Und deshalb habt ihr das Haus verkauft?«

»Nein, nicht nur deshalb. Wahrscheinlich hätte es eine Lösung gegeben. Vielleicht. Meinem Mann war es unglaublich peinlich, dass er die Handwerker nicht bezahlen konnte. Er hat sich dann überwunden und mit ihnen geredet. Ob wir die Rechnung stückeln könnten. Aber auch dafür fehlte uns das Geld. Und was dann passiert ist, das können wir uns beide im Nachhinein nur mit der großen Verwirrtheit erklären. Mein Mann war nicht mehr der klar denkende Mann, der er vor Lars' Tod gewesen ist. Mein Mann hat sich – ohne mit mir vorher zu reden – zu einer großen Dummheit hinreißen lassen. Er hat in seiner Not ein paar nicht integre Betriebsprüfungen durchgewinkt und sich dafür bezahlen lassen. Das ging nicht lange gut. Sein Chef ist bald aufmerksam geworden. Er kannte meinen Mann als überkorrekten Mitarbeiter. Jahrelang. Er hatte fast immer irgendwas zu beanstanden gehabt. Er war dafür bekannt und gefürchtet. Und nun gingen zu viele Prüfungen glatt durch. Sein Chef hat genauer in die Unterlagen gesehen und meinen Mann zur Rede gestellt. Das muss furchtbar demütigend gewesen sein. Sein Chef war fassungslos. Er hatte große Stücke auf meinen Mann gehalten. Wahrscheinlich hat er deshalb für die privaten Hintergründe ein offenes Ohr gehabt. Ich denke, er hatte Mitleid. Aber weiter mit meinem Mann arbeiten, nein, das wollte er nicht. Die Vertrauensbasis sei ein für alle Mal zerstört. Doch er hat meinem Mann einen Vorschlag zur Güte gemacht. Er sollte ein Versetzungsgesuch schreiben. Nach Lüchow-Dannenberg. Sein Chef wusste, dass dort ein Kollege einen Tauschpartner für Wilhelmshaven suchte. Was sollten wir machen? Der Umzug war die einzige Chance, dass mein Mann in seinem Beruf weiterarbeiten konnte. Also haben wir das Haus verkauft, um unsere Schulden zu begleichen. Das ist uns sehr schwergefallen. Das Haus, der Garten, ja in jedem Winkel steckten glückliche Erinnerungen. Dort sind unsere Kinder aufgewachsen. Aber … Birthe haben wir von alldem nichts erzählt. Wir wollten sie schützen. Sie sollte sich nicht auf ihrem Arbeitsplatz für ihren Vater schämen müssen. Und der ehemalige Chef meines Mannes hat geschwiegen. Das hatte er meinem Mann versprochen, und er hat sein Versprechen gehalten. Und wir wollten, dass Birthe ihren Bruder in guter Erinnerung behält. Wir hatten das Gefühl, sie hatte sich gerade in ihrem Leben eingerichtet und deshalb …« Meine Mutter holt noch einmal tief Luft. »Und da besteht noch ein Irrtrum. Marion ist uns hinterhergezogen. Und nicht wir ihr. Das hat Birthe sich falsch zusammengereimt. Und nachgefragt, aus welchen Gründen wir weggezogen waren, hat sie ja nie. Wir waren damals selbst überrascht, als Marion in Lüchow auftauchte. Sie war Erzieherin und hat schnell eine Anstellung gefunden. Und dann hat sie in Lüchow ihren jetzigen Mann kennengelernt. Sie haben eine Familie gegründet, und wir waren für ihre Kinder die Großeltern. Das hat sich ganz natürlich entwickelt.«

Ich kann nur wie blind vor mich hinstarren. Unfähig, etwas zu sagen. Ich kann nur denken: Alles war anders. Ganz anders, als ich es die ganze Zeit gedacht habe. Dabei war ich so sicher. So hundertprozentig sicher. Alles anders. Mein Leben. Es wäre … und nur, weil wir nicht in der Lage gewesen sind, miteinander zu reden. So viele Jahre unnötiges Leid. Ich weiß nicht, wie lange wir so dagesessen haben. Niemand sagt ein Wort. Bis meine Mutter ihren Arm leicht um meine Schulter legt. Ich zucke unter der erneuten Berührung zusammen. Sie rückt ein wenig von mir ab. Streckt sich. Noch spüre ich die Wärme ihrer Hand auf meiner Schulter. Gleich wird sich dieses Gefühl verlieren. Meine Mutter will aufstehen. Ich will sie nicht gehen lassen. Noch nicht.

»Ich möchte dir danken«, höre ich sie leise sagen. »Es hat so gut getan, dass ich dir alles erzählen konnte. Auch, wenn es wehgetan hat. Danke. Ich danke dir. Ein bisschen habe ich das Gefühl, ich habe es Birthe erzählt. Ja, das klingt eigenartig, ich weiß. Aber – du – obwohl du ja ganz anders bist, du erinnerst mich an meine Tochter.«

Ich sehe sie an. Vorsichtig, als könnte sich die zart aufkeimende Vertrautheit durch einen zu direkten Blick auflösen. Die Nähe verflogen sein. Sie lächelt verlegen. »Weißt du, ich würde dich gerne einladen, uns zu besuchen. Wann immer du magst.«

»Zu euch nach Lüchow-Dannenberg?«, frage ich ungläubig. Dabei wird mir bewusst, dass ich meine Eltern noch nie in ihrem neuen Zuhause besucht habe. Ich hatte immer Ausflüchte.

»Vielleicht mache ich das«, sage ich schüchtern.

»Nicht vielleicht. Ganz sicher. Meinen Mann wird es auch freuen.«

Ihre Stimme klingt nun herzlich und fest. »Ich muss mich jetzt verabschieden. Aber ich habe deine Telefonnummer, und ich werde mich melden. Bald. Aber nun – ich bin drüben bei Jonathan und Marietta zu einem Abschiedsessen eingeladen. Es ist auch für Marietta ein besonderer Tag. Sie wird übernächste Woche auf ein Forschungsschiff gehen. Das hat sie heute Mittag erst erzählt. Ihr Vater ist da wunderbar offen mit umgegangen und unterstützt sie. Darüber freue ich mich. Ich hatte befürchtet, er würde klammern. Nun, nachdem Birthe … Aber ich glaube, er ist ganz gern allein. Er ist ein echter Eigenbrötler. Ein liebenswerter Eigenbrötler.«

Meine Mutter steht auf. Ich ebenfalls.

»Du kannst noch gerne bleiben«, wendet sich Tomke an mich. Ich habe ihre Gegenwart mal wieder vergessen. Sie hat sich völlig still verhalten und mir und meiner Mutter Zeit gelassen. Bei ihr bleiben, denke ich. Würde ich gerne. Die Versuchung ist groß. Einfach bei ihr unterkriechen. Hier in der kleinen Stube auf dem Sofa schlafen. Nein. Nein. Das geht nicht. Ich schüttele heftig diesen verlockenden Gedanken ab. Das fühlt sich nicht richtig für mich an. Das spüre ich ganz deutlich. Ist das Günther, der mir diese klaren Signale sendet? Auf jeden Fall kann ich nicht bleiben. Ich muss zurück. Erst einmal in den Norderneyweg. Und dann – vielleicht ganz zurück. Ich weiß es nicht. Ich muss mit Günther sprechen. In meinen Kopf kreist es, als säße ich in einem Karussell.

»Das ist ein echt liebes Angebot«, bedanke ich mich bei Tomke. »Aber ich muss jetzt erst einmal allein sein.«

Ich verschweige, dass ich nicht allein sein werde. Aber ich habe keine Ahnung, wie Tomke auf die Existenz von Engeln reagiert. Echte Engel, keine aus Tüll oder Ton zur Weihnachtszeit.

KAPITEL 28

Ich steige auf das Rad. Meine Füße finden wie von selbst die Pedalen und ich radele los. Mein Kopf scheint bis auf ein dumpfes Rauschen leer zu sein. Ich bin blind für die Umgebung. Taub für ihre Geräusche. So fahre ich, bis ich vor dem Ferienhaus stehe und staune: Dieses kleine Haus gibt es wirklich. Es hat sich in der Zwischenzeit nicht in Luft aufgelöst. Als Illusion erwiesen. Noch eine. Es hätte mich nicht verwundert.

Ich streiche über das Holz der Tür und lehne mein Gesicht dagegen. Das Holz fühlt sich rau an und riecht nach Salz. Ich schließe die Tür auf und gehe in das Haus. Mein Haus. Mein Zuhause. Vielleicht.

In der Küche lasse ich kaltes Wasser laufen. Erst in ein Glas, um zu trinken. Dann halte ich meine Arme unter den kalten Wasserstrahl, bis sie durch die Unterkühlung schmerzen. Ich rubbele sie mit dem Geschirrhandtuch trocken und gehe auf die Terrasse.

Westwind wiegt die Schilfhalme. Möwen kreischen. Weiter hinten fährt ein Bauer mit einem Traktor das geschnittene Gras ein. Ich kann das würzige Aroma riechen. Alles deutet darauf hin, ich lebe. Ich? Genau die Frage bleibt. Wer bin ich? Oder welche Frau werde ich in Zukunft sein? Welches Leben gehört zu mir? Ich bin fast allen Menschen, die mir wichtig sind, in den letzten Tagen begegnet. Irgendwie bin ich von einem zum anderen geführt worden, und sie haben mit einer erstaunlichen Ungeniertheit über mich gesprochen. Über die Birthe, die sie kennengelernt haben. Gemocht haben. Anfangs sogar geliebt. Das kann kein Zufall sein. Sollte das eine Lebensrückschau in lang gewesen sein? Und was heißt lang? Vielleicht habe ich das nur als lang empfunden, aber in Wirklichkeit ist kaum Zeit vergangen. In Wirklichkeit bin ich noch auf dieser eigenartigen Zwischenstation und werde belehrt.

»Günther?«

»Ja, ich bin hier«, höre ich seine vertraute Stimme.

Ich atme tief durch. »Das ist gut, dass du hier bist. Ich habe so viele Fragen und weiß nicht, mit welcher ich anfangen soll.«

Günther bleibt ruhig und lässt mir Zeit.

»Die Begegnungen mit meiner Mutter, Marietta, Jonathan. Ihre Sicht auf mich. War das meine Lebensrückschau? Bin ich wirklich in Mias Körper auf der Erde, genauer gesagt hier in Schillig in dem Ferienhaus? Oder befinde ich mich immer noch in dem Wolkenzimmer und wir sitzen uns gegenüber. Und du wartest nur auf meine Reaktion? Meine Entscheidung?«

»Das sind wirklich viele Fragen auf einmal. Und nicht mit einem einfachen Ja oder Nein zu beantworten.«

Ich warte vergeblich auf weitere Erläuterungen.

»Günther! Rede weiter. Ich brauche deine Hilfe. Ich bin vollkommen fertig. Ich habe das Gefühl, es hat mich überhaupt nicht gegeben. Jedenfalls nicht die letzten zwanzig Jahre. So lange bin ich auf der Stelle getreten. Und zwar auf einer falschen. Meine ganze Fortbewegung habe ich mir nur eingebildet. Ich bin keinen Schritt weitergekommen. Ich bin immer noch die verzweifelte Abiturientin Birthe, die nach dem Tod ihres Bruders nicht wusste, wie es weitergehen sollte. Die bin ich. Und ich war die ganze

Zeit felsenfest davon überzeugt, dass meine Eltern an allem schuld sind. An meiner Berufswahl, ach an allem. An meinen Lebensentscheidungen. Und nun muss ich begreifen, sie waren selbst Opfer. Und sie sind letztendlich aus Liebe zu mir umgezogen. Auf jeden Fall haben sie aus falscher Rücksicht geschwiegen. Um mein Leben nicht zu gefährden. Meine vermeintliche Karriere beim Finanzamt. Von der sie geglaubt haben, sie macht mich glücklich. Weil ich so auf sie gewirkt habe. Es wäre alles so einfach gewesen, jedenfalls sehr viel einfacher, wenn wir miteinander geredet hätten. Aber nun? Was fange ich mit dieser Erkenntnis an? Mein altes Leben gibt es nicht mehr. Ich glaube, ich möchte zurück. In das Wolkenzimmer und weiter. Wahrscheinlich ist es das, was ich annehmen sollte. Ist das so?«

Günther schweigt.

»Bitte, Günther. Was soll ich machen?«

»Du weißt, dass ich dir das nicht sagen kann.«

Ich stöhne auf. »Ja, ich weiß. Aber wenigstens einen Hinweis, um aus meiner Verwirrung zu finden. Günther, du bist mein Schutzengel!«

Ich höre ein ganz kleines Lachen von ihm.

»Das bin ich.«

Wieder eine Pause, die ich nicht unterbreche.

»Nun, den Menschen aus deinem alten Leben bist du begegnet, um etwas über dich zu erfahren«, sagt Günther endlich. »Das stimmt. Und wir wollten dir helfen, danach eine Entscheidung zu treffen. Eine für dich richtige Entscheidung. Willst du wirklich zurück und auch Mias Körper aufgeben? Oder willst du die dir verbleibende Zeit mit Leben füllen?«

»Wenn ich das wüsste, würde ich es sagen.«

»Du weißt es.«

»Ich weiß es«, wiederhole ich und schließe die Augen. Nun kann ich wieder die vertrauten Geräusche der Küste hören und nicke. »Ja, du hast recht. Ich möchte noch hier bleiben. Hier am Meer. Aber das reicht nicht. Ich habe keine Ahnung, wer ich sein soll. Wenn ich mich für Mia entscheide, dann vergesse ich Birthe. So wird es doch sein, oder?«

»Ja und nein.«

»Oh Günther, für Rätsel habe ich keine Nerven. Ich möchte Birthe nicht vergessen. Immerhin gehört sie seit vierzig Jahren zu mir. Ich kann meine Vergangenheit doch nicht streichen. Sie ist wichtig für meine Entwicklung. Ich möchte nicht die gleichen Fehler noch einmal begehen. Und ich möchte mich an meine Eltern erinnern. Gerade jetzt, wo ich meiner Mutter wieder näher gekommen bin. Sie hat mich eingeladen. Einfach so. Dabei ist sie nicht der spontane Typ. Sie spürt etwas. Und ich – ich möchte einiges nachholen.«

»Du kannst nichts nachholen. Nur anders machen.«

»Aber wer kann ich sein?«

»Vielleicht einfach du.«

»Einfach ich? Das hört sich so einfach an. Ist es aber nicht. Ohne Erinnerungen bin ich wie ein Neugeborenes. Wie soll das gehen?«

»Deine Erfahrungen sind gespeichert. Sie gehören zu dir. Und du wirst dich immer wieder in den richtigen Momenten erinnern und wissen, das hast du schon einmal erlebt. Vielleicht auch in einem Traum.«

»So ein Gefühl wie ein Déjà-vu?«

»So könnte man es bezeichnen, wenn dir das hilft.«

»Und Mias Vergangenheit?«

»Die gehört Mia. Aber wenn du dich für Mia entscheidest, werden ihre Erlebnisse und Menschen für dich erst einmal greifbarer sein. Damit du dich einfinden kannst. Aber schon bald wirst du sie mit deiner eigenen Persönlichkeit überdecken.«

»Und meine Eltern?«

»Deine Mutter hat einen Draht, wie ihr das nennt, zu dir entwickelt. Sie mag dich. Du hast ihr heute sehr geholfen. Ein vertrautes Gefühl geweckt. Und es könnte sein, ihr werdet Freundinnen. Aber ich bin kein Zukunftsprophet. Wie es sich entwickelt, könnt ihr nur selbst bestimmen. Das liegt in eurer Hand.«

»Und wenn ich mich doch für Birthes Leben entscheide?«

»Ich dachte, die Antwort hast du in den letzten Tagen selbst herausgefunden.«

Ich atme tief durch. »Ja, das habe ich. Das würde mich zerreißen. Die alte Birthe gibt es nicht mehr. Ich würde das Leben der Menschen sehen, die einmal zu mir gehört haben. Und ständig vor geschlossenen Türen stehen.«

Günther antwortet nicht, und ich empfinde das als Zustimmung.

Ich spüre die Wärme der Sonne auf meinem Gesicht. Sie steht schon tiefer, und ich halte die Augen geschlossen, lehne meinen Kopf gegen die warme Hauswand.

»Ja, ich bleibe. Und ich werde Mias Wege weitergehen.«

»Das freut mich sehr«, höre ich Günther herzlich. »Aber du wirst nicht ihre, sondern deine Wege gehen.«

»Meine Wege«, wiederhole ich. »Ja! Das hört sich gut an.«

Das fühlt sich auch gut und richtig an. In mir breitet sich eine Leichtigkeit aus. Ich breite wie ein Schmetterling seine Flügel meine Arme aus. Da muss ich an Lars denken und lasse sie sinken.

»Was ist mit Lars? Werde ich ihn wiedersehen? Geht es ihm gut?«

»Es geht ihm gut. Und er wird auf dich warten. Aber bis es so weit für dich ist, musst du ihn loslassen.«

Meine Arme richten sich langsam wieder auf. Irgendwie habe ich keine andere Antwort erwartet.

»Weißt du was, Günther, mir beginnt es besser zu gehen. Ich werde meinen Weg finden, wenn wir uns immer unterhalten können.«

Ich höre Günther leise seufzen.

»Ja, das wünschen sich alle Menschen. Auf Knopfdruck Hilfe. Therapiegespräche. Und alles ist gut.«

»Worauf willst du hinaus?«, frage ich alarmiert.

»Dass auch die Erinnerung an mich und unsere Zeit von jetzt an verblassen wird. Du wirst sie manchmal hoffentlich als wahr empfinden, und dann habe ich auch Zugang zu dir und kann dir helfen. Aber nicht in einem – nun – normalen Gespräch so wie jetzt. Es wird verschlüsselter sein.«

Ich habe es geahnt. Es wäre auch zu schön gewesen, um wahr zu sein. Und wahrscheinlich zu leicht.

»Du bist ein eigenständiges Wesen«, erklärt mir Günther weiter. »Und du brauchst dich nicht unselbstständiger zu machen, als du bist. Du kannst Entscheidungen treffen, und bitte darum, dass sie gut und richtig für dich sind. Versuch das zu behalten. Auch die Tatsache, dass jeder Mensch einen Schutzengel hat, den man nur um Hilfe bitten muss. Vergiss auch das nicht. Ich werde so oder so immer bei dir sein. Auch wenn du mich nicht mehr hören kannst. Ich werde dir helfen, wenn du mich darum bittest. Immer.«

Ich werde es behalten. Jedes Wort erscheint mir gerade in diesem Augenblick wie in Stein gemeißelt. Nein, ich kann mir nicht vorstellen, Günther jemals zu vergessen.

Ohne, dass ich es unterdrücken kann, muss ich herzhaft gähnen. Und gleich noch einmal.

»Sorry, Günther, aber ich muss dringend einen Moment schlafen. Ich bin plötzlich total müde.«

»Schlafen ist schon mal eine gute Entscheidung. Es war viel für dich heute. Sehr viel. Erhol dich gut.«

Ich stehe auf. Bevor ich in das Haus gehe, nehme ich ein herumliegendes Stöckchen und schreibe neben der Hortensie in die Erde: »Mein Schutzengel heißt Günther.«

KAPITEL 29

Kaum liege ich im Bett, bin ich eingeschlafen. Tief und fest. Traumlos. Ich wache erst wieder auf, als die Morgensonne mich kitzelt. Die Rollos sind nicht heruntergelassen. Ich recke mich. Fühle mich herrlich ausgeschlafen und wohl. Da kommt die Erinnerung an den vergangenen Tag. Das Treffen mit Jonathan. Sein verspätetes Geständnis, er habe sich schon lange innerlich von Birthe entfremdet, ja im Grunde getrennt. Es hat mich wütend gemacht. Und traurig. Warum hat er nicht mit Birthe geredet? Und dann erreicht mich die Erinnerung an Birthes Mutter. Ihre Geschichte hat mich noch stärker aufgewühlt. Ganz tief bewegt. Ich habe sogar mit ihr geweint. Es hat mir so leidgetan. Diese vielen Missverständnisse. Verletzungen, über die nicht geredet wurde. Nur gelitten. Jeder für sich. Die ganzen Jahre lang. Ich mag Birthes Mutter. Richtig gern, wenn ich an sie denke. Ja, ich werde sie ganz sicher besuchen. Der Gedanke lässt mich lächeln.

Ich stehe auf und gehe in die Küche. Ohne darüber nachzudenken, bereite ich mir ein Müsli und brühe mir einen Kaffee auf. Dabei schaue ich immer wieder durch das Fenster. Es wird ein herrlicher Tag. Diese Vorfreude auf etwas. Ein Kribbeln im Bauch. Das fühlt sich gleichzeitig fremd und vertraut an. Ich habe es vermisst.

Plötzlich fällt mir Pete ein und unsere letzte Begegnung. Meine Güte. Ich habe mich wie eine Hyäne aufgeführt. Warum war ich so unbeherrscht? Irgendwie konnte ich nicht anders. Es hat sich in dem Augenblick richtig angefühlt. Aber jetzt? Nur noch peinlich. Pete wollte sich bei mir aussprechen. Und das Vertrauen habe ich überhaupt nicht gewürdigt. So kann ich das nicht stehen lassen. Ich muss noch einmal mit ihm sprechen. Genau. Ich werde ihn anrufen. Aber ich habe seine Telefonnummer nicht mehr. Marietta hat sie bestimmt. Nein, sie könnte annehmen, dass ich Pete noch mehr beschimpfen will. Marietta lasse ich in Ruhe. Ich nehme mein Smartphone und google das Institut in Wilhelmshaven. Und richtig. Da ist er. Freundlich lächelnd. Der Meeresbiologe. Und wie man ihn kontaktieren kann.

Es ist neun Uhr. Ich könnte ihn erreichen. Und was sage ich als Grund, wenn jemand anders an den Apparat geht? Die Wahrheit. Ein privater Anruf. Aber ich habe Glück. Pete meldet sich persönlich. Als ich seine Stimme höre, beginnt mein Herz schneller an zu schlagen. Plötzlich weiß ich nicht mehr, was ich sagen soll. Ich habe einmal wieder viel zu spontan gehandelt.

Ich räuspere mich, bis ich mit heiserer Stimme: »Morgen, Pete, hier ist Mia«, hervorbringe.

»Hallo, Mia«, kommt verhalten von ihm zurück. Begeistert klingt das nicht. Aber immerhin hat er nicht gleich aufgelegt.

»Ich wollte mich wegen gestern entschuldigen. Es tut mir echt leid. Da sind die Pferde mit mir durchgegangen.«

»Anscheinend. Du hast dich nicht verändert, was dein Temperament betrifft.«

Er klingt schon ein wenig freundlicher, und ich entspanne mich.

»Ich habe angenommen, also – du hast mit Marietta ein Verhältnis.«

Das entlockt ihm sogar ein kleines trockenes Lachen.

»Marietta ist gerade achtzehn geworden, und ich bin, falls du das noch weißt, Mitte vierzig.«

»Na ja. Gibt es alles. Und ich wusste nicht, dass Marietta weiß, dass du den Unfall ...«

Pete antwortet nicht. Ich habe mitten in die Wunde gestochen. Mist. Ich muss etwas sagen. Eine Brücke bauen. Sonst legt er gleich auf. Und das will ich nicht.

»Birthe war, also was ich von ihr weiß, sie war wirklich oft mit dem Kopf drei Arbeitsgänge im Voraus. Es könnte also durchaus ...«

»Ja, es war so«, unterbricht Pete mich mühsam beherrscht. »Aber das hilft mir gerade auch nicht viel weiter. Schuld oder nicht schuld. Sie ist gestorben. Vor meinen Augen.«

»Nicht ganz.«

»Wie meinst du das?«

»Na ja, ihre Erinnerungen sind nicht tot. Also man erinnert sich ja an sie«, haspele ich. Keine Ahnung, warum ich das jetzt gesagt habe. Irgendwie hört sich das an wie die Aufschrift auf manchen Grabsteinen. Solange man sich erinnert, ist jemand nicht tot. Na ja.

»Sie war deine Freundin«, höre ich Petes Stimme.

»Meine Freundin«, wiederhole ich und versuche mich an Begegnungen mit Birthe zu erinnern. Sie ist mir nah, aber ich bin mir nicht sicher, wodurch diese Nähe entstanden ist.

»Ja, sie war meine Freundin«, bestätige ich vorsichtig.

»Und deshalb mach dir keinen Kopf. Ich trage dir nichts nach. Du hast aus dem Bauch heraus für Birthe gehandelt.«

»Danke. Ja, so war es.«

Und nun? Ende des Gesprächs? Das möchte ich nicht. Aber mir fällt nichts ein, um es am Laufen zu halten. Da höre ich Pete fragen: »Was machst du eigentlich? Ich meine, wenn du nicht im Ferienhaus in Schillig bist?«

»Nichts«, antworte ich ehrlich. »Immer noch nichts. Und das würde ich liebend gerne ändern. Aber in meinem Alter. Nicht so leicht.«

»Quatsch. Du hast genau das richtige Alter, um etwas Neues anzufangen. Schade, dass du nicht kochen kannst. Sonst könnten wir dich auf dem Schiff noch gebrauchen.«

Er lacht, als hätte er eine launige Bemerkung gemacht.

»Das ist nicht ernst gemeint, oder?«, frage ich. Eine diffuse Erregung greift nach mir.

»Nein. Aber ein Koch fehlt uns wirklich noch.«

Jetzt schlägt mein Herz regelrechte Kapriolen. Kochen. Ja. Genau das würde ich gerne tun.

»Aber ich meine das jetzt ernst, was ich sage. Ich würde gerne als Koch auf dem Schiff arbeiten. Ich koche sehr gut. Mittlerweile.«

»Du? Vor ein paar Jahren warst du grottenschlecht. Du konntest noch nicht mal ein Fertiggericht anständig servieren.«

»Stimmt«, sage ich. »Ich wollte bei dir Eindruck schinden und habe die Lasagne mühsam aus der Alufolie gepult. Leider war an einer, ausgerechnet an deiner, noch Verpackung kleben geblieben.«

»Der Wein hat geschmeckt«, sagt er leise.

»Vielleicht warst du einfach zu nett für mich. Damals habe ich das mit langweilig verwechselt, glaube ich.« Ich komme ins Stocken. »Aber jetzt kann ich kochen. Wirklich. Und ich möchte einen Neuanfang. Beruflich. Nicht mehr nur herumhängen.«

»Ich würde dir gerne glauben. Wenn du eine Idee hattest,

warst du immer sehr überzeugend. Aber deine Begeisterung war genauso schnell wieder verflogen, wie sie gekommen war.«

»Ich habe mich verändert. Auf jeden Fall kann ich kochen. Weißt du was, ich lade dich zum Essen ein. Und – ja, vielleicht kommt Marietta auch. Sie sollte es als Erste wissen, wenn ich mit aufs Schiff darf. Ich möchte auch ihre Zustimmung. Sie muss sich mit mir wohlfühlen. Sonst geht es nicht. Genau. Ich werde euch bekochen. Das ist meine Bewerbung. Ich verspreche, alles selbst zu kochen. Ihr könntet auch früher kommen und mir beim Kochen zuschauen und sehen, dass ich nicht mogele.«

»Du meinst das richtig ernst?«

»Sehr. Bitte, gib mir eine Chance. Bis heute Abend?«

Pete zögert immer noch. Ich kann ihn verstehen. Ich habe ihn damals sehr verletzt. Aber ich konnte mich auf seine ruhigen Gefühle nicht einlassen. Sie erschienen mir zu einengend. Das kann ich kaum noch nachvollziehen.

»Na gut«, sagt er endlich. »Ich gebe mich geschlagen. Für heute Abend. Um 18.00 Uhr? Früher kriege ich das nicht hin.«

»18.00 Uhr! Ich freue mich und danke. Marietta rufe ich selbst an.«

»Bis dahin. Ich muss los.«

»Bis dahin.«

Ich stehe auf. Was für ein Morgen. Und was für ein Tag wird es erst werden. Ich habe ein Ziel. Ein Treffen. Und eine Chance auf mehr. Mein Blick fällt auf die Narben an meinem Arm. So weit darf es nie wieder kommen. Irgendwie bin ich sicher, das wird es nicht. Sandra. Sie ist auch wieder in Hooksiel, hat sie gesagt. Genau. Sandra werde ich auch einladen. Sie war immer für mich da – und ich?

Man kann nichts nachholen. Nur anders machen. Wer hat das noch mal gesagt? Ich ziehe meine Latschen aus und gehe barfuß über die schmale Rasenfläche. Sie liegt noch im Schatten und fühlt sich wunderbar kühl unter den Füßen an. Es belebt meinen ganzen Körper. Ich streiche über das Schilf, das das kleine Grundstück begrenzt. Die bauschigen Blüten der Hortensie. Und stutze. Da steht etwas in die Erde geschrieben. Fein säuberlich. Noch frisch. »Mein Schutzengel heißt Günther.«

»Günther!«, rufe ich spontan. Dabei spüre ich eine angenehme Wärme. Eine freundliche Präsenz. Das untrügliche Gefühl, nicht allein zu sein.

DANKSAGUNG

Einmal Himmel und zurück, diese Idee spukte mir schon länger im Kopf herum. Es hat mir viel Freude gemacht, diese Geschichte über Birthe und ihren Schutzengel Günther zu schreiben.
Ich bedanke mich bei meiner Lektorin Claudia Senghaas, dass ich mir dafür die nötige Zeit nehmen konnte. Sie hat wie immer für den letzten Schliff gesorgt.
Danke an Annette Petersen aus dem wilden Westen. Ihre Hinweise als Erst-Gegenleserin sind für mich wichtig.
Danke an Roswitha, die wie ich nicht nur im Roman an Schutzengel glaubt.

Weitere Titel finden Sie auf den folgenden Seiten und im Internet:

WWW.GMEINER-VERLAG.DE

Tomke Heinrich ermittelt:

1. Fall: Frühstückspension
ISBN 978-3-89977-771-0

2. Fall: Die Pension am Deich
ISBN 978-3-8392-1274-5

3. Fall: Liebesinsel am Deich
ISBN 978-3-8392-1568-5

4. Fall: Zweite Chance am Deich
ISBN 978-3-8392-1723-8

5. Fall: Rache am Siel
ISBN 978-3-8392-2248-5

Weitere Titel von Sigrid Hunold-Reime:

Schattenmorellen
ISBN 978-3-8392-1021-5

Janssenhaus
ISBN 978-3-8392-1123-6

Hab keine Angst, mein Mädchen
ISBN 978-3-8392-1347-6

Zu mir ans Meer
ISBN 978-3-8392-2775-6